中公文庫

荒　野　よ　り

新装版

三島由紀夫

中央公論新社

目次

荒野より

第一部　小説

荒野より

梅雨時の或る朝、六時に徹夜の仕事を終って就寝して、やっと眠りについたかつかぬに、私は、枕もとの冷房装置を伝わって入ってくる父の声に目覚《おどろ》かされた。

冷房装置の機械を寝室の壁を穿《うが》ってとりつけて以来、私はしばしば、近所の普請の音や、選挙運動の声に、眠りを妨げられるようになった。夏冬を問わず、この機械はあたかも簾のように、外部の音をよく通すのである。

父は同じ地所の別棟に住んでいる。老齢の目覚めは早い。時によっては、私の就寝時刻は、父母の起床の時刻よりも遅くなることさえある。

その父の大声が、誰かにしきりに呼びかけている。

「おい、君、まだ寝ているんだよ。よしたまえ」

それに対する返事はきこえない。

私は半睡半醒の状態にいて、今は何時かわからぬながら、家人が御用聞きにでも大工仕事をたのんで、その音が私の眠りを妨げるのをおそれて、父が注意しているのだろうと思った。もしそうだとすると、却ってその注意の声が、寝入り端《ばな》の私を起してしまったのだから、迷惑という他はない。

少時、沈黙があった。注意が利いたのであろう。私は又眠りに沈み込もうと努めた。

父の次の声が、前よりも尖ってきこえる。

「おい、君、よしたまえったら」

それにもこたえず、何かしきりに木を叩くような音がする。ききわけのない人間がいるものだ、と私は腹が立った。

「おい、そんなに戸を叩いたらだめだ。戸が壊れるじゃないか」

はじめて私は事態の異常に気づいた。カーテンの遮光が、昼の眠りのために、念入りに出来ているので、枕もとの時計の文字盤を読むにも、はっきり頭をもたげて、目を近づけて読まなければならない。七時に近かった。

たちまち、甲高い男の叫び声がきこえて、戸を叩く音が尋常でない響きに変った。芝居で、開門！　開門！　と門扉を叩くときとそっくりな音で、ふり上げた拳の激越さが目に見えるようである。

私は寝台から跳ね起き、ナイト・ガウンをまとい、木刀を執《と》って、隣りの家内の寝室へ走った。

家内も起きていた。私を見るなり、

「顔を見たわ」

と言った。

咄嗟に何の意味かわからなかった。私たちは階下へ駈け下りた。家政婦と女中が動顚している。その間も、勝手口の戸が叩かれつづけて鳴動して、鎖錠がきしんでいる。

母が別棟ですでに百十番に連絡していると思われたが、家内が台所へ走って百十番へ電話をかけようと思って、台所のあかりをつけた。雨もよいの朝で、家の中は暗かった。すると女中が、

「灯をおつけにならないで下さい。そのほうが……」

と言った。

家内は百十番を廻したが、お話中でなかなかかからない。そのうちに勝手口を叩く響きは止んだ。百十番は、やがて、「今そちらへ向っているから、もう少し待ってくれ」という返事をよこした。

戸を叩く音が別のところへ移った。どこの扉の音かわからない。しんとした家の中に、その乱れた激しい音だけがつづいている。

私は再び二階へ駈け上った。

叩かれているのは、家内の寝室の仏蘭西窓である。カーテンに覆われているので、叩いている人間の姿は見えない。

私はその頑丈な仏蘭西窓が、灰いろの朝の寝室の一角で、突然叛乱を起したように、ひしめき、鳴動するありさまを凝視した。白いレエスのカーテンは慄え、扉の合せ目は弾《はじ》け出すように揺《ゆら》いでいる。

私は又階下へ降りた。永いことその仏蘭西窓を見ているのが、耐えられない気持がしたのである。

階下では、子供をどう護るべきかを早口で囁きながら相談していた。まず隠れ場所を考え、次に逃げ場所を考えるのに、もっとも適当な部屋でなくてはならない。

そのとき家のどこかで、硝子の破れる鏘然たる音がひびいた。

「あなたを狙っているんだわ。私が見に行ったほうが安全だわ」

と家内が私の手から木刀をとって、二階へ上ってゆこうとした。

私は、家内にその木刀を預ける心持で、

「じゃ、俺が素手になる。俺も木刀をとって来るよ」

と家内を押しのけて二階へ上った。書斎の木刀をとりに行こうとしたのである。

このとき私の念頭には、書斎は、もう主人が仕事をおわったのちの、がらんとした、静かな、仄暗い場所と考えられていた。そこでまず木刀を取って、硝子の破れたところを点検に廻ればよかった。

私はまっすぐに書斎へ入ろうとした。しかし戸口のところで立止った。部厚いカーテンに閉ざされた書斎の薄闇に、私の机のむこうの一角に、泛んでいる人の顔を見たのである。

私には木刀のあり場所がわかっていたので、その顔を注視したまま、手さぐりで木刀を執って、身構えた。すると心持が落着いた。

立っているのは、痩せぎすの、薄色のジャンパーを着た、かなり背の高い青年である。灰いろの光りのなかでこちらを見ているその青年の顔ほど、すさまじく蒼褪めた顔を私は見たことがない。

青年は手に、大きな緑いろの百科辞典の一冊をひろげていた。それは明らかに、机のうしろの百科辞典の一列から引抜いた一巻である。

私は一瞬にして、ふしぎな安堵を感じて、こう思った。

『何だと思ったら、例によって例の如き文学的観念的狂人じゃないか。それなら様子が知れている。怖れることはない』

私は右手に木刀を構えたまま、

「何をしに来たんです」

と訊《き》いた。

青年の蒼白な顔は極度の緊張のために、今にも一面の亀裂を生じて崩れそうだった。その無表情な顔と、餌をみつめる動物のような一生懸命な目が、私を見つめて、慄え声でこう答えた。

「本を……本を借りに来たんです」

それから一、二歩近づいたように思われたが、それは体が揺れて、顎が前へ出て、一そうつきつめた声音《こわね》で、こう言ったのにすぎなかった。

「本当のことを話して下さい」

「本当のこととは何です」

青年は喘ぎながら、しかし機械的にくりかえした。

「本当のことを話して下さい」

私はその意味を解しなかったが、努めて穏やかにこう言った。

「ああ。何でも本当のことを話しましょう」

そうして時を稼ごうと思ったのである。

そのとき私の肩がうしろから押された。

警官が入って来た。さらに二人の警官が入って来て、青年を取り囲んだ。

「本当のことを話して下さい」

と青年はもう一度、熱に浮かされたように叫んだ。

「それじゃ、静かなところへ行って、ゆっくり話そう」

と制服の警官の一人が言った。

青年は大人しく、二人の警官に守られて、書斎を出た。一人の警官が、青年の手から緑いろの百科辞典を取って、携えて出た。その本の小口に小さな血痕があるのを私は認めた。

おかしなことに、私は警官が青年を誘導して、静かな部屋へ移って、そこで私と話させようとしているのかと考えていた。しかし警官は勝手口へ近づくや、青年の背を突然押して、外へ突き出そうとした。青年は暴れ出し、彼をしゃにむに引張り出すために、三人の警官は咄嗟に、みごとな協同作業を見せた。腕のとらえ方、肩の押え方に、心得た技術があった。しかし青年の首は、今にも捩じ切れそうに、うしろへうしろへと向いていた。私はそのときの彼の表情をよく憶えていない。おそらく正視に耐えない表情をしていたものと思われる。

「三島さあん！　三島さあん！」

と絶叫する声が、ようやく私の耳から遠ざかった。

§

以上が家で起ったことの、私の目から見た一切である。

あとから父母や家内の話をきいて、脈絡をつけてみると次のようになる。

一番はじめに彼の姿を見たのは、外出の予定があったために、いつもよりやや早く起きた別棟の母であった。起きるとすぐ母は台所に出て、何かと音を立てて、それで女中が起きてくるのが通例だが、そのとき母は、まだ十分に覚め切っていない目を、勝手口の覗き窓ごしに、白い影がさっと横切るのを見た。

母は覗き窓に目を近づけた。一人の男が物置の戸をしきりに開けようとしている。十分に目覚めていなかった母は、裏門も表門も、まだ鍵がかかったままであることを忘れていた。今塀内のその位置にその男がいることが、ありうべからざることだという考えが、まだ兆して来なかった。朝早く来た御用聞きのような気がした。そこで戸の隙間からこう呼びかけた。

「そこはちがいますよ。三島に用があるなら、そこから右へ折れて奥の勝手口へ行って下さい」

男はこちらへ顔をふりむけて、声の洩れてくる扉を一瞬見つめると、身をひるがえして奥の通路へ消えた。

その直後に母は、門の鍵がまだ開いている筈はない、と気づいたのである。

母は私の棟へインターフォーンをかけて女中を呼び、怪しい者がそちらへ行ったと警告してから、いそいで父を起した。父は忽ち起きて、雨戸を排して庭へ出た。

「そっちではないの。裏です」

と母は呼びかけた。そのとき母の脳裡に、はじめて怪しい男の顔が鮮明に泛んできた。それはたしかに去年から二、三度すでに訪ねて来て、私に面会を求め、その都度父や母が追い払っていた偏執的な青年の顔にちがいがなかった。彼ならば、父がまた叱咤して追い返すに相違ない、と母はやや安堵して思った。

裏へ廻った父の声がしているうちに、突然父が、勝手口へ戻って母に呼びかけて、

「おい、百十番！」

と言ったので、母は事態をさとって、電話へ駈け寄った。

百十番はすぐに応答した。しかし、住所は？　道順は？　近所の目標は？　鍵は？　現在はどういう状況か？　などという質問がつづき、母はずっと電話口に縛られていた。

……


――一方、庭から裏へ廻った父が私の勝手口へ通ずる通路の入口から、男へ呼びかけていた声が、私の眠りをさましたのである。私の勝手口の戸を破らんばかりの勢いを見てとって、父は男にこう叫んだ。

「家宅侵入になるぞ！　大変なことになるぞ！　それでもかまわないのか」

男は、目を尖らせて、

「かまわない」

と答えた。

「何の話だ。三島にならら俺が取次いでやろう」

と、通路の入口から、むこうのほうの男へ向って、父は更に呼びかけた。

「重大問題があって、三島さんに会いに来たんです」

「だから取次いでやろうというのだ」

「取次じゃだめです。直接本人に話さなければ」

と男は言い捨てると、私の勝手口の扉に、あがくように身を打ちつけ、押したり引いたりしはじめて、大声で叫んだ。

その様子に、何か常人の体から出たものではない激越な暴力を感じて、父は母に電話をかけさせるために、いそいで立ち戻ったものと思われる。

やがて男は、私の棟の勝手口を破るのを諦らめて、表ての庭へまわった。そして私の名を呼んだ。

目ざめた家内は、寝室の仏蘭西窓を薄目にひらいて、前庭に立って叫んでいる男を見た。男のほうも、家内の姿をほのかに見たと思われる。家内もすでにその顔を見知っていた。何度か追い返したあの青年が、こんな早朝に庭にいることに家内はおどろいた。家内は退《すさ》り入《い》って、仏蘭西窓に鍵をかけた。

　そこへ私が木刀を携えて、入って来たのである。家内が私を見るなり、

「顔を見たわ」

　と言ったのはこのときである。

　――私たちが階下で談合している間、男は庇にとりついて、二階の外壁へ上り、今しがた家内が姿をあらわした仏蘭西窓を叩いていた。

　そこもどうしても開《あ》かなかったので、壁づたいに、隣りの私の寝室の窓の外側へ移った。そしてその窓硝子を拳で破り、内側へ手をさし入れて錠を外し、忽ち部屋部屋を駈け抜けて私の書斎に至り、机のうしろから、百科辞典の一冊を引き出して読んでいた。

　あとで見ると、その一冊は、第九巻の、クンからケンチに及ぶ部分であった。彼は何の項目を引こうとしたのか？　それともその第九巻は偶然の選択であったのか？　あるいはまた、正気を失っている彼の心は、それが百科辞典にすぎぬことを認識していたのかどうか？


　――その寝室の窓硝子が破られる音は、なお百十番の強いる長い問答にかかっていた母の耳にも届いた。

「大変！　硝子のわれる音がしたわ。中へ入ったらしい。助けて下さい、早く！」

　と母は電話口で叫んだ。先方はこれをきいてようやく電話を切った。

母はその焦燥感に充ちた長電話に疲れていた。パトロール・カアがなかなか来ぬまでも、連絡のついている筈の駐在所の警官は、もう来てくれてもよい筈である。

母は焦燥に耐えかねて、寝間着のまま、傘をさして家を出た。霧雨が降っていた。角を曲って、緩い坂を昇って、アパートの前まで来たときに、ようよう顔見知りの交番の老巡査に行き当った。巡査はむこうから、警棒を振り振り、のんびり歩いてきた。

「大変です！　駈けて下さい」

と母が叫んだので、警官は駈け出した。母はそのあとについて家まで駈けた。

そのときパトロール・カアも到着したので、パトロール・カアの二人をあわせて、警官は三人になった。

一方、二階へ上る私のあとを追って来ようとしていた家内は、勝手口を叩く音に立ち戻った。

戸がふたたび激しく叩かれ、おい、おい、と呼ぶ声が、父の声だとは咄嗟にわからなかった。男が再び外へ廻ったかと思われた。

ようやく父の声を確認して、家内は戸をあけた。父と共に三人の警官が入ってきた。彼らは雨合羽を脱ぎ、それから丁重に靴を脱いだ。

「どうぞ、靴のまま、靴のまま」

と家内は言ったが、靴はきちんと脱がれた。それから三人の警官は、父や家内と共に書斎へ上ってきた。

これから見ると、私が男と対峙していた時間は一分にも充たなかったと思われる。

§

父と私が警察署へ行ったのは、それから三、四十分のちであった。パトロール・カアが迎えに来て、それに乗って行った。

私と父はわかれわかれになって、型通りの調書をとられた。それが二時間近くもかかった。その間に日が射してきて、調室の窓の磨硝子がにじむように一面に明るくなった。

警察の中には剣道の知人もあったし、私は市民的な態度と気分を取り戻した。警察は犯人の行為に一定の法律上の罪名をつけ、いわゆる「事件」にしてゆく経過を、さまざまな書面上の手続で示したが、私は全くそれには異存はなかった。私は犯人の行為に人道的な憐れみを抱いたり、司直の寛恕を願ったりする気持は全くなかった。私のことはともあれ、犯人は私の家族の市民的平和を脅やかしたのである。

犯人は一定の処罰に服すべきであり、もし又、責任能力のないほどの心神喪失者と認められれば、精神病院がその治療と社会予防とに万全を期すべきであった。事件はいずれにせよ、私の手を離れたのである。

調書がおわって事務室へ出て一服していると、そこへ一人の刑事が、犯人を面通《めんどお》しに連れてきた。清潔な薄色のジャンパーを着、顔色もさっきのように蒼白ではなく、硝子を破った手はすでに丁寧に手当をされて繃帯が巻かれていた。

犯人は実にさりげなく、人々の立ちつ居つする机のあいだを引廻され、又連れ去られたが、その顔には何か昂然としたものがあって、坐っている私と目が会ったときにも、先刻のように、必死に物乞いをしている魂の切実な閃めきはなかった。私はそこにただの他人の顔を見た。

犯人が去ってのち、その腕に赤い腕章が巻かれている理由を、父が問うた。

柔道家らしい、首が肩に埋もれた刑事がこう答えた。

「いやあ、このごろの被疑者は、品のいい顔が多くなって、ふつうのお客さんと見分けのつかんようになりましてなあ。ああして腕章ですぐ目につくようにしたんですわ」

§

私は家へかえって、一、二時間仮眠をとった。午後の約束があるので、少しでも眠っておく必要があったのである。

目がさめると、外は烈しい夏の日ざしに充たされ、霧雨に包まれていた暗い朝は、遠い幻のようになった。

しかし終日、私の脳裡からは、薄暗がりの書斎に泛んでいたあのすさまじく蒼ざめた顔が立去らなかった。

思えば、小説家というものになってから、私がこういう異様な訪客に見舞われたことは一再ではなかった。あるときは、根も葉もないことをたねにして、ゆすりに来た者もあった。ゆすりは勿論狂人ではない。多少の法律知識も持ち、脅迫罪の構成要件を充たさぬように、巧みなもちかけ方をして、人の心理の裏を突いて来るようなやり方をする。

こういう人間に対しては、私ははげしい敵意と憎しみを感じた。その心情の陋劣に、ほんの短かい間でも触れたことで、自分の身まで汚れるような気がした。その日一日、悪がにんにくのような匂いを私の肌に移して、洗っても洗っても、その匂いがまつわりついているように感じられた。

しかし、今度はちがう。あの蒼ざめた顔には、悪の匂いが少しもなかった。従って私の心にも、敵意や闘志が生れなかった。

書斎で木刀を構えて対峙していたとき、私は、百科辞典をひろげて慄えているそのふしぎな弱弱しい闖入者に、打ってかかろうという気が全くなかった。もちろん向うから襲いかかって来れば、木刀で身を衛ることはおろか、相手の小手を打つくらいのことはしたかもしれないが、すでに法を犯し、他人の家へ押し入っている明らかな犯罪者に対して、私には進んで打ちのめそうとする敵意が欠けていた。

これを、憐れみだとか、人間主義的な気持だとか、解釈されることを私は好まない。又、私に対して害意を持たぬどころか、私を世にも霊験あらたかな人物のように錯覚して、拒まれても拒まれても私に会おうとし、そのためにはついに法をも犯した狂人の行為が、私の自尊心と、さらには虚栄心をくすぐったのだ、というのも当らない。私は分裂症患者の人気をあてにするほど、人気に飢えているわけではない。

私の気持はもっとちがったものだった。人のいるべきではない私の書斎の、その梅雨時《つゆどき》の朝の薄い闇に、慄えながら立っている一人の青年の、極度に蒼ざめた顔を見たときに、私は自分の影がそこに立っているような気がしたのである。


――もとより私は、今まで狂人であったことはない。

文学熱に浮かされていた二十代の初期にも、愛読する作家に、紹介もなしに面会を求めたこともない。まして面会を拒まれたからと云って、その作家の家へ、窓硝子を破って押し入って、書斎を物色した上に、事もあろうに百科辞典をひろげて見る、などということをしたこともない。それに類したことが、心に一瞬でも浮んだことさえなかったと云っていい。私は大体それほど他人に熱狂したという経験がなかった。

私は狂人の世界に親しみを持ったことは一度もなく、狂気を理解しようと努力したことすらなかった。私が或る事件や或る心理に興味を持つときは、それが芸術作品の秩序によく似た論理的一貫性を内包しているときに限られており、私が「憑かれた」作中人物を愛するのは、私にとっては、「憑かれる」ということと、論理的一貫性とが、同義語だったからである。そして論理的一貫性は、無限に非現実的になり得るけれども、それは又、狂気からも無限に遠いのである。

しかし、小説を書いて世に売るというのは、いかにも異様な、危険な職業だということを、私は時折感ぜずにはいられない。私は言葉を通じて、何を人の心へ放射しているのであろうか？　芸術家にはたしかに、酒を売る人に似たところがある。彼の作品には酒精分が必要であり、酒精分を含まぬ飲料を売ることは、彼の職業を自ら冒瀆するようなものである。つまり酩酊を売るのである。正常な人間は、それが酒であることを知って買い、一夜の酔をたのしみ、酔が醒めれば我に返る。しかし、こういうことがありうる。酒と知らずに、有益な飲料だと思って買って、その結果、馴れない酒のために悪酔をするということ。あるいは、はじめから、正常でない人間がこれを買って、一定の酒精分からは思いもかけないほどの怖ろしい結果を惹き起すこと。……

それにしても、警察は青年の生活について多くを語らず、私の耳に入ったのは、彼の両親が大そう遠い土地に住んでいて、彼が東京で孤独に暮しながら、或る新聞社に勤めている、ということぐらいだった。

それはそうだろう。こんな狂気が、たとえ先天的素質はあったにしても、明らかに孤独に育《はぐ》くまれたものであることは、最初の一瞥で私にはわかった。

ただ一つ明らかなことは、同じ狂気にもあらゆる発現の形があろうに、今このような形をとったのは、私の文学作品がそこに介在しているということである。私が小説家でなければ、私の作品から妄想を逞しゅうして、私を襲うなどということがある筈もない。

小説を読むことは孤独な作業であり、小説を書くことも孤独な作業である。活字を介して、われわれの孤独が、見も知らぬ他人の孤独の中へしみ入ってゆく。そして私は、そのしみ入ってゆく奇怪な現場をただの一度も見たことがない。これからも決して見ることはあるまい。が、今度のような闖入者のおかげで、その狂気のおかげで、私はその蒼ざめた顔に、決して作家が見ることのできない「読者」の顔を見たように思う。尤もそのとき、彼が読んでいたのは百科辞典にすぎなかったけれども。

彼の狂気を育くんだ彼の孤独を、私が自分ではそれと知らずに、支えていたことは多分疑いがない。他人の孤独をそのように保証するのは怖ろしいことだが、一人の作家の仕事から、蔓のように生え伝わってゆくものがあって、それがどこかで彼の孤独を護っていたことはまちがいがない。

そして、あれだけの狂気が育ってゆくには、どれほどの孤独の肥料が要ることだろう。少くともその肥料の一部分を、私はわれしらず供給していたのである。いろんな朝があり、いろんな昼があり、いろんな夜があったことであろう。孤独は黴のように押入れの内部を飾り、畳の目を飾っていた。そこにはいつも私がいた。

　私はふだん、孤独すぎる人間に或る忌わしさを感じて、避けて通る傾きがあるけれども、私の作品を通じて、私の精霊は、日夜、孤独のありあまった人々の住家を歴訪することをやめない。私はなるべくなら、明るい、快活な、冗談をよく言う人々の間で暮して行きたいが、私の知らぬ私は、陰気な、古ぼけた背広を着た方面委員のように、暗い軒端軒端を訪ね歩いているらしいのだ。

　そこでは孤独が猖獗している。あの青年の蒼ざめた顔には、孤独の病菌が充満していた。そういう人間は、何かちょっとした手ぶり、ちょっとした口の利き方でも人々に嫌われ、孤独を伝染《うつ》す惧れのある人間として、しらずしらず隔離されてしまう。（そして私自身も、かつて、そういう孤独を知らぬではない。）

　そうだ。今、私は多少の軽侮と多少の親しみをこめて、「あいつ」と呼ぼう。

　あいつが朝起きる。おそらく歯ぐらいは磨いたろう。その歯磨粉にむせかえるときに、すでにあいつの口のなかは、孤独の灰でいっぱいになっていた。（それも私は知らぬではない。）

　あいつが自炊の味噌汁を炊く。味噌汁が吹きこぼれて、瓦斯の焰がいやな匂いを立てる。そのときもうあいつの鼻孔は、孤独の匂いでいっぱいに充たされたのだ。

便所の中も、満員電車の中も、ごみ箱の中も、どこも孤独で充満していた。あいつが煙草を買えば、その煙草は決って湿っていて、なかなか火がつかなかった。あいつが馬券を買えばみんな空籤だった。そしてあいつが勤めに出れば、輪転機の機械油の匂いは、世界終末の匂いを立てていた。

あいつが机の抽斗をあければ、そこからも孤独がすぐ顔をのぞかせた。そして孤独と共に、そこにはいつも私がいたのだ。

――一体、あいつはどこから来たのだろう。警官はもちろん私にあいつの住所などを告げなかった。

しかし、だんだんに私には、あいつがどこから来たのか、その方角がわかるような気がしはじめた。あいつは私の心から来たのである。私の観念の世界から来たのである。

あいつが私の影であり、私の谺であるのは確かなことだが、私の心はといえば、あいつの考えるほど一色《ひといろ》ではなかった。小説家の心は広大で、飛行場もあれば、中央停車場もある。中央駅を囲んで道路は四通八達し、ビル街もあれば、商店街もある。並木路もあれば、住宅地域もある。郊外電車もあれば、団地もある。野球場もあれば、劇場もある。そしてその片隅のどんな細径も私は諳《そら》んじており、私の心の地図はつねづね丹念に折り畳まれてしまってある。

しかしその地図は、私がふだん閑却している広大な地域について、何ら誌すところがない。私はその地域を閑却し、そこへ目を向けないようにして暮しているが、その所在は否定できない。

それは私の心の都会を取り囲んでいる広大な荒野である。私の心の一部にはちがいないが、地図には誌されぬ未開拓の荒れ果てた地方である。そこは見渡すかぎり荒涼としており、繁る樹木もなければ生い立つ草花もない。ところどころに露出した岩の上を風が吹きすぎ、砂でかすかに岩のおもてをまぶして、又運び去る。私はその荒野の所在を知りながら、ついぞ足を向けずにいるが、いつかそこを訪れたことがあり、又いつか再び、訪れなければならぬことを知っている。

明らかに、あいつはその荒野から来たのである。……

その意味は解せぬが、あいつは私に、本当のことを話せ、と言った。そこで私は、本当のことを話した。

時計

一

晴れてさえいれば、六月半ばともなれば、もう泳げる。殊に日曜である。朝から曇っていて、小雨がぱらつく天気が、いかにも残念である。しかし思い切って、海辺まで出かけてみれば、晴れるかもしれない。天気予報はそう言ってはいないが、天気予報を信じる者はいない。とにかく出かけてみることだ。折角の日曜ではないか。

……そう思うことはそれほどの奇想ではない。一人がそう思えば、同時に何百人の人間が、同じ考えを持つのもふしぎはない。

その日の江の島周辺は、ふたたび小雨がふりだして、もう晴れる見込の失われた午後になっても、未練気な人出があった。それでも浜まで下りてゆく人の数は多くはなく、まして雨中で泳いでいる人はいない。

片瀬海岸には葦簀《よしず》張りの茶屋が建ちかけていたが、まだ建て急いでいるという風ではなくて、上の路傍に停車しているトラックから、次々と葦簀の束が砂上に投げ落されているその作業には、いやいやながらしていているという感じが漂っている。雨空はどんよりして、去年の使い古しらしい葦簀の色も冴えず、何ら季節の新鮮な予感がない。煤けた簾の束が、濡れた砂の上へ、不甲斐ない音を立てて、落ちて、めり込むだけである。

波打際のかなり近くに、大きなコップ形の金網の紙屑籠が、紙屑をあふれるばかりにして少し傾《かし》いでいる。濡れた紙屑の光沢紙の白さが目にしみるほどに、その背後の茄子色《なすびいろ》の海は暗い。一つ抜きん出たその白い紙屑の巻き具合が、あたかも大きな海芋《かいう》の花のように見える。

すぐ目の前の江の島に雨雲がにじんで、島の形はあいまいである。波は高くはないが、その波頭の白ささえ汚れて見える。風は死んでいる。

浜の中程に、粗末で岩乗な長いベンチが四つ置かれている。その四つが二つずつ縦に並べて置かれているのは、盗まれない用心に、四つのそれぞれの一本の脚を、纏めて鉄鎖で括ってあるからである。繋がれた犬のような四つのベンチは、もし解き放たれれば、一せいに四方へ駈け去るのでもあろうか。

そのベンチに、思い思い裏表に腰かけて、傘をさして喋っている娘たちがいる。都会の

場末のズベ公風の娘たちで、通りすがりの男に声をかけ、返事がないと、

「あらエッチね」

「へんなところ触らないでよ」

などと奇声を発して、つつき合って一せいに笑う。そこで誰もその女たちのそばを避けて通るのだが、呼ぶ声はかなり遠くまで飛礫《つぶて》のように飛ぶのである。

又、道から石段を一人下りてきて、一直線に波打際のほうへ向う外人の中年の紳士がある。傘はささず、栗色の髪が湿って凝固している。その紳士を、

「ヘイ！　ヘイ！」

と追ったあげく、道を阻んで、何か写真の一束を売りつけようとしている少年がある。写真を雨から庇っているのが、一そうその写真を床《ゆか》しく見せる。少年の躍っているようなGパンの腰と、ふりまわす片手と、大仰な頷きと、ゆすぶっている体とが、雨を弾《はじ》いているように見える中に、写真を載せた左手だけが、飛蝗《ばった》をつかまえた子供の手のように緊張しているのが、遠くからもわかる。

……こういうさまざまな風景から孤立して、砂の上に、黒い蝙蝠傘をさして坐っている若い女がいる。女のひろげた傘は、自分の身を庇うよりも、膝もとの砂の面《おもて》を庇っている角度になっている。

そこには砂の上に新聞がひろげられ、新聞の上にトランプが並べられているのである。

牡丹いろの半袖シャツを着た若い男が、自分の傘は畳んで脇に置き、片膝を立てて片胡座《あぐら》をかき、うつむいて一心にトランプを繰っている。

女のさしている傘は微妙な角度で、こまかい粉のような雨を禦《ふせ》いでいる。それはまず、トランプが濡れないように護っている。それからトランプに熱中している男の怒り肩を雨から庇っている。それから、ひろい灰鼠いろの砂浜に、こんな風にぽつんと坐っている自分たち一組への、人人の好奇の目を遮っている。

従って、女は海へ向けている自分の前髪に、白い粉を刷いたように、こまかい雨滴が撒かれてゆくのも意に介しない。

女はベージュいろのスーツを着て、大きな手提を膝に守って、胸もとに大粒の人造真珠のネックレスをかけている。少しまくれている唇に、流行の白っぽい口紅を濃密に塗っている。目にはアイ・ラインを入れ、その目は、何か物凄い悪意に隈取られているようでもあるが、その実、無心な、邪気のない、いつでもせい一杯瞠《みひら》いているほかの表情を知らない目であるように見える。女は少し出目《でめ》である。

そして二十をいくつもすぎていないようでもあり、頬をすぼめると三十女のようにも見える。男がやっているトランプのほうへはなるたけ目をやらないで、女は、雨を無意味に吸い込んでいる海のほうへ幸福そうに茫然と顔を向けている。

してくる音は二種類しかない。海の陰気な単調なとどろきと、背後の道路をゆく自動車の、低い嘆息に似たひびきだけである。そのなかから、ときどき、クラクションの音や、オートバイの唸りが、立上って又須臾《しゅゆ》の間《ま》に消える。……

二

……千栄《ちえ》は、そうして海を眺めながら、傍らの勉《つとむ》と同棲しはじめたころのことを考えている。

「黒い日の出のセンター・ペイパー
リヴォルバーが火を吹いてバキユーン！」

というのが、勉の口癖だった。機嫌のいい時にはこの口癖が出る。酔うと、いつまでもこれをくりかえす。

「黒い日の出のセンター・ペイパー
リヴォルバーが火を吹いてバキユーン！」

勉が以前何者だったか千栄は知る由もなく、その町では誰も前身を洗い立てようとする者はいない。ただ、千栄はそこへ流れてきて、自然に勉と知り合って、寒暑にかかわらず毎朝職安の前に並ばねばならぬ日雇労働者の暮しを、しんからいやがっている勉に楽をさせてやるために、「前を売る」ようになったのである。すべて自然にそうなったのだ。勉は依然ただの怠け者であり、組に入ってヤクザの名を売るような了見はないらしい。女を何人も操って、小取廻しのきく暮しをしようという気もないらしい。千栄の稼ぎで、十分二人の口を糊してゆけるのであるが、怠け者のくせに勉は縛られることが嫌いだった。

千栄の稼ぎ場は大宮で、かえりは大そう遅くなるから、仲間たちといつもタクシーを割勘にして帰ってくる。疲れ果ててはいるが、この帰りの車内のお喋りが面白いのである。運転手をからかったり、今夜の客との滑稽なやりとりをあけすけに話したり、遠慮なく自分の情夫の自慢をしたりする。

そのいつもの仲間の一人に、一番の姐さん株で、ちゃんと籍を入れた結婚をしていて、子供までいるのがある。亭主は子供の面倒を何くれとなく見てくれて、帰るとちゃんと目をさまして迎えてくれるばかりか、温かい夜食を調えてくれたりする。この女は「奥様」という渾名で通っているが、鼻の高い横顔に気品があって、千栄は彼女を尊敬もし、羨ましくも思っている。

自分が帰るときに、勉はいることもあり、いないこともある。しかし、一日コッペパン三ケしか与えないで女を働かせる冷酷なヒモに比べれば、勉はずいぶんましだと言わなければならない。

時々タンバリンを振りながらやってくる救世軍を嘲って、街の連中はいろいろなわるさをするが、酔った勉のすることといえば、大てい眼鏡をかけた貧相な顔におよそ軍帽の似

合わない救世軍の鼻先で、指でピストルの形をつくりながら、例の、

「リヴォルバーが火を吹いてバキユーーン！」

をやってみせるくらいである。そして千栄が一緒のときは、それに声を和して笑ってやらないと機嫌がわるい。

初夏のむしむしする晩などには、勉はもう半裸で酔って町を歩いた。タオルを頭に巻き、ニッカボッカを穿き、得意の金のラメ入りの緑の毛糸の腹巻をして。それは一見霜降りの模様のように見えるのが、燈下へ来ると金蠅の背のように緑にまじる金が繊細に光る。

勉は髑髏のように落ち窪んだ目をして、体は毛深く、さして厚くもない胸と、ひろすぎる肩幅を持っていた。めったに笑わない顔は、いつ思い出してみても、丁度そんな男の顔の切手を一シート買って来て眺めてみるように、記憶のなかに同じ顔が同じ角度できちんと続いていた。千栄が一緒に暮していた男は、一緒に暮しているという感じが妙にたしかでない、そういう男だった。

九月の颱風の晩、千栄はもちろん仕事を休む。二人は柳の下に軒燈をせり出した宿の、二人室一人百六十円という部屋に住んでいる。個室と言っても、みんながごろごろしている大部屋の中をとおって、梯子のような階段を上った中二階の、ベニヤの板戸一つで外から仕切られた部屋である。一方の壁が屋根の形なりに斜めに下りて、低い小さな横長の窓へつづいている。千栄はその窓に丹念に目張りをした。雨風が入れば、直《じか》に蒲団が水浸し

になるからだ。

千栄はむしあついのでスリップ一つで、万年床に仰向けに寝て、団扇で自分の胸をあおいでいるが、あおぐのが億劫になると、団扇の角《かど》が高い乳房にぶつかり、それで団扇を止めると、暑さが全身ににじんで来る。壁のあちこちに、週刊誌の原色版のグラヴィアの、気に入ったのを貼り散らしてあるので、居ながらにして、スイスの山中の湖の景色も、オーストラリアの緬羊の群も、メキシコ・アカプルコ海岸の風光も眺めることができる。戸外の颱風の、大きな破れた手風琴の、苛々した暗い憤怒のようなものに、新築の宿なので雨漏りこそなけれ、まるごと押しまくられているあいだに、こうして眺める外国の美しい雪や熱帯の砂は、それらの地方では風景が硝子箱の中の標本みたいに、不動の輝やかしさを保っているように思われる。千栄の休日は嵐なのだ。しかし、暴風雨のあいだ、人々の情慾が休んでいるということはありそうもない。今こそ、あのたくさんの汚れた客たちが、嵐の遠くから、千栄を呼んでいるような気がする。

こうして嵐に隔てられていてこそ、彼らは熱い狂おしい呼び声を取り戻すような気がする。雨風が逆巻く戸外を、かれらの汚れた男根が群犬になって、吠え叫びながら千栄の宿のまわりを駈け廻っているような心地がする。……

しかし、千栄はその静かな股間に休日を保っている。そこをさらさら自分のものとは思っていないが、傍らの勉一人の所有に委ねているという、何だか全身が光に透くような満足に涵《ひた》っている。たとえ今、勉が手を触れてくれなくてもいい。この嵐の只中に、そこにだけ、深海のうす紫の休日が漂っていることを、千栄はたとしえもなく平和な心持で感じている。

ふと目を向けると、パンツ一枚の裸であぐらをかいて、熱中している勉の鋭く削《そ》いだような頬の線がうしろから見える。歯嚙みをするたびに、その光った頬から顎の線が逞しく動く。

千栄は急に身を起して、男の背にかじりついて肩越しにのぞいた。男の肩は一瞬うるさそうに波立ったけれども、又静まって、何も言わずに、トランプを繰っている。

壁に接したせまい畳の空間に、十三枚のトランプのカードが、ふしぎな形に並べられている。その十三枚のおのおのが何枚か重なっているのだが、うちの十二枚は円形をえがいて、時計の一時から十二時までの文字盤の形をなし、のこる一枚は円の中心に置かれている。千栄はその九時のところのカードにちょっと指を触れて、

「四枚ずつ重なっているんだね」

と言ったが、勉は答えなかった。

「何て言うの？　一人占いだろ。何て言うの？」

と重ねて訊いたので、

「『時計』」

と勉は面倒くさそうに答えた。

「へえ、『時計』。面白い名前ね。そう言えばそういう形だわね。どうやったら上るの？」

これにも勉の返事は得られなかったので、千栄は諦めて、見ているうちにわかるだろうと思って、そのまま勉の背に貼りついていた。

勉はあたかも勤勉な手焼煎餅屋のように、十三ケ所の札を次から次へと繰りつづけて行くので、千栄の胸の下で、汗ばんだ肩胛骨が敏活に動く。千栄は返事を貰えない仕返しに、暑がっていることを知りながら、その肩の汗の滴りを自分の乳房に受けとめている。颱風の暗い塊りは壁にぶつかり、どこかでブリキの看板の倒れるような音が甲走ってきこえ、勉はいらいらしながら、口のなかで、例の、リヴォルバーがどうとかした、という決り文句を呟いている。勉の汗の匂いと千栄の甘い腋臭がまざって、千栄は妙な気持になった。そして男の怒《いか》った肩の肉に接吻した。

それでも勉は、我関せず焉《えん》で、せっせとトランプの札を繰りつづけている。見ると、「時計」という名をそのまま、はじめ全部伏せた札が一枚一枚めくられてゆき、三が出れば三時の場所の札の一番下へ、表《おもて》を出して繰り込まれ、六が出れば六時の位置に同じようにされるので、すでに時計の札はあらかた揃って、まだ中央のキングと、七時と二時の札だけが、青い単色刷のサラセン模様の裏地を示している。

その二時の札もやがて表が出た。ついでキングの札が四枚とも表が出て、一人占いは手詰りになった。

勉は舌打ちをして、千栄の体をはねのけ、又そそくさとトランプを切りはじめた。

千栄は、怒られない先に少し退《すさ》って、遠くから男の背へ団扇で風を送ってやりながら、なるほど、キングの札が最後に出れば、それで占いは成就するのだと知った。

三

……近くへ目をやれば、勉の陰気な一人占いと、砂をそばだたせている流木と、紙屑籠のまわりに散乱して雨に打たれている経木《きょうぎ》の弁当殻の、紅生姜の紅《べに》が流れ出した色が目にしみるばかりで、千栄は、煙っている江の島の眺めへ目を放った。

島の頂きの不恰好な展望台も雨雲に巻かれ、屋根をふちどる松も影絵になっている。はやっていそうもない島の旅館街の間から、煙が立って、それが苔のような不機嫌な緑の山腹の色ににじんでいる。

島の一端から、目の前へ長い防波堤が伸び、その尽きるところに、よく尖らした銀いろの鉛筆のような小燈台を載せている。防波堤の向う側にはヨット・ハーバアがあるらしい。帆を下ろした無数の檣《ほばしら》が、一面に爪楊枝を立てたように林立している。そして茄子色《なすびいろ》の海は、たえずものうげに立ち騒いでいる。

目をやるまいと思っても、千栄はどうしても、勉のトランプの手もとへ目をやるのである。いくらかでも明るい色彩の小窓がひらいたように、三時が上る。縦にならんだ三つの赤いハートの光沢が傘のかげりの中に浮き上る。十二時が上る。二重瞼の権高《けんだか》なクイーンの顔が、紅と黒と黄の色合を、湿った新聞紙《がみ》の上に展く。……そうして見ているうちに、まだ裏の札を、十一時と六時と五時に残したまま、キングの札があらわれて、占いは一頓挫ということになった。

『簡単そうなのにどうしてだろう。あのときもそうだった。あのときもどうしても上らなかった』

と、千栄は傘を持つ手の疲れをだんだんに感じながら、考えていた。トランプを見ていると、いくら平気を装っても、胸の倖せな鼓動が高まるのを制することができない。

勉はくわえ煙草の眉を大仰にしかめながら、休む間《ま》もなく、トランプを切りはじめた。

四

……あのとき、千栄は男の汗だらけの背の熱い感覚から、ふと、はじめて男の過去について、何かを直下に見抜いたという感じを抱いたのを憶えている。

それが何であるかははっきりとわからない。短銃の照準を構えるときに、銃身をふり下ろして的を狙うと、センター・ペイパーの黒点が、丁度黒い日の出のように照準線上に浮んで来る。その瞬間に引金を下ろすのだが、そういうことを千栄は勉から直接きいたわけではなく、冗談まぎれに勉の歌の話を、おでんやのおじさんとしていた時に、おじさんがそんな風に教えてくれたことがある。

おじさんも昔は何をしていたか知れたものではない。勉も同じことだが、勉も兇器について、何らかの知識を持っていることは疑いがない。

その記憶がこの熱い背中の肉の内に澱んでいるのはたしかなことだが、千栄が直視した勉の過去はそういうものではなくて、何か、汚物のからまった暗渠のような、この世のみじめさの底に赤い火が吹き出ているような、闇の中の閃光と言った感じのものだ。

勉が千栄の客の敢てせぬような、又、たとえ客が強いても千栄が許さない、或る種の隠微なやさしさを発揮するときに、千栄はこの世の果てまで連れて行かれるような心地を味わうが、そのときの勉は、一匹の逞しい金蠅のやさしさを持っていた。

そのやさしさを彼はどこから仕入れてきたのだと思うと、やはり、あの兇器の知識が源しているのと同じ場所だとしか思われない。人を殺したことがあっても少しもふしぎはないが、彼がいかにも颯爽と装うあの歌は、何か解けがたい屈辱と結びついているのかもしれない。ひょっとすると、勉はもと警官だったかもしれぬではないか。

……千栄は、男の背へ団扇の風を送りながら、戸外の嵐の音にときどき魅入られそうになりながら、そんなことを考えている。一人占いはなかなか上りそうにない。しばらくすると、又舌打ちがきこえ、右の肩が依怙地に上って、トランプを器用に切り直す音の鳩のような羽搏きが鮮やかに起った。

部屋のなかは煙草の煙でむんむんしているが、勉がきらうので、戸をあけるわけには行かない。顔見知りの男が煙草をねだりに来たりするからである。

カードが時計の形に配られている気配がする。勉の背中の肉が、こまかい温かい影を刻んでいる。千栄は突然、この男をこれ以上不確かなものにしておくのが耐えられない気持になった。過去がわからないなら、未来はせめて自分のものにしたい、というような、筋の立った考えではなくて、がむしゃらに男に抱きついて、我儘を言いたくなったのである。

トランプを配り終って、中央の札からまずめくって、次々とあるべき時刻のところへ札を繰り入れてゆく勉の指先を、千栄は斜めに体をさし出し、顔をつき出して、じっと見ている。みるみる八時の札が表になり、ついで一時の札が表になった。

千栄はいきなり、勉のいそがしい手首をつかんで、こう言った。

「ねえ。約束して。おねがいだからさ」

「何をさ」

「この占いが上ったら、ね、結婚してくれるって約束して。ね、いちばんあとにキングの札が出たらさ」

勉はさすがにおどろいた風だった。つかまれた手首を振り払うと、しばらく千栄の顔を穴のあくほどじっと見つめた。深いところにある目が、光を消して、こちらを窺っていた。勉はそのはてに、一寸にやりとした笑いを口の角に浮べると、いきなり手を伸ばして、それまで正確にあたかも大きな柱時計の文字盤のように並んでいた十三ヶ所の重ね札を、いっぺんにごちゃまぜにしてしまった。

五

……あれから勉は、今日まで一度も時計占いをしたことがない。

そのことがあって二三日後、細雨の晩に、大宮へ行ったかえりの仲間が、「奥様」と二人きりだったことがある。千栄は、占いが成就したら結婚してくれと言ったとたんに、勉がトランプをごちゃまぜにした話を、タクシーの中で、冗談まじりに奥様に話した。

奥様のけだかい鼻は、夜明け前のタクシーの闇に冷たく泛んでいたが、今日は風邪気味で、敏感に白い鼻翼が慄えていた。

「雨がいけなかったんだわ」

と千栄は言った。

「子供のためを思ったら、雨だから休もうなんて贅沢言っておられなくなるものね」

と奥様は夜明けの霧のような洟を吹き出しかけて、あわてて手巾でこすって言った。

「でも、さっきの話だけどさ、どうしたら男って結婚してくれるのかしら」

「押しの一手だよ。押して押して押しまくるんよ。男って案外気が弱いから。うちの亭主なんかもそれよ。でもさ、あんまり単純にやるのも考えものだね。時間をかけてさ、ゆっくりじっくりやるのよ。鍼《はり》の療法みたいに、ときどきチクチク、顔色を見ながら、『結婚してよ』って、思い出したように言うんだね。半年もすりゃ、向うから負けてくるよ。人生ってそんなもんなんじゃないかしらんねえ」

奥様の言うことはいちいち尤もにきこえる。千栄が黙ってきいているうちに、外がかすかに白みかけて、街燈のあかりが青白くなり、看板の宮城時計店という字がふと目についた。千栄は自分たちの結婚する時刻を、あのトランプの時計がさす日はいつのことかと思うと、もうこの目論見が頭から離れなくなった。

千栄はそれから何かにつけて、「私たちが結婚したら」とか、「結婚しちゃったつもりで」とか、「もし結婚することになったら」とかいう言葉を、さりげなく会話に挾《さしはさ》むようになった。そのたびに勉は、何も答えない代りに、丁度頰張った御飯の中にまじっていた小石が歯に触れた人のような表情をした。

千栄は今までよりもせっせと稼いで貯金をし、

「これ、結婚資金のつもり、なあんて言ったら、笑われちゃうかしら」

などと冗談のように言った。

時には、栄養をつけるために、屋台で駐留軍の残飯の衛生鍋というのを喰べるが、マカロニやハムやソーセージが丼の中から無秩序に箸でつまみ上げられるのを、

「私が奥さんになったら、こんな無駄しないよねえ。アメちゃんの奥さんって、何してるのかしらねえ」

と千栄が言うと、

「もう、お前、奥さんじゃないか」

などと屋台のおやじに勉の前で揶揄されるのが嬉しい。

千栄のこの新たな習慣は、いつか千栄自身が気がつかなくなるほど深くしみ入って、天候の話をしているときにも、着物の話をしているときにも、意味のない間投詞のように、「結婚したら」という言葉が出るようになった。商売のためには辛い冬の、足が紫いろに凍傷を蒙る幾月かがすぎて、気候がゆるむと、千栄の愛はますます盛大になった。

早朝にかえってきて、眠っている勉に抱きついて、愛をせがむようなことは以前はなかった。千栄はそうしなければ納まらぬように苛立っている自分が、何のためかよくわからなかった。

勉は稀には打擲することはあるが、怒れば黙ってしまうたちで、眠たいときには怒りさえせず、半睡半醒のままで、千栄の愛撫に身を委ねて、そのまま又眠ってしまうことがあ

る。しらぬ間に愛撫の形が逆転したのである。

五月のある暖かい日のしらじら明けに、千栄は梯子を上って自分の部屋へかえると、枕もとの小窓の仄明りに、男の寝顔を見て、いつにもまして切ない気持になった。小さく口のなかで経文のように、「愛してるのよう。愛してるのよう」と呟きながら、男の体を隈々まで愛撫した果てに、男が終ったとき間髪を入れずこう叫んだ。

「ねえ、さあ、結婚して！」

勉はそれまで夢うつつのように見えたのが、この一言でがばとはね起きると、かつてのように「うるさいな。もう結婚してるじゃないか」などというその場つなぎの言葉も言わずに、許しがたい侮辱の一言を浴びせられたように、黙って千栄の顔を睨《ね》めつけた。

小窓の光は、起き上った勉の腰にふさがれて、彼の顔はほとんど暗くて見えなかった。髑髏の目のように奥まった目が、ただこちらを注視していることは確かである。千栄は、その暗い洞の奥から赤い火が吹いて、閃光が迸るように感じたが、それが少しも怖くなく、甘くて快い思いを誘われた。彼の凝視には、言うに言われぬ不吉な感じがしたけれども、女の直感で、それが不誠実な感じでも裏切りの感じでもない何か別のものという風に受けとれた。勉は根がまじめな男であるにちがいない。

……それから十日ほどして、千栄はパクられたが、三度目の経験で驚きもしなかった。勉は決して警察へは顔を出さず、人にたのんで差入れを届けてくれるのが常だったが、今度はそういうこともなかった。家へ帰ってみると、勉は出かけていて、二日もかえって来なかったので、その間、千栄は泣き暮した。三日目の晩、勉はちぢみのシャツに、金のラメ入りの緑の毛糸の腹巻をして、ひどく酔いしれて帰って来た。千栄は、抱きついて、泣きじゃくって、近所合壁《がっぺき》へ響き渡るような声で叫びつづけた。

「結婚してよう。結婚しておくれよう。ねえ、私、切ないんだからよう。世帯を持って落着きたいんだよう。もうこんな思いをしているの、いやなんだからさあ。ねえ、結婚して！　せめて、結婚するって約束して！」

六

……そんなことがあってから、きょうは十日目である。

今朝、勉はめずらしく晴れやかな顔で、髭を剃りながら、

「おい。今日は気晴らしに海へ連れてってやろうか」

と言った。壁鏡に向って、水でシャボンを頬にこすりつけながら、日本剃刀で器用に髭を剃っている勉の手つきを、千栄は惚れ惚れと眺めている。気が向くと無駄毛を剃ってくれたりもするが、一度だって傷をつけたことはない。

この突然の申出はあんまり幸福だったので、千栄は咄嗟に反応することができなかった。

「うれしい！　連れてってくれるの？」

「おい。どうなんだ」

「早く仕度をしろ」

そう言いざま、勉は、剃り終った剃刀をろくに拭いもせずにぱちんと畳んで、吊棚に手をやって、このごろ遊んだことのないトランプをつかんで、剃刀とトランプを掌に一トまとめにして、ズボンのポケットに放り込んだ。その動作があまり円滑で素速かったので、千栄は何となく勉の髭剃りの習慣へ心が滞っていて、ああ、泊る気なんだな、と思った。

「泊るの？」

「え？　泊るかもしれねえな。仕度をしておきな」と勉は二三日前買った牡丹いろの半袖シャツへ腕をつっこみながら言った。

千栄は窓をあけてみて空をのぞいたが、晴れる気配もないのを憾《うら》みに思った。しかしこれほど思いがけない幸福な日曜ともなれば、海辺まで出かけてみれば、きっと晴れ渡ってすばらしい夏の午後になるだろうと信じた。そして、去年の大棚ざらえで買った薄桃いろのセパレートの水着を、まず手提袋に放り込んだ。

…………。

――海まで来ても雨である。

晴れる見込は失われたが、さりとて、本降りになりそうな気配はない。

勉がどうでも浜で休もうというので、傘をさしかけて腰を下ろすと、早速トランプが取り出され、時計占いがはじまったのである。

出がけにトランプをポケットにしまうところは見ていたから、旅先の消閑に使うのだろうと思っていたが、まさかあれ以来口にも出さなかった時計占いを、ここではじめるとは想像もしていなかった。

見ていると、幸福と不安で胸が詰りそうになるので、なるたけ千栄は目を逸《そ》らしている。海を眺め、背後の浜を眺める。道路の下の崖ぞいに、漁獲を積み上げたように、四五台のボオトがぞんざいに寄せ合わされて白い濡れた腹を見せている。515、513などという赤いペンキの数字が、剝げかけて、しかし船尾にありありと読めるのだが、それを見るうちにも、千栄の頭はトランプの数字へ戻っている。十二までの札がみんな表へ出て、キングの札が最後に出ればいいのだ。そうすれば、……そうすれば、勉は、「結婚しよう」と自分の口から言い出すつもりかもしれない。「奥様」の言ったことは本当だった。勉が今日わざわざここへ誘って、あれ以来止めていた時計占いをはじめたのも、あのときの態度を今になって撤回することの、いちばん男らしいやり方かもしれない。彼の真剣な様子はその肩の動きからありありと窺われる。今日彼はどうでも占いを成就して、このロマンチックな忘れがたい環境で、結婚の約束をしようと考えているのにちがいない。

そう思えば、ますます千栄の胸は動悸を打って、路上に濡れた灰色のヘルメットの一群が立てているオートバイの唸り声が、ひどく胸苦しく感じられる。沖へ目を移す。沖はますます暗く、三角波は、救いを呼んでいる無数の白い手のように迫《せ》り合って見える。いつのまにか潮が満ちてきて、さっきまで雨に黒ずんでいただけの砂の部分が、しっかりと黒く坦《なら》されて余波《なごり》に泡立っている。

ふと目をトランプへやった千栄は、中央の一枚だけを残して、十二枚の札が、エースからクイーンまで、花時計のような花やかな文字盤を新聞紙《がみ》の上に円く展いているのを見た。千栄は嬉しさのあまり、心臓がとまったような気がした。

勉の右手がゆるゆると中央の札へのびて、自信を以てそれをめくりにかかった。四枚目のキングのKの字の下の小さなスペードが、黒い日の出のようにカードの端にのぞかれた。めくり了せると、王の冠がくっきりと十二枚の輪の中央に納まった。

「上ったわ！　上ったじゃないの！」

千栄は喜びのあまり勉の首にしがみつこうとしたが、何だかそうさせないものがあって、喚声をあげるだけで差控えた。胸の鼓動はふたたび早間に搏ち、思わずさし上げた手が傘をずらせてしまって、トランプのカードの上にも傘にたまっていた雨滴が繁く散った。

勉は何も言わずに、悉く展かれた時計の鮮やかな文字盤を見つめていた。それから千栄のほうへ顔を向けると、その髑髏のように奥深いところにある目の端で、こころもち笑ってみせた。

のびをして立上った。浅瀬の底で波の退き際に貝殻がぶつかるように、ポケットの中で小銭にぶつかって、剃刀が鳴っていた。

仲間

お父さんはいつも僕の手を引いてロンドンの街を歩き、気に入った家を探していました。それはなかなか見つからず、お父さんは古い古い家が好きなのでしたが、住人が気に入らなかったり、家具が気に入らなかったり、飼われている動物が気に入らなかったり、鐘の音や馬車のひびきが近すぎたり、よく眠れないということがいやなのでした。しかしお父さんほど眠らない人はありませんでした。

お父さんは湿った古い大きな肩衣つき外套を着て、僕もその小型のような外套を着ていました。僕はまるでお父さんの小型でした。そして霧の深い町を夜になるとあちこち歩きました。

あるとき、僕が煙草を吸いながら歩いているのを見て、お巡りさんが見咎めると、お父さんは何でもなく言うのでした。この子は喘息がひどくて、これはこの通り、煙草の形をした薬なのですよ。しかしこれは嘘でした。僕の煙草は本当の強《きつ》い煙草で、その匂いは、外套にまでしみつき、外套を少し重たくしてしまっているほどでした。

ある晩のこと、あの人に会い、あの人は少し酔っていましたが、その蒼白い顔で、お父さんの興味を引きました。それは幽霊のように蒼白い顔でした。快活かと思うとすごく陰鬱で、怖ろしい地底からひびくような声で、「私は永いこと、こんな風に煙草を吸う子供を探していた」というのでした。この人は霧の中から突然現われて、ずっと僕たちのあとをついて歩いてきたというのでした。馬車が、三人の横をとおりすぎると、その人は軽蔑したように言いました。「乗物で漂泊《さすら》うことはできない。あんた方は賢明だ。それにあんた方は、一番賢明な父親と、一番すばらしい息子だ」

お父さんとこの人は、何か低い声で永いこと話しながら歩いていましたが、僕にはよくわかりませんでした。その晩、こうして僕たちは、はじめてあの人の家を訪れたのです。あの人は一人で住んでおり、鍵をあけて入ると、召使らしい人の姿もなく、カビくさい匂いがたちこめていました。僕はその家が好きでしたが、お父さんも大へん気に入ったようでした。しかしお父さんはそんなことは顔にも出さず、無関心な目で、その人のおびただしい本の書棚や、古い骨董物の家具や、キラキラ暗い光りのなかで光る東洋風の壁掛の織物などを見まわすだけでした。たしかにその家には、お父さんの大好きなあるもの、永いこと探していたものがありました。あの人は、お父さんにお酒を出し、僕に一箱の巻煙草を出しました。お父さんが話をしている間、僕はたえず煙草をのみつづけ、部屋の中を霧のようなもので一杯にしていました。少し酔っていたその人は、僕のことを、沼の霧を作っている青白い蛙のような顔をしている、外套を脱ぎなさい、と言いました。しかしお父さんも僕も外套を脱ぎませんでした。

その人はお父さんの話が大へん気に入ったようでした。そしてお父さんが暇乞いをすると、又ぜひ来てくれ、自分はよく旅行をするが、今月中はずっといる、その間に少くとも十ぺんは来てくれ、と言いました。

お父さんと僕は言われたとおり、何度も深夜にその家を訪れ、お父さんはお酒の、僕は煙草のもてなしに預りました。箱一杯の煙草が片っぱしから空になるのをその人は大へん喜んでいまして、僕がはじめからおわりまで笑いもせず、一言も口をきかないのを気にしてもいませんでした。ヤニクサイ坊や、とその人は僕をからかって言いました。君は下らん俗物どもの食物などは喰わんだろうね、立派な将来があるよ君は、などと言いました。私などはとても及びもつかんね。

その人はまだ若く、大へん金持で、人ぎらいで、気ままな生活を送っているらしくみえました。僕たちの話の間にあるとき、窓遠く鐘が鳴るのがきこえました。あれはイヤだ、とあの人が言ったので、お父さんは大へん共鳴しました。あんな音がきこえないところへ引越したいが、イギリスはどこでも鐘の音がする、イタリアはもっとひどい、とその人は言いました。お父さんは、しかしロンドンで、ここほど鐘の音が耳ざわりでなくひびく家はない、とはじめてお世辞を言いました。

ある晩のことでした。とうとう僕が失敗をしました。その晩の何十本目かの煙草で、うっかり僕の煙草の火が、外套の裾に落ちて、そこを焦がしはじめ、僕は火を消しもせずに、うっとりとそれを眺め、その匂いを嗅いでいたのです。「おや、へんな煙草だぞ」とその人は煙の中からこちらを見て言いました。そしてあわてて、僕の膝の上をはたこうとしたので、僕は思わず冷たくあの人の手を払いました。お父さんは一部始終を見ていましたが、そばの花瓶の水をいきなり僕の外套にかけて火を消しました。あの人は、外套を乾かしてやろうと言いましたが、僕は断わり、又、笑わない蛙め、とあの人にからかわれました。どう言われようと僕は平気でした。

お父さんは心底この家とこの人が気に入ったようでした。そんなお父さんを見たのははじめてのような気がします。夜、霧の中を僕の手を引いて歩きながら、お父さんは、たびたびその人の名を言い、その人のことを話し、あの古いカビくさい、陰気な、部屋の隅々で家具に足をぶつけるような無秩序な家に興味を示しました。

あの人がいよいよ旅行することになり、二ケ月でかえる筈だが、そうしたら又ぜひ来てもらいたい、と言われました。その時のお父さんの顔は、大へん淋しげで、その二ケ月の待ち遠しさに耐えられないようでしたし、僕も二ケ月の間、あんなに沢山煙草を喫めないと思うと悲しいのでした。

二ケ月たつうちにとうとうお父さんはある決心をしたようでした。あの人が旅行からかえる晩、お父さんは待ちかねて、僕の手を引いて霧の町をあの人の家のほうへ歩きました。いつもとちがう歩調でまるで飛ぶようでした。

しかし落胆したことには、あの人の家にはまだ灯はついていず、戸にはカギがしまり、ひっそりとしていました。まだ帰っていない、しかしお父さんはおどろきませんでした。「きっと今夜には帰ってくる」と信じている、というよりはお父さんは知っているらしいのでした。どうするのか、と僕はお父さんの顔を見守りました。お父さんは僕の手を引いて、ドアの中へ入りました。

部屋の中はたださえかびくさいのが、二ケ月の留守で、人くさい匂いのかけらもなくなり、いろんなものの堆積の匂いが占めていました。僕はお父さんがそこへ入れてくれたのではしゃいでいました。お父さんは灯りはつりず、暗い部屋の上下を自由に歩き、高い洋服箪笥の上に腰かけて、外套の裾を垂らして、ずっと部屋の中を見廻していました。ここまで上っておいで、とお父さんが言いましたが、僕は断わって、暗い壁掛のほうへ近寄りました。そして、ほとんどボロボロになっている壁掛の端を引きちぎって巻き、それにマッチで火をつけて、口にくわえました。ここの家で出されたどの煙草よりもおいしい煙草で、僕はやめられなくなって、片端から煙にしてしまいました。次いであの人の洋服箪笥をあけると、外套や着物がいっぱい下っていたので、それも喫んでしまいました。部屋の中は気持のよい煙でいっぱいでした。お父さんがその煙を煖炉へみんな追い込んでくれたので、窓から洩れたりすることはなかったのですが。

お父さんは、部屋の中を軽やかに嬉しそうに歩いていました。湿った外套の裾が鏡面にぶつかって、鏡に軽い水滴を垂らしていました。ついにお父さんは僕のほうへ来て、半透明になりながら、じっと僕の手を握り肩を抱き寄せました。遠い鐘の音がそのとき来て、お父さんの心を一寸傷つけたようでしたが、これはすぐ治りました。

お父さんはあの人の寝室へ入って行って、あの人の寝台掛を外し、そこへ花瓶の水をこぼして一面に濡らし、もうあの人も眠ることはない、と言いました。僕は喜んで湿った外套のまま、そこに横たわって煙草を吹かしました。お父さんは、きげんのよい時の癖で、じっと僕を見ながら、外套の中でしずかに指を鳴らしていました。それは鞭のような音を立ててつづきました。

突然お父さんは窓のほうを向き、深夜の街路に靴音がひびくのに耳をすませました。それは鞄を下げてかえってくるあの人の姿でした。お父さんは喜びにあふれて、僕の耳もとに口を寄せてこう言いました。

「今夜から私たちは三人になるんだよ、坊や」

第二部　エッセイ

谷崎潤一郎について

このごろよく考えることであるが、日本、殊に近代日本では、芸術的完成と綜合的教養とが、どうして一致しないのであろうか。最近、安倍能成氏とか小泉信三氏のような人々が故人となり、大正的教養人の時代が終ったことが痛感されるにつけ、この人たちの綜合的教養が、全く芸術的完成とは縁がなく、単なるディレッタンティズムにとどまったことは、本人たちが芸術家たらんと志さなかったのだから当然でもあるが、一方、谷崎潤一郎氏のような芸術的完成を完うした天才が、一つの綜合的教養人の相貌を帯びなかったことも、これと関わりがあると思われ、さらに、芸術的完成を完うしなかった大教養人正宗白鳥氏などとの対比も、興味深く浮んでくるのである。

鷗外、漱石の時代と比べると、いかにも人間が小粒に、専門化分化してしまった、という批評もあるだろうが、それは苛酷な批評で、芸術家が自分の芸術を完成させるために、時代に対して払わなければならなかった犠牲の質を看過している。大芸術家と大教養人とを一身に兼ねることに成功すればよいが、失敗すれば元も子もなくなってしまう時代に生きて、ちょうど難船の危機にある船が積荷を海へ放り出して船を救うように、綜合的知的教養人たることを放棄して、芸術的完成をあがなったのだとも考えられる。

しかし、人間の演ずるドラマは、いつもそんな風に、意識的に、あるいは意志的に行われるものとは限らない。教養人たることを放棄して芸術家として完成した、というような単純なお話をゆるすほど、芸術の神様は甘くない。

谷崎潤一郎氏は、他への批評では三流の批評家だったが、自己批評については一流中の一流だった。八十年の生涯を通じて、氏がほとんど自己の資質を見誤らなかったということはおどろくべきことである。横光利一氏のように、すぐれた才能と感受性に恵まれながら、自己の資質を何度か見誤った作家のかたわらに置くと、谷崎氏の明敏は、ほとんど神のように見える。

もし天才という言葉を、芸術的完成のみを基準にして定義するなら、「決して自己の資質を見誤らず、それを信じつづけることのできる人」と定義できるであろうが、実は、この定義には循環論法が含まれている。というのはそれは、「天才とは自ら天才なりと信じ得る人である」というのと同じことになってしまうからである。コクトオが面白いことを言っている。「ヴィクトル・ユーゴオは、自分をヴィクトル・ユーゴオと信じた狂人だった」

初期の作品『神童』(大正五年)において、谷崎氏はすでに、あらゆる知的教養に対する不信を表明したが、この発見こそ、氏の思想の中軸をなすものの発見だった。それは同時に、自己の資質の発見とそのマニフェストであった。

「己は子供の時分に己惚《うぬぼ》れて居たやうな純潔無垢な人間ではない。己は決して自分の中に宗教家的、若しくは哲学者的の素質を持つて居る人間ではない。己がそのやうな性格に見えたのは、兎に角一種の天才があつて外の子供よりも凡べての方面に理解が著しく発達して居た結果に過ぎない。己は禅僧のやうな枯淡な禁欲生活を送るにはあんまり意地が弱過ぎる。あんまり感情が鋭過ぎる。恐らく己は霊魂の不滅を説くよりも、人間の美を歌ふために生れて来た男に違ひない。己はいまだに自分を凡人だと思ふ事は出来ぬ。己はどうしても天才を持つて居るやうな気がする。己が自分の本当の使命を自覚して、人間界の美を讃へ、宴楽を歌へば、己の天才は真実の光を発揮するのだ」(『神童』)

しかし、われわれは、ここに氏の自由な自己発見を見るだけでなく、同時に、『神童』の背景をなす明治三十年代の日本に色濃く残っていた儒教的禁欲主義とそれと表裏をなす立身出世主義の強大な圧力を透かし見なくてはならない。

鷗外の世界的教養は、自由に発揮されたかのごとく見えながら、この双頭の蛇に足をからまれていた。そのあとに来た青年の世代が、双頭の蛇から足を完全にふりほどくために、双頭の蛇を殺したのはいいが、それと同時に、それらの蛇の束縛によって支えられていた知的世界像の発見の意欲まで、殺してしまったことは責めるわけにはいかない。ともかくそこに、一人の醇乎たる芸術家が誕生したのだ。

『神童』には谷崎氏自身の少年時代の影が色濃く投ぜられているが、青年谷崎の芸術家としての誕生は、それより以前に、『刺青』（明治四十三年）において、明瞭に語られている。『神童』の前述の引用の部分を、自己解放と考えるか一つの断念と考えるかで、谷崎文学の評価はいろんな風に変ってくると思う。断念によって芸術的完成をあがなったとすれば、そうして得られた完成は一つの自由の放棄であろうし、積極的な自己解放によって芸術家となったとすれば、芸術的完成と自由とは一致するだろう。氏の意識の裡で、前者後者のどちらに重点がかかっていたかは別として、私は、氏がそうして得た自由の根拠に興味を抱かずにはいられない。氏の得た自由の根拠は、官能的感受性の全的な是認であり、すなわちエロスであった。

　さて、氏はここにおいて、人生の当初に、自由の問題の逆説を会得したと思われる。すなわち、自由の根拠として知的な自由精神や自由意志を持ってくることは、自己矛盾に他ならない。目的としての自由を、前提としての自由をもって正当化することになるからである。しかしエロスを持ってきたらどうだろうか。そのとき、自由の問題の逆説は見事に躱《かわ》されるのである。なぜなら、自由の根拠としてのエロスは、同時に精神の自由の最大の敵だからである。

氏は、自由の根拠にエロスを持ってきた。自分が縛られないということの根拠に、最も強力に自分が縛られるものを持ってきた。ここにおいて、断念すなわち自由の放棄と、解放すなわち自由の獲得とは、終局的に同一の意味を持ち、かたがた、芸術制作上の倫理ともなるのである。芸術制作における言葉と文体の厳格性において、氏は稀に見る精進を生涯つづけた。

エロス自体の性質というものもある。サディスティックなエロスは批評に向いているが、マゾヒスティックなエロスは、つるつるした芸術的磨き上げに適している。そして前者は束縛を厭うて形式を破壊し、感受性を涸渇させる危険があるけれど、後者は愛する対象による束縛を愛して、感受性の永遠の潤沢を保障しうる。理想的な作家は両者の混淆にあるのだろうが、どちらかに偏するなら、後者に偏したほうがいい。それにしても谷崎氏のエロスの傾向は、前述の自由の問題の解決にもっとも好都合のものであった。自己批評の達人であった氏が、このような自己の資質を、芸術制作に十二分に利用しなかったはずはないのである。

この寓話は、すでに『刺青』に歴然と語られている。灰色の自然主義文学を背景にして、いかにこの作品が、黒い曇天を背景にして咲き誇る絢爛たる牡丹《ぼたん》の美を開顕したかは、想像に余りある。しかも、この作品には、晩年の『鍵』にいたるまでの、(『瘋癲老人日記』

はすこしく例外)、谷崎文学の特質が序曲のように悉く提示されている。すなわち、氏の小説作品は、何よりもまず、美味《おい》しいのである。支那料理のように、フランス料理のように、凝りに凝った調理の上に、手間と時間を惜しまずに作ったソースがかかっており、ふだんは食卓に上らない珍奇な材料が賞味され、栄養も豊富で、人を陶酔と恍惚の果てのニルヴァナへ誘い込み、生の喜びと生の憂鬱、活力と頽廃とを同時に提供し、しかも大根《おおね》のところで、大生活人としての常識の根柢をおびやかさない。氏がどんなことを書いても、人に鼻をつまませる成行にはならなかった。私は少年のころ、美しい伯母が、「谷崎の変態小説を読んでるの?」などと私をからかいながら、何となくその美しい顔にうれしそうな表情を泛べていたのを覚えている。氏の文学に或る変質があったとしても、それは社会人をひそかに満足させ、女をひそかに喜ばせる種類の変質だった。戦時中の言論統制が、こういうものまで禁止したのは、その欲求不満的感受性のためとしか思えない。氏の文学には、国家の存立を危うくするようなものは、何一つ含まれていないのである。

鬼子母神は、子をとらえて喰う罪業を拭われて、大慈母となるのであるが、氏のエロスの本質を探ってゆくと、この鬼子母神的なものにめぐり当る。ふつう鬼子母神の像は、その怖ろしい伝説の痕跡もとどめぬ豊満な肉体美の坐像であって、左手に一児を抱き、五人の児がこれを囲んでいる。女性とは、氏にとって、このようなダブル・イメージを持ち、慈母としての女性の崇高な一面は、亡き母に投影され、一方、鬼子母的な一面は、ナオミズムの名で有名な『痴人の愛』の女主人公に代表されるのであるが、後者ですら、その放埒なエゴイズムと肉体美が、何か崇高なものとして崇拝の対象になっている。そして、女性のこの二つの像が、最晩年の『瘋癲老人日記』の主人公の極楽往生の幻想のうちに、見事に統一されていると考えられる。

前者の女性像を中心とした『刺青』『春琴抄』『鍵』と、後者、すなわち母のイメージを中心とした『母を恋ふる記』『少将滋幹の母』の、二系列のうち、谷崎文学を語るときに、後者の系列も決して無視することはできない。

なぜならそこでは、女性に対するもっとも浄化された愛が唱い上げられ、通例の意味の恋愛小説という点では、かえってこの系列のほうが恋愛小説らしいからである。しかし、それでは慈母の像に全くエロスの影が認められぬかというと、そうとは言えないところが谷崎的である。ただ、母のエロス的顕現は、意識的な欲望の対象としてではなく、無意識の、未分化の、未知へのあこがれという形でとらえられるので、そのとき主体は子供でなくてはならない。従って『母を恋ふる記』も、夢の中の話として、話者は七つ八つの子供に姿を変えている。定かならぬ幼時記憶へのノスタルジーは、月夜のようにすべてを悲しみの色に変えるが、われわれは霊界への想像をも、幼時記憶から類推して、同じ月夜の色に染めなす傾向を持っている。『母を恋ふる記』に、その根源的な形で提示された母の主題は、『少将滋幹の母』では大きな開花を遂げる。滋幹は青年ではあるが、探し求めていた母に会う感動的なクライマックスでは、六、七歳の子供にかえらねばならない。

「白い帽子の奥にある母の顔は、花を透かして来る月あかりに暈《ぼか》されて、可愛く、小さく、圓光を背負つてゐるやうに見えた。四十年前の春の日に、几帳《きちやう》のかげで抱かれた時の記憶が、今歴々と蘇生《よみがへ》つて来、一瞬にして彼は自分が六七歳の幼童になつた気がした」

こういう母性への醇化された憧れに、たまたま肉慾がまじってくると、たちまち相手の女性は転身して、『刺青』や『春琴抄』の女主人公のような、美しい肉体のうちに一種の暗い意地悪な魔性を宿した、谷崎文学独特の女になってくるところが面白い。しかし、仔細に見ると、これらの女性の悪は、女性が本来持っている悪というよりは、男によって要請され賦与された悪であり、ともすると、その悪とは、「男性の肉慾の投影」にすぎないのではないかと思われるのである。これを更につきつめると、（おそらく考え過ぎの感を免かれまいが）、谷崎文学は見かけほど官能性の全的是認と解放の文学でなく、谷崎氏の無意識の深所では、なお古いストイックな心情が生きのびていて、それがすべての肉慾を悪と見なし、その悪を、肉慾の対象である女の性格に投影させ、それによって女をして、不必要に意地悪、不必要に残酷たらしめ、以て主体たる男の肉慾の自罰の欲求を果さしめるというメカニズムが働らいているようにさえ思われる。すべてはこのメカニズムを円滑に運用し、所期の目的たる自罰を成功させるために、仕組まれたドラマではないのか？女は単なるこのドラマの道具ではないのか？

しかし、道具であればあるほど、いよいよ美しく、いよいよ崇拝の対象であるべきで、少くともそのドラマの上では、氏は女の肉体を崇拝することによって、自分の肉慾を、自分の悪を崇拝し、以て『神童』の主題に対する永遠の忠実を誓うことになる。この悪へのアンビヴァレンツは、官能愛を浄化された「母へのあこがれ」の世界では、決して出現することがない。

谷崎氏のかかるエロス構造においては、老いはそれほど怖るべき問題ではなかった。そのマゾヒズムには、ナルシシズムとの親近性がはじめから欠けていて、*氏は生涯を通じてノーマン・メイラーのいわゆる「ファリック・ナルシシズム」を持たなかった。ファリック・ナルシシズムは必然的に行動と戦いを要請し、そこにおける自滅の栄光とつながりがあるが、氏にはそんなものは邪魔っけなだけだった。『春琴抄』における佐助が自らの目を刺す行為は、微妙に「去勢」を暗示しているが、はじめから性の三昧境は、そのような絶対的不能の愛の拝跪の裡に夢みられていた傾きがある。それなら老いは、それほど悲劇的な事態ではなく、むしろ老い＝死＝ニルヴァナにこそ、性の三昧境への接近の道程があったと考えられる。小説家としての谷崎氏の長寿は、まことに芸術的必然性のある長寿であった。この神童ははじめから、知的極北における夭折への道と、反対の道を歩きだしていたからである。

老いが同時に作家的主題の衰滅を意味する作家はいたましい。肉体的な老いが、彼の思想と感性のすべてに逆らうような作家はいたましい。（私は自分のことを考えるとゾッとする）。ヘミングウェイも、佐藤春夫氏も、そのような悲劇的な作家であったし、私のことはともかく、林房雄氏も、石原慎太郎氏も、その予感の裡に生きているにちがいない。面白いことには、この系統のすべての作家に、ファリック・ナルシシズムがひそんでいるのである。

谷崎氏のナルシシズムは、挙げて大芸術家、大天才の自負に費やされていた。氏のあらゆる芸術上の辛苦は、その制作のきびしい良心は、ひとえにこのナルシシズムの自己保証にあったと思われる。

しかし氏のエロス構造においては、性愛の主体は、おのれの目を突き、肉体をゼロへ近づければ近づけるほど、陶酔と恍惚も増し、対象の美と豊盈と無情もいや増すのだった。言いかえれば、性愛の主体が、肉体を捨てて、性愛の観念そのものに化身すればするほど、現前する美の純粋性は高まるのだった。晩年の作品『鍵』にあらわれた老いの主題は、佐助の行為の自然な延長線上にある。そして『瘋癲老人日記』において、この主題は絶頂に至るのであり、肉慾は仏足石の夢想の恍惚のうちに死へ参入し、肉体は医師の冷厳な分析の下にゼロに立ちいたる。あの小説の結末の医師の記録を蛇足と考える人は、氏の肉体観念について誤解をしているように思われる。

女体を崇拝し、女の我儘を崇拝し、その反知性的な要素のすべてを崇拝することは、実は微妙に侮蔑と結びついている。氏の文学ほど、婦人解放の思想から遠いものはないのである。氏はもちろん婦人解放を否定する者ではない。しかし氏にとっての関心は、婦人解放の結果、発達し、いきいきとした美をそなえるにいたった女体だけだ。

エロスの言葉では、おそらく崇拝と侮蔑は同義語なのであろう。しかし氏の場合、この侮蔑の根拠である氏自身の矜持は、いかなる性質のものであろうか。それは知的人間、見る人間、非肉体の矜りであろうか。それともただ、男の矜りなのか。あるいは又、天才の矜りなのであろうか。

『蓼喰ふ虫』には、ひとたび性的関心を失った女に対する、男のやむにやまれぬ冷酷さが、「女房の懐ろには鬼が住むか蛇が住むか」という浄瑠璃の一句によって端的に象徴され、谷崎氏の作品にめずらしく、「性の教養小説」ともいうべき面影を呈している。すなわち、性愛を失った夫婦と、その西欧風なインテリの家庭生活をめぐって、一方には潑溂たる白人女の娼婦が、一方には近松的な人形のような古い日本の女が配置され、西欧と日本との間を振子のようにゆれうごく主人公が、ついに日本的静謐のエロスに(軽蔑しつつ)魅せられようとするところで小説は終る。お久はもっとも愚かな、もっとも自我のない、従って女としてもっとも賢明な女である。

しかしこの作品の写実的凄味は、あくまで冒頭数章の、主人公の妻に対する性的無関心を描いているところにあり、ここには、性的関心がたとえ侮蔑と崇拝のアンビヴァレンツをゆれうごいているとしても、ひとたび性的無関心にとらわれたときの男は、どのような冷酷さに到達しうるかという見本がある。そこには精神的残酷ささえ揺曳するが、もとよりこの「残酷さ」には、サディズムの歓喜はなくて、貴族的な冷酷とでも名付けるべきものしかない。

世界の何ものも、このような性的冷淡の地獄に比べれば、歓びならぬものはなく、お祭ならぬものはない。どうしても女は、谷崎氏にあの侮蔑と崇拝のドラマを作らせる要因として、活き、動き、笑っていなければならない。そうでなければ、女一般などは何の意味もないのである。

女ならどんな女でも、そこに微妙な女性的世界を発見して、喜び、たのしんだ室生犀星のような作家に比較すると、谷崎氏は決して、いわゆる女好きの作家ではない。一般的抽象的な女、かつ女一般、女全体は、氏に何ものも夢みさせはしないし、女がただ女なるが故に、氏の幻想を培うのではない。氏にとっては、女はあくまで、氏の好みに従って美しく、極度に性的関心を喚起しなければならず、そのとき正に、その女をめぐるあらゆるものがフェティッシュな光輝にみちあふれ、そこに浄土を実現するのだ。

最後に、氏の『文章読本』は、日本の作文教育に携わる人たちにぜひ読んでもらいたい本であって、谷崎氏が自分の好みに偏せず、古典から現代にいたる各種の文章の異なる魅力を、公平に客観的にみとめつつ、かつ自分の好みを円満に主張している点で、日本の作文教育が陥りがちな偏向の、至上の妙薬になると思う。というのは私自身、小学校の誤った報告的リアリズム一辺倒の作文教育にいじめられ、のち中学に入って、この『文章読本』を読んで、はじめて文章の広野へ走り出したという何ともいえない喜びを味わった経験があるからである。

＊　この評論を書いたとき、「金色《こんじき》の死」を未読であった。「金色の死」は、このようなナルシシズムの、氏にとっての全く例外的な作品であるが、芸術的にはみごとに失敗している。しかし、この失敗はきわめて意味が深い。この失敗によって、氏は、生涯氏に災いしたかもしれぬもっとも危険な思想への岐れ路を（おそらく無意識に）避けえたからである。

ナルシシズム論

一

　女がひとり鏡に向って、永々とお化粧をし、いい洋服を着て、いいアクセサリーをつけて、いよいよお出ましとなる。そこで又仕上りを鏡で丹念にしらべる。……世間では、こういうのを、女のナルシシズムと呼んでおり、女の第二の天性と信じている。

　しかし彼女は本当に、鏡の中に自分の顔を見ているのであろうか？　彼女が鏡の中に見ているのは、本当に自分の姿なのであろうか？　私にはどうもそのへんがよくわからないのである。

　私の見るところでは、「自然」は女に、彼女の本当の顔を見せないように見せないようにと配慮している。その用意周到はおどろくばかりで、ここには定めし、自然がそうせざるをえなかった理由がひそんでいるにちがいない。そうとしか考えようがないのである。

自意識というものは全然男性的なもので、そこには精神と肉体の乖離《かいり》が前提とされ、精神が肉体を離れてフラフラと浮かれ出し、その浮かれ出した地点から、自分の肉体を客観的に眺め、又、自分の精神を以て自分の精神自体をも、客観的に眺めるという離れ業を演じるのが、すなわち自意識である。もちろんこんな離れ業は、いつも巧く行くと限ったわけではないが、自意識とは、そういう離れ業をともすると演じようとする、精神の不可思議な衝動である、と定義してよかろう。

しかるに、女の精神は、子宮が引きとどめる力によって、男の精神ほど自由にふらふらと肉体を離れることができない。男には上部構造である頭脳と、下部構造である生殖器とが、全然関係のない別行動をとることもできるけれど、女にはどうも、古代の爬虫類のように、頭と下半身と両方に脳があるらしいのである。脳と言ってわるければ、女の精神を支配する中枢は二つあって、一つは頭脳であり、もう一つは子宮であって、この二つが実に密接に共同して働くから、精神はいつも、この二つに両方から引っぱられていて、肉体から離脱できない。ヒステリーの語源が子宮にあることは周知のとおりである。

簡単に言うと、男性の精神構造は、一つの中心点をもつ円であり、女性の精神構造は二つの中心点をもつ楕円であるらしい。

女の精神はかくて存在に帰着し、男の精神はともすると非在に帰着するが、自意識とは、非在に関する精神の、もっとも生粋な、もっとも非在的なものである。

女の精神とて、もちろん自意識に似たものは持つことができる。しかし、自意識が自意識を生み、みるみる無数の合せ鏡の生む鏡像のように増殖する、自意識の自己生殖は、決して女性のものではない。自意識が彼女を本当に喰いつぶすまでに行かないならば、それは結局、「擬自意識」の部類に属するだろう。女のもつ「自意識めいたもの」には、肉体（子宮）という安全弁がついており、男の自意識のように、ブレーキが利かなくなって暴走して、崖から真逆様に顚落するというような事態は起りえない。（そういうとき、奇妙にも、その男の自意識の暴走車は、彼自身の自意識の海の中へ顚落するのであるが……）。

ここではじめて、私には、自然が、女に対して、彼女の本当の顔を見せまい見せまいとしているその配慮の理由が呑み込めるように思う。それは明らかに生物学的要請であり、女の妊娠の責務を守るためであろう。

鏡とあんなにしょっちゅう深く附合っている女が、みんな鏡の中へ投身して破滅してしまったのでは、人類は絶滅してしまう。そこへ行くと、妊娠のつとめを持たない男はそうなっても一向構わない。水鏡に映るおのが美貌に惚れ抜いて、水へ身を投げて死ぬナルシスが、決して女でなくて、男であることは、ギリシア人の知恵と言えるであろう。ナルシスは、どうしても男でなければならないのである。

かくて、女たちが、鏡の中に見つめている像が、彼女自身の姿でないことは、ほぼ確実になった。自分でないものの姿に見とれることを、ナルシシズムと呼ぶのは、言葉の誤用である。私見によれば、女にはナルシシズムは存在しえないのである。

二

私は、自然が、女に、彼女の本当の顔を見せまい見せまいと配慮しているように思われる、と言った。

もちろんここに言う「顔」とは、精神的な意味であって、肉体上の顔のことではない。では、私が、この精神上の顔を、軽率にも、肉体上の顔へ敷衍《ふえん》して、ふつう鏡に向っているときの女は、決して自分の顔を見ていない、と主張するのは、行きすぎであろうか？内観の顔は、かくも容易に、外観の顔のアナロジーになりうるであろうか？　鏡に映る顔と、心の顔とは、そんなにも、同一直線上にあるものであろうか？

女が自分のことを語るときの拙劣さには定評があり、どんなにえらい女でも、彼女が自分の正確な像をつかんでいると感じられることはめったにない。どんなに苦労し、どんなに世間智を積んでも、女は自分のこととなると概して盲目で、不可避の愚かしさが、背中の糸屑みたいに必ずついている。そして知的な女ほど、己惚れもひがみも病的にひどくなっている場合が多い。彼女の理性にはえてして混濁したものがつきまとい、論理は決して泉の水のように明らかに澄み渡ることがない。どうしてであろうか？　私が女と議論することが死ぬほどきらいなのはそのためなのだ。

しかし考えてみると、われわれが論理と呼んでいるものは、人類普遍の論理ではなくて、ただ肉体および存在から離脱することによってその自律性を辛うじて確保しえている男性の論理にすぎないのかもしれない。女性の論理（もしそれを論理と呼んでよければ）にひそむ客観性の欠如は、さきに述べたような女独特の精神構造によって、「存在を離れえない論理」のすがたなのであろう。

精神が肉体から分離されなければ、そこに客観性というものも生じえず、従っていかなる意味の自己批評も生じえない。そして自己批評こそ、他に対する批評の唯一の基準であるから、そこには真の公正な批評が成立しないことになる。女性の盲点はこのような自己批評の永遠の欠如であり、又、他に対する永遠の不公正な批評癖である。

「A子さんって、自分のバカさにどうしても気がついていないのね」

という批評が成立するためには、そういう御本人が自分のバカさに気がついていなければならない。しかし女が、

「ええ、どうせ私ってバカだわよ」

と言うときには、彼女は決して自分のバカさをみとめてはいないのである。それは、すなわち、「あなたのような不公正な目から見れば、どうせ私はバカに見えるでしょうけれ

ど」という意味である。

「私って目が小さいでしょう」

と女に言われて、

「ああ、小さいね」

と答える男は、完全に嫌われる。

もう少し思いやりに富んだ男でも、同様に嫌われる。それは、

「私って鼻ペチャだから」

と言われて、

「でも、とんがった鼻より魅力があるよ」

と答えるような男である。

私がこうして徐々に、女性の内面的な顔から外面的な顔へと移行してゆくところに、注意していただきたい。思うにそこには確たる境界線がないのである。「私ってどうせバカだわよ」という言葉と「私ってどうせ不美人よ」という言葉との間の懸隔を、たとえば、男の同じような発言、「俺はどうせバカなのさ」と「俺は二枚目じゃないからな」という二つの言葉の間の懸隔と比べてみれば、前者の懸隔はほとんどゼロに等しくなるであろう。つまり、男の発言には、自嘲のなかに必ずアイロニーと批評が含まれるのが通例で、それが自意識の表徴なのである。

さっきも言ったように、女が「どうせ私ってバカだわよ」という場合、「あなたのような不公正な目から見れば、どうせ私はバカに見えるでしょうけれど」という風に、判断の主体が故意にぼかされている。判断の主体及び基準が自分にあるかのように一応装われているが、実は、相手に半ば判断の主体が預けられている。男が「俺はどうせバカなのさ」というときは、自分の判断によって自分のバカさ加減が痛烈に意識されているのと同時に、自らがその判断の主体であって、他人の判断はゆるさないという強烈な自負がある。

次に、女が「私ってどうせ不美人よ」という場合は、判断の主体が故意にぼかされている点において、「私ってどうせバカだわよ」という場合と、ほとんど径庭がないが、男が「俺は二枚目じゃないからな」というときには、明らかに、判断の主体は、痛恨を以て、遠い遠い、見えざる第三者の手に全的に預けられているのである。なぜなら男は、人間の顔、容姿等の外観は、もともと社会的な価値であって、他人の判断によってしか評価されないという苦《にが》い知恵を、（自意識の鍛練によって）、夙《はや》くから自得しているからである。ここに男の、劣等感や優越感の早い形成が見られるので、男は比較対照による客観的価値判断を早くから身につけてしまうのである。

もちろん男といえども、少女が最初の男に愛されてはじめて自分の美に目ざめるように、最初の女に愛されてはじめて自分の魅力を知ることも多い。しかし、彼の内面性は、それによって鼓舞され、あるいはそれによって歪められることがあっても、決して彼の外面性と一直線につながらないのである。

かくて、男が鏡を見ているとき、何を見ているかが明らかになる。すなわちそこに見ているものは、彼の顔、彼の純粋な外面に他ならない。女のように、内面から外面へ、さらに、化粧によって変容した第二の外面へ、一つながりにつながる複雑なイマジネーションの複合としての顔ではない。彼は髭は剃るが、化粧をする必要はない。このように、純粋な外面としての顔が鏡面に出現し、こちらから見る主体は、純粋自意識として作用するとき、そこにはじめてナルシシズムが、ナルシスの神話の恋が成立するのである。

三

鏡はそもそも、客観に奉仕するものなのであろうか？　それとも主観に奉仕するものなのであろうか？

世にはさまざまな鏡がある。純粋客観としての鏡は、自意識の鏡であり、男の鏡である。純粋主観としての鏡は、自意識の欠如した鏡であり、女の鏡である。前者はナルシシズムの鏡であり、後者は、化粧のための、変容のための鏡である。

自分の外面が自分であるという発見は、まず一種の社会的発見であった。そこに映っている像こそ、正しく自分自身でありながら、自意識とは劃然と分離された純粋存在であるという発見が、ナルシスの恋の端緒であった。もし鏡像と精神との間に、このように隔然たる分離がないならば、鏡像と意識、外面と内面とは一つながりのものとなり、そこには容易に妥協が生れ、馴れ合いが生れ、ついには不自然な化粧が必要となるであろう。女の友である鏡とはこのようなものであり、鏡は女にとっては本質的に「油断のならない友」であり、男にとっては、「敵あるいは恋人」である。

鏡を敵として、一日中その顔を見ずにいたければ、男にはそれも可能である。朝は、手さぐりで電気髭剃り器で髭を剃り、鏡を見ずに顔を洗い、手さぐりでネクタイを締め、出勤の電車に乗ればよいのだ。

それではそういう男が男らしい男かといえば、そうとも言いきれないのである。自分の写真を見るのをきらい、鏡を見るのをきらいな男たちには、深いニューロティック（神経症的）な劣等感を持った人間が多く、又その多くは、別の知的優越感や社会的優越感で補償されている。そしてこれらの優越感へのどんな些細な批評にも、ヒステリックな反応を呈する場合が多い。鏡をきらう男を、バンカラで豪傑肌の男と勘違いすると、とんでもないまちがいに陥る。彼らは、ただ、鏡を怖れているのである。

もともと鏡は、純男性的世界の必需品であった。むかしの海軍兵学校や機関学校には、階段の下に必ず大鏡があって、軍装の威儀を正すために用いられた。ラフなプルオーヴァーのスウェーターをひっかぶるのとちがって、端正な軍装の、四角四面な外観を維持するためには、どうしても鏡が必要とされる。軍人の世界は、男性的外観が厳密に規定され、その外観によって、内面の自意識を規正し、自意識の暴走を抑圧し、以て、劃一化され単純化された自意識のエネルギーを、超自我《スーパー・エゴ》に従属せしめる世界である。従ってそこは男にとっては、自意識の永遠の休暇が約束される世界なのだ。

しかし、外部から軍人の世界へあこがれる少年の心理には、明らかにナルシシズムが含まれていたことを、私は戦時中の経験によってよく知っている。海軍士官の軍服と短剣にあこがれて、海軍兵学校へ入った少年は数知れずほどおり、それによって戦死した若者は、ナルシスの死を死んだのだった。鏡を見る女には、ほとんど死の衝動は働いていないと思われるが、少年のナルシシズムには、色濃く死の衝動が影を落している。最近、私はある映画雑誌の投書欄で、十八歳の少年が次のように書いているのを読んで、もしその少年の親がこれを読んだら、どんなに慄然とするだろうかと考えた。

「僕はジェームス・ディーンの大ファンです。彼はスポーツ・カーで死んだけど、僕にはスポーツ・カーを買う金はない。仕方がないから、単車でハイウェイをすっとばして、ディーンのように、花々しく死にたいと思っています」

少年期には、鏡はとりわけ彼の孤独にとって重要な意味を荷っている。バスの入口の席に腰かけて、そこのガラスが乗客の黒い外套の背で鏡になっていたばかりに、そこに映る自分の美しい顔に見とれて、思わずバスを乗りすごしてしまったという経験を、多くの少年は心ひそかに蓄えている筈である。自分はこんなにも美しい。だから美しいうちに死ぬべきなのだ。そしてこの種の少年のナルシシズムは、英雄類型への同一化の傾向を強く持っており、ひいては彼自身が英雄となるための原動力となる。アレキサンダー大王は、少年時代から叙事詩中のアキレスにあこがれ、アキレスとの同一化を策して、アレキサンダー大王その人になったのであるが、彼のナルシシズムは後年まで色濃く残っていて、決して自分の三十歳以上の肖像彫刻は作らせなかった。

私はナルシシズムが、決して偏奇な知的一傾向ではなく、おどろくほど普遍的な衝動であることを、ボディ・ビルディングのジムで学んだ。そこには多くの鏡があるが、鏡の前は大てい混雑しており首をさし出してネクタイを結ぶのも容易ではなかった。青年たち、もっとも平均的な、とりたてて知的でもない、環境も教養も職業もちがう種々雑多の、ある者は学生であり、ある者はバーテンダーであり、ある者は元柔道選手であり、ある者は店員であり、ある者は技師である、これら何ら共通点のない青年たちが、自分の育成した二頭膊筋や大胸筋を鏡に映して、その光りかがやく新しい筋肉に、時の移るのも忘れて見とれているのを見て、私はナルシシズムが、男のもっとも本源的な衝動であり、今まで社会的羞恥心から隠蔽されていたにすぎないのではないか、という考えをいよいよ強めた。

ボディ・ビルディングは、いかにもナルシシズムの範例的形態である。その自己完結性にはあらゆる逆説がひそんでいて、鏡に映る自分の新しい逞しい筋肉は、自分でありながら純粋な「他者」であり、考えられるかぎりの純粋な外面であるのと同時に、しかもそれは自分の意志とエネルギーによって創造したものなのである。鏡に映るその筋肉ほど、ナルシシズムにとって、というのは、男性の自意識にとって、恰好な対象はあるまい。

しかし、そこには同時に、ナルシシズムの重要な一要素が欠如している。ここには自意識が自意識を喰い、鏡が鏡を蝕むところの、あの不可思議な自己生殖の運動と、それによって起るナルシスの投身、すなわち自己破壊の衝動が、ふしぎなほど欠けている。ボディ・ビルダーたちは、大好きな家畜をいたわるように自分の逞しい肉体をいたわり、ヴィタミンやカロリーの摂取に余念がない。男のナルシシズムには、死の衝動へ促す行動性が必要なのである。そしてこのような行動的ナルシシズムは、鏡への投身による鏡の破壊をめざして、拳闘、レスリング、柔道、剣道等の格技や、自動車レース、モーター・サイクルなどのスピードへ向うのである。

四

私はこれであらかた、男のナルシシズムのドラマティックな構造について概観したが、あえて肉体的ナルシシズムに限定して、精神的知的ナルシシズムには言及しなかった。というのは、精神的知的ナルシシズムとは、肉体的ナルシシズムの戯画にすぎず、それ自体言葉の矛盾なのである。そもそも自意識がどうして自意識を愛することができようか。

しかし、情ないことには、世間の尊敬を受けるのは、この戯画的形態たる精神的知的ナルシシズムのほうであり、本源的な肉体的ナルシシズムは、ともすれば嘲笑の対象になる。この逆傾向ははなはだ古く、古代ギリシアではソクラテスの時代にはじまった。醜いソクラテスは知的ナルシシズムの権化であったが、プラトンの『饗宴』によれば、肉体的ナルシシズムの権化である「美しきアルキビアデス」が、このシレノスの前に拝跪したのである。

純粋ナルシシズムの本当の姿は、他人の賞讃を必要としないことであるが、ここには美のきわめて微妙できわめて難しい問題がひそんでいる。

なるほどナルシスは美しい。他人の目から見て美しいのである。そしてナルシスが、他人の目から見て客観的に美しくなければ、あの神話の美しさ自体が成立しないのであるが、一方ナルシスが絶対に排他的であり、彼が他人の賞讃を一切必要としないほど、自意識の客観性に絶大の自信を持っていなければ、同様に、あの神話は意味がなくなってしまう。ナルシスは己れを知っていなければならず、自己批評の達人でなければならず、そしていかなる容赦ない自己批評も破砕できぬほどに美しくなければならないのである。してみるとこの神話の恋には、二つの、いずれ劣らぬ大切な要素があることがわかる。一つは彼の絶対的美貌であり、一つは彼の自意識の絶対的客観性である。この二つが揃わなければ、ナルシスの恋は成立しない。

しかし、いかにして自意識はそのような絶対的客観性に到達するであろうか？　決して他人の賞讃を必要とせぬほどの境地に達しうるであろうか？　自意識の構造自体が、このような客観性を常に志向していることは前にも述べたが、純粋ナルシシズムが、「他人の賞讃を必要としない」からと言って、その逆は必ずしも真ではない。

ナルシスが他人を排斥するのは、他人を全く必要としないほど美しいからだが、醜い者も、同じように他人を排斥する。彼は他人の賞讃を得る自信がないからである。世間でナルシシズムという言葉を口にするときに、多くの嘲笑が含まれるのは、たとえば、アラン・ドロンがナルシシストであっても少しも滑稽ではないが、客観的に見て全然美しくないものがナルシシズムに陥っているのは滑稽に見えるからで、このことは、男性一般の本源的衝動であるナルシシズムの普遍性と、微妙に嚙み合っている。そこで他人の賞讃を期待できぬナルシシズムは、滑稽に見えることをおそれて地下に沈潜し、そこに「秘密のナルシシズム」「抑圧されたナルシシズム」が鞏固に形成される。これが、他人のナルシシズムへの嘲笑の大きな原動力になるのである。

一方、嘲笑される側は、その醜さのためではなく、自意識の絶対的客観性の不足乃至欠如のために、笑われるのだ。

このことが、社会全般におけるナルシシズムの捕捉を実に困難にする。

もとより他人の賞讃を全く必要としないほどの純粋ナルシシズムとは、絶対真空と同様に、一つの仮定としての絶対値にすぎず、一つの究極の観念、一つの神話にすぎぬ。誰しも他人の賞讃を必要とするが、それは他人こそ「物言う鏡」であり、その賞讃こそ、肉体を離脱した非在の観念としての自意識の、何ら目に見え手にとることのできない絶対的客観性を、傍証してくれるからである。

ナルシスの水鏡を、ナルシシズムの純粋な無言の鏡とすれば、「他人」こそは、二次的でありながらはなはだ力強い、物言う鏡と言えるであろう。

自意識がその客観性を確認するために、どうしても他人の賞讃を必要とするのは、ナルシシズムの客観的要件を、できるだけ多く自分のほうへ引寄せようとする自然な志向である。すなわち、すでに水鏡をではなく、「他人の鏡」を相手にするときには、嘲笑が返ってくるか、賞讃が返ってくるかに、彼の自意識の客観性が賭けられており、思いどおり賞讃が返って来たところで、彼の客観的要件は、本来減りもせず増しもしない筈であるけれど、その結果、自意識の客観性は他人の賞讃によって保証されること多大であるから、そこであたかも、彼の客観的要件自体が増しでもしたような外見を呈する。それはあくまで一つの擬制であるが、水鏡ではなく「他人の鏡」を相手にした以上、ナルシシズムは悉く相対主義に陥り、いわば相対性の地獄に落ちることが避けられない。純粋ナルシシズム以外のあらゆるナルシシズムにとって、かくて本質的な様態は「不安《ゾルゲ》」Sorge なのである。

さてこの際《きわ》どい賭に勝つために、彼が自分の最良のものを賭けようとすることは自然であろう。肉体的ナルシシズムによってこの賭に勝つ自信がなければ、知的精神的ナルシシズムによって勝とうとするのは当然であろう。ナルシスの神話は、あのように素朴に、人間の肉体的ナルシシズムの純粋性、絶対性を謳い、自意識の純粋形態を象徴しているのに、古代ギリシアにすら、やがてソクラテスの近代がしのび込み、知的精神的ナルシシズムが覇を制する。知的精神的ナルシシズムは、純粋ナルシシズムの見地からすれば明らかに倒錯であるが、二つの絶対の利点を持っている。一つはそのナルシシズムが不可見のもの（知性・精神）に関わっていることであり、もう一つは、従って、普遍妥当性において、純粋ナルシシズムをはるかに凌駕しており、ごく稀な天然真珠よりも、はるかに一般的な養殖真珠に相当するからである。

のみならず、人々は安心してこのようなナルシシズムを許容することができる。誰にも機会は均等に与えられており、努力によってそれに達することができ、しかも不可見であるからごく秘密裡に、男性全般のナルシシズム的衝動を満足させることができる。

かくて男の世界における肉体蔑視がはじまり、近代社会の多くの知的弊害がそこから生れてきた。

男は不可見の価値に隠れ、女は可見の世界へ押し出された。男は見る側になり、女は見られる側へ廻った。男女の服装を見ればわかることだが、男は渋い色の劃一的な背広に身を包み、もはやきらびやかな緋縅《ひおどし》の鎧を着ることはなくなった一方、女はますます肌をあらわに、さまざまなファッションに身をやつすことになった。

女のナルシシズムという観念は、男性から移植され注入された観念のように思われるが、もし女にとって、一般的普遍的に肉体的ナルシシズムが許容されるとなれば、そこに自意識の規制が働かないことは明らかであるから、別な方法が案出されなければならない。それが化粧である。

化粧こそ、一般的肉体的ナルシシズムを、滑稽さから救う唯一の方法である。この方法が特に女に普及したのは、女の自意識の欠如の代償作用であって、顔に白粉や紅を塗って美しく作りかえることによって、肉体的ナルシシズムは、はじめからまっしぐらに、その不純性へ飛び込むのである。純粋ナルシシズムには、決して化粧の原理を導入することはできない。

女がひとり鏡に向って、永々とお化粧をする習慣は、美女と醜女を問わないが、それが醜女だからと言って、人は決して笑おうとはしない。そこで問われているのは、自意識の客観性の問題ではなく、いかに美しくなるかという問題だけであって、化粧をしない醜女よりも、化粧をした醜女のほうが幾分でも美しく見えれば、それは社会の志向するところと一致しているからである。

他人の賞讃が、しかし、女の場合には、肉体的賞讃にとどまるように、女自身も要請し、社会も亦これを要請しているのは、男の世界が守っている知的精神的ナルシシズムの縄張りを、女に犯されないための用心であろう。そのためにこそ、男は、古代の男の肉体的ナルシシズムの不安《ゾルゲ》の地獄を、女のために開け渡したのである。

しかし、そうして開放された世界が、女に果して不安《ゾルゲ》を与えたかどうかは疑わしい。鏡の前にいるとき、女は明らかに幸福に見える。その幸福を見て、男は又しても不可解なものにぶつかるのである。

どうして化粧をしているときの女は、そんなにも幸福なのであろうか？　ナルシシズムが幸福であろう筈がない。それならば、それはきっと、何かわからぬ、何か別のものにちがいない。とまれかくまれ、「幸福」とは、男にとってもっとも理解しがたい観念であり、あらゆる観念の中で、もっとも女性的なものである。

現代文学の三方向

　むかし『近代文学』一派の批評活動がさかんであったころ、私はともするとこの人たちが文学作品の意図ばかりを重んじるのに苛々したものであった。明らかに芸術的に未熟な作品を、意図さえ「正し」ければ高く評価し、そういう寸法に合わなければ、どんなに渾然たる芸術作品でも無視しようとする政治的な批評態度に、腹を立てたことが一再ではなかった。

　世の中というものは、なかなか適度という具合に行かぬもので、このごろの批評はまたそれと反対側へ廻りすぎている。

　反対側というと、あたかも潔癖な芸術主義で、意図はどうであれ、結果としての作品の芸術的完成度ばかりを問題にする、という傾向のようであるが、実はそうではない。批評基準の失われたところで、古い印象批評が復活し、ともすると無難な出来栄えの、八方美人的作品がもてはやされ、妙にみんなが大人になって、ムキになるということが少なくなっている。書生ッぽさが失われ、「意図」を持った作品などは青臭いものと思われがちである。

私はこれでも困ると思う。もう一度『近代文学』的な、政治と文学へ両足をかけた、腰のすわらぬ批評が甦えるのは閉口だが、現在のように、文学的野心や努力を重視しない批評が横行するのも、困った傾向であると思う。もちろんこれらの人たちも、文学的野心や努力を期待してはいる。しかし口をひらくたびに、いい作品がないと言う。それはいい作品がないのではなくて、一部の批評家が疲れすぎていて、物事に感動する能力を失い、どんな作品を読んでも、作者の意慾に感情移入をする初々しい心を失っているからだと思われる。

私は政策的な考え方は一切きらいであるけれど、事ここに至っては、文学作品を、皮相な出来栄え、一撫でするだけでわかるわかりやすい完成度などで評価せずに、むしろ作者の意慾や意図から出発して、考えてみたほうがいいのではないかと思う。

その際もっともわかりやすい目安は、現代において物を書く態度の正しさ、姿勢の正しさ、と謂ったものである。こういうものが実に等閑《なおざり》にされているのが現代だが、濫作作家のいいかげんな作品ばかりが前面へ出て、精魂こめた作品が後景にしりぞくことは、倫理的に正しくない。又、もっともアラの見えやすい現代の題材に取り組んでいる作品を、アラの見えにくい時代物よりも低く評価するのは、一般の素人なら格別、見えやすいアラも見えにくいアラも、同様にはっきり見えていなければならない批評家のすることではない。

大体右のような見地から、私は三つの作品を選んだが、このうち、大江健三郎氏の『個人的な体験』は書き下ろしの小説であり、北杜夫氏の『楡家の人びと』は書き下ろされたのち分載された部分と、純然たる書き下ろしの部分から成り立っており、安部公房氏の『他人の顔』は、文芸雑誌に一挙掲載されたのち、半年の加筆訂正を経て刊行されたものであって、いずれも、書き飛ばし時代の現代において、正しい姿勢で、周到に用意され、綿密に書かれたものである。そういう点で、三氏に対する信頼が、というより、三氏の仕事ぶりに対する信頼が、私にこれらの三作品を、敬意を以て、念入りに熟読せしめた原動力なのであるが、これらの三作品の出来栄えはともあれ、そういう制作態度に対する敬重の念が薄れたら、もう今日の文学は自ら墓穴を掘るほかはない、とさえ、私は考えている。しかし、はじめから才能のない人間が、いくら姿勢ばかりを正して努力しても、何の足しにもならないことは、言うまでもない。だからこの三氏への信頼を、三氏の才能への信頼と言い直しても、結局は同じことであろう。

とにしよう。

§

最近読んで、印象がもっとも鮮やかに残っている安部氏の『他人の顔』からはじめることにしよう。

こうした思考実験の小説は、近来ほとんど見られなかったもので、横光利一氏の『機械』のような位置を、安部氏の全作品に対しても占めるであろう。私は『砂の女』よりも、このほうが作品として重要であると思う。

液体空気の爆発によって顔を失った主人公は、自分の仮面を作る作業にとりかかるのであるが、それはもちろん過去の自分の似顔ではなく、全く新らしい顔に他ならない。一見古くさい単純な題材に見えるけれど、作者の認識の多様性に巻き込まれて行くうちに、それがとんでもない問題につながってくることがわかってくる。これがこの小説の、開巻数十ページのモノロオグの与える昂奮である。

顔はふつう所与のものであって、遺伝やさまざまの要因によって決定されており、整形手術でさえ、顔の持つ決定論的因子を破壊しつくすことはできない。しかも顔は自分に属するというよりも半ば以上他人に属しており、他人の目の判断によって、自を他と区別する大切な表徴なのである。つまりわれわれは社会とのつながりを、自我と社会という図式でとらえがちであるが、作者はこの観念の不確かさを実証するために、まず顔と社会という反措定を置き、しかもその顔を失わせて、自我を底なし沼へ突き落すところからはじめるのだ。

この自我の絶対孤独が仮面を作り出すにいたる綿密きわまる努力は、あたかも作者の芸術的意慾とおもしろく符合していて、読者は作者と共にこんな難事業に取り組むことを余儀なくされる。仮面を作るに当って、古典的客観的基準というものは存在しないし、たとえ存在しても何の役にも立たない。第一、純粋自我がそのようにして「他」の表徴を生み出すことができるかどうか、論理的な難点が先行するわけである。

そこで主人公は、人工器官の作製者のK氏に会って話をきくが、このK氏たるや、

「人間の魂は、皮膚に宿っているのだとかたく信じていますよ」

というような、古典的地中海的ヴァレリー的思想の持主なのである。主人公はもちろん、こんな彫刻家の確信には与《くみ》することができない。

主人公の孤独な選択がこうしてはじまるが、もともと選択の余地のないものが「顔」である筈なのに、自由に顔を選ぶことができるとなると、その自由意志は、他者志向率と、他者抵抗率のはさみ打ちに会うことになる。

「この自由さは、一見気楽なようでいて、じつはひどく厄介な問題だったのである」

因みに、これらの多様な問題を次々と扱ってゆく文体には、悲しみもなければ、苦悩の

影もない。主人公が置かれた状況の冷たい抽象的な非人間性を、文体がみごとに保証している。その代り読者は、主人公から一切の感情的共感を拒まれる。これがこの小説の、大江氏の『個人的な体験』との根本的なちがいであって、

「ぼくの不幸は、あくまでもぼくだけに限ったことで、他人と共通の話題には、絶対になりえない」

という両作に共通の章句も、『他人の顔』におけるほうが、より説得力を持っている。しかし私の好みから云うと、これほどまでに「言語のエロス」を欠いた文体は、実はあまり好きではない。

さて、仮面を作るという作業は、その問題性をつきつめてゆくと、やがて、宇宙の秩序にひ
びを入れ、自然の歯車を狂わせるような、とてつもない作業だということがわかってくる。それはもっとも徹底的な、認識による革命である。この世界にもし一個の完璧な仮面が現われたが最後、社会秩序の崩壊はつい目の前《さき》にある。もちろんこれが、芸術行為が真に社会的現実性を帯びることを禁じられている根本原因なのであるが、仮面の作製と完成の途上、作者が思わずその芸術的昂奮を語るところは美しい。仮面をつけて鏡を見ているうちに、

「その瞬間、ぼくは飲みすぎた睡眠薬が一度に効きはじめたような、衝激的なくせになめらかな、鋭いくせに陶酔的な、不思議な調和の感情に包み込まれていたのである」

これこそ芸術作品が生とかかわり合うときに生ずる、戦慄的な陶酔なのだ。

仮面の型をとるために他人の顔を利用しようとし、デパートの食堂で、見知らぬ男に突然語りかける一挿話の不気味さは、ずっとあとになって、仮面と素面との同一性を直感していることがわかる白痴の少女の不気味さと、みごとに照応している。これこそ「他人」の登場することの稀なこの小説で、他人が、一つは脅やかされ、一つは脅やかしつつ、主人公と関わり合う鮮烈な場面である。

この小説のスロー・モーション・カメラのような異様なのろいスピードは、実は私には、古典主義に対する作者の憎悪から発しているように見える。もちろんその「のろさ」はそれ自体みごとな芸術的効果なのであるが、作者は内容と形式との時間的空間的均衡を、故意に避けようとしているので、後半、主人公が仮面の顔で妻を犯し、しかも、実は妻のほうですべてを見抜いていたというオチは、ほとんど物語としての自然の神速さを失っており、そのため読者には話半ばで、このオチがわかってしまうのである。それはスロー・モーションで撮られた奇術のようなもので、ハンカチが鳩にかわる経過が、ゆっくり見えてしまうのだ。

しかし物語はこの小説では、さして重要なものとは思われない。もっとも重要なのは結びの一句であって、このエンディングは、あの何も起らない小説『ドルヂエル伯の舞踏会』の、卓抜なエンディングを思い出させた。

「だが、この先は、もう決して書かれたりすることはないだろう。書くという行為は、たぶん、何事も起こらなかった場合だけに必要なことなのである」

そのとき読者は、小説の末尾の向うに、突然、地球にいちめんの亀裂の走るミリミリという音をきき、世界崩壊のイメージをわがものにするだろう。

「ぼくは人間を憎んでやる……」

しかし、そこにだけこの作品の主題があり、制作の原動力があったと考えるのは、誤解であろう。私はヨーヨーをほしがる白痴の少女が、「繃帯や仮面などという、外見にとらわれずに」主人公の本質を見抜き、

「平気よ……内緒ごっこなんだから……」

と言うときに、主人公の心に浮ぶ感情に、作者のむしろ純朴なくらいの人間性に関する確信を見出す。

「いくぶんもの哀しく、しかし確信に満ちた平明さで、あの（娘の）眼を信じればいいのだと、繰返し自分に言い聞かせていた。本気で、他人に出会うことを願うのなら、誰もがまず、あの（娘の）直観に戻って行こうと努める以外にはないのではあるまいか……」

この直観とは何かを説明しようとしない作者の潔癖は快い。いや、作者は何一つ説明しようともせず、何一つ証明しようともしない。しかし作品全体は涼やかに不可知論の泥沼から切り取られ、それ自体があたかも一つの仮面であるかのように、卓上に置かれていを。

私がこの作品を読むことによって、何ら爽快なカタルシスを得られなかったことは、告白しておかなければならない。私と安部氏とは、言葉に対して求めるものがあまりにもちがっている。氏はむしろ言葉で人を、たえずイライラさせようと望む。そしてそれは成功したのである。

§

次に大江健三郎氏の『個人的な体験』について語ろう。

これはまた、『他人の顔』とはあまりに対蹠的な文体で書かれており、大江氏はこの作品で、そのような文体をはっきりわがものとし、手の内で自在に撓めることができるようになったという印象を与える。それは徹頭徹尾「言葉のエロス」の推進力によって導かれている文体である。それは感受性の鋭い皮膚がたえず傷つき、痛み、その痛みの眩暈《めまい》の裡に、次々と比喩を繰り出してゆく文体で、安部氏の採用する比喩の思弁的性格が、作品の世界を冷たく凝結させる作用をしているのとは反対に、大江氏の比喩はたえず作品の世界を拡散させて、読者の精神を放恣にする。不道徳なほど放恣にする。大袈裟な譬えを用いれば、安部氏のは拒絶的な唯一神教的な文体であり、大江氏のは誘惑的な汎神論的な文体である。しかも両者の作品は、その文体とはおよそ反対の効果をかもし出しており、安部氏には主題の真の無秩序が呈示され、大江氏には主題の圧迫的な説得力が意図されている。

物語は、鳥《バード》という青年が、書店の陳列棚で立派なアフリカの地図に見とれているところからはじまる。アフリカは、この少年くささを濃厚に残しながら老人じみた感じのある二十七歳の青年の夢の根源なのだ。われわれはひとまずこの夢を許しておいてよい。世界史的に見て、わが日本民族は、熱帯の後進国の野蛮な活力に憧れるほど衰弱していない筈なので、おそらくアフリカへの憧れは、衰弱したパリ経由なのにちがいないが……。(どうして大江氏の憧れや夢や善意に触れると、私はこんないやがらせを言いたくなるのだろう？ それは私の罪なのか？ それとも大江氏の罪なのか？)

鳥《バード》は二十五歳で結婚したが、結婚後間もなく、(おそらく或る未解決の性的抑圧から)、アルコオルに耽溺し、二年たった今、子供の出産を迎えようとしているのであるが、その子供が畸型児として生れたことから、『個人的な体験』の、悩ましい逡巡と逃避と、いや、逃避がそのまま殺人を意味し、人生を受け容れることがそのまま絶望を意味するような、にっちもさっちも行かない境遇悲劇が幕を切って落すのである。

私は今わざと、「境遇悲劇」という言葉を使った。性格悲劇というには鳥《バード》の性格はあまりにナイーヴであり、意志悲劇というには鳥《バード》にはほとんど意志が欠けている。そして境遇悲劇を成立たせるためには、すべての点において、鳥《バード》は程のよい主人公であり、『他人の顔』とちがって、読者の共感と同情を拒まないのである。

鳥《バード》はこの悲劇の構造において、いわば無垢のままに置かれている。彼は、もし犯せば、これから罪を犯すところであり、こういう際にはっきりする「人間の圧倒的な弱さ」は、主人公の罪をひとつひとつ合理化して行くから、この小説では読者が悲劇のコーラスのような立会人になる。つづめて言えば、鳥《バード》は火見子という女によって、性的に救済されるが、性的救済が必ずしも人間的救済に結びつかぬことは、クライマックスで、幼児を殺すか否かの判断に当って、あの性的解放が無力に終ることによっても知られるのであって、その点で妻を見殺しにするジッドの『背徳者』の自己解放は、大江氏の採らぬ処である。しかしいかにも巧く出来ているのは、火見子による性的解放が、朝焼けのようなパセティックな筆致で完璧に描かれているために、後段の嬰児殺しの欲求において、読者はすでにほとんど共感しかけてしまうことである。このむつかしい設問、サリドマイド児の問題についての世界的関心をよびおこしたむつかしい設問を、大江氏のエロティックな文体は、もう一息で「人間的に」美しく解決しそうに見えるのである。

本当に危険な作品は、感覚的な作品だ。どんな危険思想であっても、論理自体は社会的タブーを犯さぬのであって、サドのような非感覚的な作家の安全性はこの点にある。大江氏はその個性的な文体によって、(たとえば次の諸例を見よ)

「『まだです、まだ生れてきません、あの子は死ぬほど苦しんでいるのに、まだです。まだ生れてきません』

鳥《バード》は一瞬言葉に窮したまま、エボナイトの受話器にあけられた数十の蟻穴を見つめた」

「サイレンが唸りはじめ救急車が出発する、……しかし、いまサイレンはかれの内部の疾患のように、かれに固着している」

(それから自分の吐瀉物の中に、アフリカの幻影を見る強烈な表現)

「……憐れげにじっと自分の吐瀉物の水たまりを見おろしていた。いちめんに淡い赭土色をしたなかに鮮烈な黄色のレモン滓がちらばっている水たまり。荒涼と素枯れた季節にセスナ機で低空飛行すれば、アフリカの大草原は、このような色彩を呈するかもしれない、これらのレモン滓のかげに犀やアリクイや野生の山羊がひそんでいるわけだ」

(又)、

「注意深く自分の体をひき離そうとして、鳥《バード》は自分のペニスに、おだやかにあたたかい握手のような感じを受けとった。火見子が眠りながらちょっとした引きとめ策をこころみたわけだった」

列挙すれば限りもないが、これらの個性的な細部によって、危険きわまりない作品を作り上げる筈であったのだが、最後の最後で作者は手綱を故意に離し、このよく制馭された危険性を逸するのだ。それは嬰児の畸型が誤診によるものと判明し、主人公のあらゆる苦悩が徒労に帰し、主人公が「希望」や「忍耐」という立派な表て立った言葉を、わがものとするにいたるエピローグである。

『他人の顔』とちがって、物語は、『個人的な体験』ではとりわけ重要である。なぜなら『他人の顔』の境遇は、主人公の思考の一つの前提であり条件ではあるが、思考の発生の真の源泉ではない。そこからあの小説の人を拒む要素が浮び上るのだが、『個人的な体験』では、物語が境遇であり、境遇が鳥《バード》の思考の真の主人である。鳥《バード》はかくて、その性的抑圧により、その夢により、そのナイーヴィテエトにより、その心のやさしさにより、はじめから縛られた存在として登場し、自由意志の砂漠ははじめから与えられず、かくて最後の選択行為は、突然の、立派な、少年英雄的な、自由意志の目ざめに依拠することになる。いわば、『他人の顔』は、『個人的な体験』のおわったところからはじまるわけだ。

　しかし私はただちに、両作の間に優劣をつけようというのではない。私がむしろたのしんで、感覚の放蕩に身を委ねて、言葉の自然な機能（大江氏において唯一の自然なもの！）を享楽しながら、読み終えたのは『個人的な体験』のほうである。火見子との性の一夜のような、感覚と観念とがお互いに一歩もゆずらずに、透明な詩的成就を成立たせた場面は、日本の近代文学において、稀に見る事例である。

§

　北杜夫氏の『楡家の人びと』は、前述の二作とは、これまた全く異質の小説である。

言葉においても、言葉の描く対象においても、北氏の目は素直に外部へ向けられ、ものを書く主体が自己分析によって立ちすくむあのような苦渋は、(『他人の顔』と『個人的な体験』には明らかにこれがある。)ここではほとんど見られない。北氏が精神科の医師でもあることは、内面性に対する精神の節度を保ちえた一つの原因とも思われ、氏の手は、カロッサのように、むしろ物事を癒やすのである。

前述二作と引き比べてすぐ目につく相違は、あの二作がそれぞれ緻密な、神経質な、芸術上の実験を意図していて、それが窮屈な印象を与えかねないのに反して、『楡家の人びと』は、もちろん精密な計算に基いた大作ではあるけれど、のびのびした、むしろ奔放自在な印象を与えることである。あの二作が冷たいシャワーであるなら、この作品は、楡基一郎が愛したあの巨大な「ラジウム風呂」のように温かい。

しかし作者の反時代的精神は、却って前述二作よりも強烈だとも云えるのであって、こうした時代おくれの、悠々と世代から世代へ移りゆく十九世紀的小説技法を、臆面もなく採用したことは、北氏の並々ならぬ自信を語るものでもある。諸人物をえがく北氏の描写には、ニューロティックなところはみじんもなく、いわゆる自然主義的リアリズムも社会主義リアリズムも、観念的所産であるという点では同じだとすれば、作者はこれに類する観念過多を全く免かれ、わざと多少重苦しくしたユーモアを決して忘れない。この特色は文体にも著明であって、文体は一種の擬古文、明治時代の楡病院のハイカラな混淆様式に、勿体ぶったユーモラスな権威主義を織り込んだような一種の擬古文をなしている。この文体を辿って読むときに、われわれは明治以来のドイツ風な教養主義が、初代には、溌溂とした向上するブウルジョア的俗物の糖衣として現われ、二代目は自らその主義の犠牲となり、三代目はその主義から離反するにいたる経過を、居ながらに辿ることができる。それは内容に「即《つ》いた」文体ではなくて、「離れた」文体であり、いわばパロディーの文体なのである。

その文体の含むアイロニーは、次のような何気ない一節にもよく窺われる。

「院代、勝俣秀吉は、そういう歴史的風俗的な意味合をこめて、小さい軀をそらすようにして楡病院の正面を飾る円柱の列を眺めたのであった。その柱は一言にしていうならばコリント様式のまがいで、上方にごてごてと複雑な装飾がついていた。一階、二階の前部は、そうした太い華やかな円柱が林立する柱廊となっていたが、階上は半ば意味のないもったいぶった石の欄干を有するところから、バルコニーと呼んだほうがふさわしかったかも知れなかった。さらにもう数歩を退いて眺めれば、屋根にはもっとおどろくべき偉観が見られた。あまり厳密な均衡もなく、七つの塔が仰々しく威圧するように聳えたっていたのである」

しかし『楡家の人びと』の魅力は、作者が東京の時代色の綿密な色づけの下《もと》に描きだす楡基一郎の溌溂とした性格描写や、桃子という基一郎の三女の、幼年期から成年期にいたる愛すべき不本意な人生の経過や、作者を思わせる周二の幼年時代や、その成長期における戦争のふしぎにスタティックな誇張のない描写などにもっともよく現われる。

この小説は三代にわたるブウルジョアの盛衰史や、一観念体系の瓦解の年代記《クロニクル》という側面以上に、終りかける夏休みの哀愁としての側面のほうが、より魅力的であり、より重要なのだ。

それは三代にわたる夏休みと、その夏休みの思い出との小説であり、ユーモアも詩も哀愁も、すべてそこに籠《こも》っている。一生つづいた基一郎の輝かしい陽気な夏休み。彼はその夏休みの終るのも知らずに死んだ。陰気な学究肌の徹吉の孤独な書斎の夏休み。精神病院の患者たちの永遠の夏休み。……

それらに比べて、子供たちは夏休みを、子供のときだけに、あれほど心ゆくまで、あれほど愉しく味わい、つぎつぎとそれを失ってゆく。それらの夏休みの終りかける気配、失われる気配は、北氏のたのしい筆致で幼年期が即物的に描き尽されていればいるだけ、言いようもないほど哀しい。そして最後に、徹吉の長男峻一の上に、世にも静かな、世にも完璧な、烈しい陽に照らされた夏休みが訪れる。

戦争末期のウエーク島がそれであって、「死は緩慢に、しかし確実に、歩一歩と彼らに迫って」くる。死につながるが故に、これこそは絶対の、終りのない夏休みなのだ。

「わずか向うには海が拡がっていた。午後の陽光を受けて、群青に明るく輝かしく駘蕩と拡がっている海。（中略）しかし峻一はあまりに長くこの海を眺めて暮してきた。それは彼の目にいらだたしくさえ映じた。その輝く海は、非情で冷酷な存在、彼をこの眇たる島に閉じこめる凶悪な存在としてしか映らなかった」

いわば峻一は、この苛烈な状況に於て、第二の幼年時代に、終らない地獄の夏休みに閉じこめられる。三代のいろいろさまざまな野心や哀歓の結着がここにある。そして峻一は奇蹟的に生還するが、一度あのような夏休みを見てしまった彼は、母親から楡家再興の大任を押しつけられても、ただ米軍給与の大きなチョコレートしか思い出さない。

楡家の人びとが、こうして最後に発見した夏休みは、地獄の思い出として結晶した。周二は、低級な探偵小説に読み耽りながら、「『自分には本当はなんのやるべきこともないのだ』というじめじめした意識」に沈んでゆくばかりである。そして、基一郎をのぞいては、女たちが時と共に優位を占めてきたこの家で、最後まで屈しない竜子は、力をこめて茶殻を挽きはじめるのだ。

『楡家の人びと』によって、われわれは、東京の新興市民階級の三代の盛衰のあとを、わが指で触れてためすように、風俗史的にも正確に、いきいきとした全体として辿ることができるのであるが、実はこれほど普通で、これほど当然な小説を、今までわれわれは持つべくして持っていなかったのである。もちろん宮本百合子女史や野上弥生子女史の巨大な小説はある。しかし『楡家の人びと』のような、梃子でも動かない「普通さ」と、ユーモアと、どんな思想的感情的偏見にも曇らされない医師風のディタッチメントと、ゆとりのある男性的原理とで、鷹揚に組み立てられた小説はなかった。だからわれわれはこの厚い本を、今まで本棚の久しく空席であった場所に、安心して納めることができるのである。しかし、それは、実は、失われた夏休みの思い出のためである。

§

こうして三篇の小説を通覧して、いやでも気づく共通の特色は何だろう。

私はそれを言語への信頼だと考える。もちろん大正期の芸術小説などの文章に比べれば、これらの作家の、言語に対する態度には、いくらでもケチがつけられるであろうし、文体の洗煉度も、近代古典の列に入った作品と比べれば、低く見られることも当然ありうるだろう。

しかし私が「言語への信頼」と呼ぶものは、そういう意味ではない。これら三作品においては、程度の差こそあれ、小説における言語の位置がほぼ正常な位置に定着され、言語の本来の機能である抽象作用が、小説中に的確に駆使され、その意味での言語の機能に対して、信頼が回復されたと感じられるのだ。日本文学をあれほど窮屈なものにした、言語に対する物神崇拝《フェティシズム》が今や完全に払拭され、安部氏は安部氏なりに、大江氏は大江氏なりに、北氏は北氏なりに、それぞれの方法で、言語表現のダイナミズムを、小説の自明な原理としているのである。これは現代小説が、それ以前の芸術小説に対して、又はやりの中間小説に対して、明確に一線を劃している所以だと考えられる。つまり、古き芸術小説は言語のフェティシズムによってのみ芸術性を確保し、又、中間小説は言語の抽象機能を失っているからである。

そういう共通の特色を除くと、この三篇ほど、現代文学の多様性を保証しているものはあるまい。

『他人の顔』における、自我と社会の馴れ合いの関係への飽くことなき嘲笑は、『個人的な体験』では、リリシズムの形をとって、はかない英雄主義への脱出の欲望となって現われ、『楡家の人びと』では、綿密に実証的に、かるがゆえにユーモラスに表現される。

『他人の顔』の断絶のはげしさは、その抽象的図式にもかかわらず、三篇のうちで比肩するものがないが、こうした「心理も性格もない」問題性の追究は、小説から無限に形《フォルム》を失わせる方向へ向うであろう。それは多かれ少なかれ、現代小説に強いられた宿命の一つで、小説はだんだん人間の肉体の形とは似ても似つかぬものになってゆく。このことは、主人公が人間の不特定人に似せた仮面を完成するという物語と思い合わせると、まことにアイロニカルな成行と云わねばならない。小説家を襲うオブセッションは、やがて、人間関係の云いがたい不可能性を表現することに、すなわち小説が拠って立っていた原理の崩能を語ることに費やされ、それ以外のことを語る余力を小説は失うだろう。そして最後には、小説が小説の不可能を語ることに費やされ、それ以外のことを語る余力を小説は失うだろう。

『個人的な体験』における脱出の欲望は、(これも亦、現代小説に課せられた宿命の一つであるが)やがて、言語による言語からの脱出という自己撞着に到達するだろう。これを突破したのはアルチュール・ランボオ唯一人だが、われわれが言語を一つの影像として定着するときに、われわれはすでに自ら一つの脱出口を閉鎖したのである。大江氏の方法は、このたえざる自己閉鎖と脱出の欲望との、苦痛に充ちた相反作用に他ならない。氏が言語によって脱出の道を一つ見出だそうとするときに、同時に氏は自ら言語によってそれを閉ざしていることに気づかねばならない。しかしこのさき、大江氏が何度この矛盾に苦しもうとも、言語による自己閉鎖に一生気づかずにおわる幸福な作家よりもましであろう。『楡家の人びと』の方向は、一見洋々としているように見える。しかしそれは一見そう見えるだけのことで、その反時代的な方法の幸運は二度と繰返されることはない。労作ということの市民的価値を、もっとも厳然と保っているこの作品といえども、現代小説の宿命を免かれることはできない。この方向へ進む限り、小説は形《フォルム》を失うことはなく、その人間的形姿を失うこともないが、小説における形《フォルム》は、戯曲におけるほど古典的なものたりつづけることはできない。そして、この作品が、否定的媒体として用いている一つの古い教養体系は、同時に、この作品を支えた力であったが、未来は、小説の形《フォルム》を支えるために、さらに新らしい哲学を、未聞の思想を要求するだろう。

——こうして見ると、今のところもっとも有力と見られる現代文学の三方向は、いずれも暗雲に閉ざされているように見えるが、暗雲の兆が見えるのは、それだけ地平線のほうへ、人に先んじて歩いて行ったからにすぎず、「本日晴天、明日も晴れるでしょう」というような小説を、私ははじめから愛することなどできない。

いずれ「悪しき苦しき腫物」が生じることになろうとも、私はこれら三篇の作品とその作者の額に、「獣の徽章《しるし》」を見出だしたからこそ、これらを愛読したのである。

石原慎太郎『星と舵』について

『星と舵』は、石原氏の持っているよいものが横溢した作品で、その中の或る部分は読後永く心に残る。小さな結晶した透明な作品とは云えなくても、海と同じように、雑多な漂流物に充ちつつ、その底にはたえざる潮流がある。いろんな特色において、この作品は海および航海に似ている。これが海と航海を扱った小説である以上、それは成功のしるしに他ならない。ある人には長すぎると思われ、或る部分は退屈と思われるかもしれないけれど、航海はつねに長すぎ、いかなる冒険的な航海といえども、航海は退屈なものである。従ってこの作品の内容や気分のみならず、形式も航海にふさわしいと云えるだろう。すなわち、この作品は決して長すぎない。

『太陽の季節』以後、次第に石原氏の内部で、現実とその問題性とが、微妙な乖離《かいり》を示してきたと感じられる。『太陽の季節』の社会的反響の大きさは、氏の現実を見る目を或る点で歪ませ、問題性を自ら演技する方向へ氏を押しやった傾きがないではなかった。そのとき何が起るか？　氏は、その誇張された問題性にふさわしい現実をむりやりに探し出そうとし、その結果、現実の寓話化象徴化が起り、強引に結合された諸観念は、それぞれの本来あるべき重みを失って却って空疎な、説得力を欠いたものになり、それが作者自身にはね返って、作者の努力を滑稽なものに見せかねない結果があらわれたのである。それが『日本零年』や『行為と死』における、力めば力むほど、氏の指の間からこぼれ落ちる砂のような印象のもとになった。

『星と舵』で氏は久々に、氏の感性のみずみずしさと、氏の性格の過剰とを、誰はばかることなく露呈する。これこそ海および航海の神の恵みであり、これは氏のはじめて書いた私小説とも云えるものである。

つまりここでは、人間的諸観念は、それぞれ所を得ている。航海においては、それらは所を得ざるをえず、又、観念の自己増殖や、ナルシシスムや、観念の相互象徴化による誇張はゆるされない。すべては海と航海のおかげであり、氏が海と航海とヨットを、本気で愛したからこそ得られたものだ。従ってこれは、あの愛すべき作品『ヨットと少年』の、一直線上の後日譚とも云えるのである。

『星と舵』は、あたかもメルヴィルの『白鯨』のように、物語の進行を、鯨学ならぬヨット学がたびたび邪魔をする仕組になっており、長短さまざまの章別も洒落たものだが、あれが重苦しい古くさい捕鯨船の哲学であれば、これは軽快なさわやかなヨットの断想である。そして、あとにも述べるが、この作品のもっともすばらしい宝石は、それらの断章にきらめいているのだ。

開巻間もなく読者は「岬」という美しい一章へ導かれる。それは読者と海の自然との新鮮な対面である。人間の心理によっては計量不可能で、美しく、変貌つねならぬものの最初の登場が、この「岬」の登場なのだ。「空港」の章以下の、有名な作家石原氏でなくてはありえぬ状況を、（一サラリーマンが会社を投げ出してこんなヨットレースに出られる筈がない。）何ら説明ぬきに提示するやり方は、日本の私小説の手法の特権である。やがて又、次の美しい波頭に出会うように、われわれは「天測法」という章に出会う。次の一句は、石原氏の航海の詩の精髄だ。

「一体誰が、いつどこで、太陽を、北極星を、月を、そのようなことのために、椅子を作る金槌や鉋のように使いだてることが出来るか。天測する人間以外の誰が。」

ホノルルで一行は、航海の、もっとも心を動かすような予言を未知のアメリカ人からきく。この予兆と期待はあとで活かされるが、物語全体にわずか数行の予言がどんなに力をもって君臨していることだろう。その予言は、

「最初の三、四日は濡れて冷たい。しかし、それが過ぎると、貿易風の下で袋帆《スピンネーカー》が花のように開いて――」

というのである。この海上の突然の開花のイメージは、『星と舵』の後半をふくらませている大事な要素である。

「トランサム」の章のヨットに対する肉感的讃歌、「スタート」の章の昂奮、……そして、小説の袋帆《スピン》は、後半の「貿易風雲」の章から花やかに風をはらむ。貿易風雲は「全く別のある世界の輝かしい戸口であり、国境で」あった。「海の動物たち」の海豚の描写、「酒」の章の海と二十の虹の描写は人を酔わせる。氏の酔うような筆づかいに乗って、真の文学的陶酔が生れるとは、海の奇蹟である。末尾にちかい「夢」の章で、レールモントフ風の、孤独な浪曼的な海景のひろがりに重なって、作者はこの作品のもっとも大切な主題を呟く。

「不滅なるが故に、お前（海）は在りはしないのだ。お前が、今、ここに正しく在るということ、それを与えているのはこの俺なのだ。（中略）今、お前を証しているのは、この俺たちなのだ。

俺たちがいなければ、お前は在りはしない。

この輝かしい水の量感も、その悠遠さに射しかける太陽も空も、みんなこの俺たちが無ければ、虚無で無意味でしかないのだ、と。」

この存在論は、ジュール・シュペルヴィエルの左のような詩句の存在論と、正確に対応する筈だ。

「僕らが見てゐないとき

海は別の海になる」

かくて石原氏が愛するものは自己の投影としての宇宙であり、この作品は日本浪曼派の衰退ののち、二十年後にあらわれた真にロマン主義的な作品なのだ。逆に云えば、『星と舵』を構成する各部分は、この主題に忠実であればあるほど美しく、不忠実であればあるほど醜い。私は今まで故意に、『星と舵』の大きな部分を占める「女」について触れずに来たが、それを語るには、どうしてもこの主題を前提にしなければならないからである。

結論から先に云うと、この作品では、他の近作に比して、氏の登場させる女がさほど作品の瑕瑾《かきん》になっていない。はっきり云えば、氏の作品で女が現われるとガッカリするほどその部分が甘くなるのだが、『星と舵』ではそれほどの難がない。というのは、ヒロインの久子が、具体的な女であるよりは、後半にいたってますます、「僕」の主観のなかにしか存在しない観念の女になってゆくからである。

海は女であり、船は女であり、女は女である。この爽快な作品が爽快でありえているのは、しかし、女のためではなく、すべてが女という観念のためである。しかも『行為と死』などのようには、女という観念と具体性との無理な結合は見られない。（同じ理由から、若いクルーたちの、何ら観念性のない猥談や性的思い出話の部分は醜い。）航海と海、その純粋行為が純粋観念の遊戯であり、自我の反映に他ならないこと、そこに『星と舵』のあらゆる美しさが、そのヨットレースの美しさが、そのはかない青春の美しさが、すべてこもっている筈なのだ。青春というものがそうであるように、この基本原理を少しでも逸脱すると、その瞬間にすべては醜くなる。『星と舵』の作者は、この微妙なバランスの感覚にかけては、ヨット操縦の感覚ほど鋭敏でないらしいのが困るのだが、『星と舵』全篇を通読すると、その夾雑物すら海と性格を等しくし、海と航海によって浄められているのがわかるのである。

少し具体例を引いてみよう。船のエロチシズムは、「5・5」や「トランサム」の章で、十分満足のゆくように語られている。厳密な数式と女体との比較。船尾《スターン》から見た、トランサムごしに眺められたヨットの、たまらない女らしさ。こういう部分では、エロティシズムは交換可能の価値を呈示し、ヨットと女体は等価にして交換可能なものとなる。つまりヨットがエロティックなのは女体に似ているからであり、女体がエロティックなのはヨットに似ているからだ、という「逆モマタ真ナリ」が成立つのだ。そこに成立つのは汎神論的世界である。それが海と船と女に関わる物語であり、目的地への一等早い到達というエロティックな衝動にすべてがかかっている以上、小説『星と舵』は構造上、どこまで行ってもこの汎神論的世界の法則に忠実でなければならぬ。事実、作者は無意識のうちにもこの制約を受けており、ヒロイン久子とその描出は、他の近作とはちがって、あくまで主人公の観念像であるに止まり、最後にはついに主人公と会うことなく、効果的な手紙を残して去る。ただ、時折、作者の計算ちがいがあらわれて、船乃至海に換価できないところの具体的な女が登場したり、具体的な猥談が語られたりするときに、惜しくも『星と舵』の透明度は崩れるが、それも亦、汚れた海藻や板などの漂流物のように、たちまち目前をすぎて忘れ去られるところに、この作品の一徳がある。

「久子は僕にとって船や海や航海と同じ、僕自身の存在知覚の媒体だった。」(「星」の章)

その言やよし。われわれは青春独乙派の作品が森や湖や山々を離れて、広大な太平洋に船出するのを見た。今やわれわれは、作者と共にその海風の香りをかげばよい。その爽快な潮のうねりに身を委せればよい。

久子が「僕」にとって、存在知覚の媒体であるように、『星と舵』という作品は、読者にとって、正にそのような海の媒体たり得ているのである。

団蔵・芸道・再軍備

ちかごろ八代目市川団蔵の死ほど、感動的な死に方はなかった。「海に消えた？ 巡礼の老優」などと、六月五日の新聞は、旅路の果て的イメージで、感傷的な見出しで報道していたが、こういう場合の新聞記者の想像力の貧弱さ凡庸さには、毎度のことながら恐れ入る。団蔵の死は、強烈、壮烈、そしてその死自体が、雷の如き批評であった。批評という行為は、安全で高飛車なもののように世間から思われているが、本当に人の心を搏《う》つのは、ごく稀ながら、このような命を賭けた批評である。

引退興行をすませて、ただ一人、四国巡礼に旅立って、投身自殺をした団蔵は、引退のとき、六代目菊五郎の、「永生きは得ぢや、月雪花に酒、げに世の中のよしあしを見て」という狂歌をもじって、

「永生きは損ぢや、月々いやなこと、見聞く憂き世は、あきてしまつた」

という一首を作ったが、このパロディーの狂歌が、そのまま辞世になった。

団蔵は寡黙な、ふだん決して己れを主張しない人で、どんな役でも引受け、律儀に舞台をつとめ、その決して面白味があるとはいえない地味な芸風を押し通したが、舞台の上で彼が感じていたことは、今ありありとわかる。口では「おじさん」と立てても、腹の中は、重宝な御し易い老脇役として利用することしか考えていなかった現代一流歌舞伎俳優の、その浅墓《あさはか》な心事と、おごり高ぶった生活態度を、団蔵はじっと我慢して眺めていた。そして、現代では重んじられている俳優たち、世間や取巻きから名優扱いされている連中の、実は低い浅薄な芸風を、団蔵はちゃんと見抜いていて、口には出さずに、

「何だ、大きな顔をして、大根どもが」

と思っていたにちがいない。

団蔵はもちろんひろい世間は知らなかったろうが、歌舞伎界の人情紙のごとき状態と、そこに生きる人間の悲惨を見尽して、この小天地に世間一般の腐敗の縮図を発見していたに相違ない。歌舞伎の衰退の真因が、歌舞伎俳優の下らない己惚《うぬぼ》れと、その芸術精神の衰退と、マンネリズムとにあることを、団蔵は誰よりもよく透視していたのであろう。

団蔵は、いわば眼高手低の人であった。眼高手低の悲しみと、批評家の矜持を、心のうち深く隠して、終生を、いやいやながら、舞台の上に送った人であった。四国巡礼の途次、徳島で、団蔵は記者にこう語っている。

「今は人形のような舞台人生から離れ、生れてはじめて人間らしい自由を得ました」

この言葉は悲しい。何故なら、「人形のような舞台人生」に於て、彼自身は、人形たることに自足できるほどの天才的俳優ではなかったからである。

もちろん彼はこのことをよく知っていた。

「役者は目が第一。次が声。私はこんなに目も小さい。声もよくない。体も小さい。セリフが流れるように言えない。役者としては不適格です」

というのが口癖だったそうである。

本来、役者の自意識というものは、芸だけに働らいていればよいもので、自分の本質に関する自意識は芸の邪魔になることが多い。団蔵がこれほどよく己れを知っていなければ、もっと飛躍した演技をわがものにすることができたかもしれないのである。勘三郎が本気でハムレットをやりたがったり、錦之助がもっとも現代的な「組織と人間」の相剋に悩む青年をやりたがったりするという噂は、ただの役者馬鹿だけでない、自意識の欠如にもとづいた奔放な役者魂を示しているのかもしれない。

それはさておき、「人形のような舞台人生」をあれほど嫌った団蔵が、自殺というような人為的な死に方をし、自ら人生をドラマタイズしたことには、人間性の尽きぬ謎がある。舞台人生の非名優は、人生舞台の大名優になった。そしてこの偸安《とうあん》第一の時代にあって、彼は本当の「人間のおわり」とはいかにあるべきかを、堂々と身を以て示し、懦夫《だふ》をして立たしむるような死に方をした。それは悲しい最期ではない。立派な最期である。彼の生き方死に方には、ピンとした倫理感が張りつめていた。

一方、もし彼が名優であって、その芸術的な高さによって人々に有無を言わせぬほどの芸境を保っていたら、人生におけるいやな我慢は、それだけ少くてすんだであろう、と考えると、芸術と才能の残酷な関係に思い至る。芸は現実を克服するが、それだけの芸を持たなかった団蔵は、「芸」がなしうるようなことを「死」を以てなしとげた。すなわち現実を克服し、人生を一個の崇高なドラマに変え、要するに現実を転覆させた。その位置をわがものにするとき、彼は現実に対する完全な侮蔑を克《か》ち取る。しかし、名優は、舞台上の一瞬に、(死ななくても)同じものを克ち取る筈だ。もちろん現代にそんな名優がいるとは私は言わないが。

芸術における虚妄の力は、死における虚妄の力とよく似ている。団蔵の死は、このことを微妙に暗示している。

芸道は正にそこに成立する。

§

芸道とは何か?

それは「死」を以てはじめてなしうることを、生きながら成就する道である、といえよう。

これを裏から言うと、芸道とは、不死身の道であり、死なないですむ道であり、死なずにしかも「死」と同じ虚妄の力をふるって、現実を転覆させる道である。同時に、芸道には、「いくら本気になっても死なない」「本当に命を賭けた行為ではない」という後めたさ、卑しさが伴う筈である。現実世界に生きる生身の人間が、ある瞬間に達する崇高な人間の美しさの極致のようなものは、永久にフィクションである芸道には、決して到達することのできない境地である。「死」と同じ力と言ったが、そこには微妙なちがいがある。いかなる大名優といえども、人間としての団蔵の死の崇高美には、身自ら達することはできない。彼はただそれを表現しうるだけである。

ここに、俳優が武士社会から河原乞食と呼ばれた本質的な理由があるのであろう。今は野球選手や芸能人が大臣と同等の社会的名士になっているが、昔は、現実の権力と仮構の権力との間には、厳重な階級的差別があった。しかし仮構の権力（一例が歌舞伎社会）も、それなりに卑しさの絶大の矜持を持ち、フィクションの世界観を以て、心ひそかに現実社会の世界観と対決していた。現代社会に、このような二種の権力の緊張したひそかな対決が見られないのは、一つは、民主社会の言論の自由の結果であり、一つは、現実の権力自体が、すべてを同一の質と化するマス・コミュニケーションの発達によって、仮構化しつつあるからである。

さて、芸能だけに限らない。小説を含めて文芸一般、美術、建築にいたるまで、この芸道の中に包含される。（小説の場合、芸道から脱却しようとして、却って二重の仮構のジレンマに陥った「私小説」のような例もあるが、ここではそれに言及する遑《いとま》はない。）

よく、舞台で死ねば役者は本望、だなどと言われるが、芸道には、行為によって死を決する、などという原理は、本来含まれていないので、舞台で死ぬ役者は偶然病人が舞台の上で死を迎えただけのことであり、小説家が癌にかかっても、偶然の出来事にすぎぬ。芸道には、本来「決死的」などということはありえない。小説家がある小説を書くのに「決死的」だなどといっても、それは、商店の大売出しの「決死的出血サービス」というのと同じ惹《ひ》き文句である。

ギリギリのところで命を賭けないという芸道の原理は、芸道が、とにかく、石にかじりついても生きていなければ成就されない道だからである。「葉隠」が、

「芸能に上手といはるる人は、馬鹿風の者なり。これは、唯一偏に貪着《どんちゃく》する故なり、愚痴ゆゑ、余念なくて上手に成るなり。何の益《やく》にも立たぬものなり」

と言っているのは、みごとにここを突いている。「愚痴」とは巧く言ったもので、愚痴が芸道の根本理念であり、現実のフィクション化の根本動機である。

さて、今いう芸術が、芸道に属することはいうまでもないが、私は現代においては、あ

らゆるスポーツ、いや、武道でさえも、芸道に属するのではないかと考えている。

それは「死なない」ということが前提になっている点では、芸術と何ら変りがないからである。もちろん危険なスポーツもあって、生命保険加入スポーツもいくつかあるが、それだからと言って、芸術と比べて特に危険だとは思われない。瞬間の死か緩慢な死かのちがいだけで、芸術だって、心身を害して徐々に死にいたらせることがないとは言えない。私は根本原理が「死なない」ということにある場合、いかに危険なスポーツも芸道に属し、現実のフィクション化にあずかり、仮構の権力社会に属している、と言いたいのである。

剣道も竹刀を以て争う以上、「死なない」ということが原理になっており、本来、剣道には一本勝負しかありえぬ筈であるが、三本勝負などが採用されて、スポーツ化されている。それはすでに、芸道の原理が採用されたことを意味する。

その勝負にあるのは死のフィクション化であって、「決死」とはもはや言えない。柔道の三船十段は、エキジビションではいつも必ず勝つことになっていて、うっかり十段を負かす弟子があると、烈火の如く怒って初段に降等させたという噂があるが、これは三船十段が、柔道のフィクション化的性格をよく知っていた証拠になる。

スポーツにおける勝敗はすべて虚妄であり、オリンピック大会は巨大な虚妄である。それはもっとも花々しい行為と英雄性と意志と決断のフィクション化なのだ。

§

武士道とは何であろう？

私はものごとに「道」がつくときは、すでに「死」の原理を脱却しかかり、しかも死の巨大な虚妄の力を自らは死なずに利用しはじめる時であろう、と考える。武士道は、日常座臥《ざが》、命のやりとりをしていた戦国時代ではなくて、すでに戦国の影が遠のき、日常生活における死が稀薄になりつつあった時代に生れた。

真に死に直面している戦闘集団には、それこそ日々の「決死」の行為と、その死への心構えと、死を前にした人間の同志的共感がすべてである。それは決して現実を仮構化する暇などはもたない。それこそが、現実の側の権力のもっとも純粋な核であり、あらゆる芸道的なものを卑しめる資格があるのは、このような、死に直面した戦闘集団に他ならない。それさえ、現実に権力を握れば、現実の仮構化をもくろむ芸道の原理に対抗するに自分も亦、こっそりと現実の仮構化を模倣しつつ、しかも芸道を弾圧せねばならない。これが現実権力の腐敗である。

私が決して腐敗を知らぬ、永遠に美しい、永遠に純粋至上な「現実権力」として認めるものは、あの挫折した二・二六事件の、青年将校の同志的結合である。

末松太平氏の『私の昭和史』の次のような一節を読むがいい。

天皇の軍隊を天皇の命令なくして、私的にクーデターなどに使うことに反対していた高村中尉（著者の学友）が、ついに著者に説得されて、理屈よりも友情が勝ち、次のように言うところである。

「『自らかへりみて大御心に副《そ》ふと思へば――か』とつぶやいてゐたが、につこり笑つて、『よしッ、いいよ、やるよ。まだ軍隊使用に疑念はあるが、貴様がやることなら、おれもやるよ。しかしやるまで暇があるなら、そのあひだにできるだけ、そのおれの疑念を晴らすやう教へてくれ。疑念が晴れなければやらないといふのぢやないよ』」（傍点筆者）

この最後の一句のいさぎよい美しさこそ、永遠に反芸道的なものである。そして芸道を河原乞食と卑しむことができるものは、このような精神だけであり、固定して腐敗した政治権力には、そのような資格はない。

さて、死に直面する戦闘集団の原理は、多少とも武士道に影を宿し、泰平無事の元禄の世にも、赤穂義士の義挙と、「葉隠」の著作を残した。それが、命のやりとりを再び復活した幕末から維新を経て、人々の心に色濃くのこっていた。このような戦闘集団の同志的結合は、要するに、戦野に同じ草を枕にし、同じ飯盒の飯を喰い、死の機会は等分に見舞うところの、上長と兵士の間の倫理を要請した。

飛躍するようだが、旧憲法の統帥大権の本質はここにあり、武士道を近代社会へつなぐ唯一のパイプであったと思われるのである。

史家は、明治憲法制定の時、薩摩閥が、国務大権を握ったのに対抗して、長州閥が、天皇に直属する統帥大権を握って、国務大権から独立した兵馬の権をわがものにしようとした、と説明するが、政治史の心理的ダイナミズムはそのように経過したとしても、統帥大権の根本精神は、もっと素朴な、戦闘集団の同志的結合の純粋性を天皇に直属せしめるところにあったと思われる。

二・二六事件の悲劇は、統帥大権の純粋性を信じた青年将校と、英国的立憲君主の教育を受けた文治的天皇との、甚だしい齟齬《そご》にあったが、私が近ごろ再軍備の論をきくにつれ、いつも想起するのは、この統帥大権の問題である。

シヴィリアン・コントロールとたやすく言うが、真に死に直面した戦闘集団は、芸道的原理に服した現実の権力のために死ぬことができるであろうか？　早い話が、「死ぬこととみつけた」武士道は、「死なないですむ」芸道のために、死ぬことができるであろうか？

「死なないですむ」芸道的原理が現代を支配し、大臣も芸能人も野球選手も、同格同質の社会的名士と扱われ、したがってそこに、現実の権力と仮構の権力（純粋芸道）との、真の対決闘争もなく、西欧的ヒューマニズムが、唯一の正義として信奉されているような時代に、シヴィリアン・コントロールが、真に日本人を死なせる原理として有効であろうか、私は疑問なきを得ない。

もちろん、シヴィリアン・コントロールは、天皇の代りに、総理大臣のために死ぬことではない。しかし日本人の国家観念、民族観念が、戦後の総理大臣（戦前の首相に比べてその権力においてははるかに強大な、）のイメージといかに齟齬しているかという一例に私は、いつも人に、次のような笑い話をするのである。

もし佐藤首相が僕に、

『おい、三島君、煙草を買って来てくれないか』

とたのんだら、僕はつまらない意地ははらないで、すぐ次のように答えるだろう。

『ああ、いいですよ。あなたも忙しいんだし、一ッ走り行って来ましょう』

そして僕は快く、町角の煙草屋まで駈け出すだろう。

しかし、もし佐藤首相が僕に、

『おい、三島君、君の命をくれないか』

と言ったら、僕は死んでも命をやる気はないね。

松尾先生はすぐる戦争の時代に、悠々と、王朝の散佚した物語の研究をつづけておられた。徒然草の「不具なるこそよけれ」ではないけれども、のこる断片からありし全容の美しさを偲ぶというこの作業には、戦争中の誰も知らなかったダンディスムがあって、私は保存の完全な物語類よりも、先生の研究によって知った散佚物語の類に、一そうの想像力を掻き立てられたのであった。それは詩人立原道造が強調した「廃墟」の意味のように、ロマンティックな興趣に充ちた研究で、現実の美女よりも、夙に世を去った美女の面影を、おぼろげな記憶をたよりに復元することのほうに、一そうの喜びを見出す心的態度にもつながっていた。私はその一つ『朝倉の物語』から、先生の考証をたよりに、小さな自分用の「朝倉」という物語を組立てたりした。又、考えてみると、松尾先生のこうした研究は、戦後の廃墟に先立って、戦争中から、小さな美しい廃墟の数々を用意されたのだ、とも云えそうである。

先生を以てその研究の家元とする『浜松中納言物語』も亦、徒然草のいわゆる「章段の欠けたる」物語であって、それだけ趣が深く、先生の学問的であると同時に詩的な想像力を掻き立てた作品と思われる。しかも物語は、ジェラアル・ド・ネルヴァルのように「夢」を主題としていて、夢と人生との重味はいずれがまさるかとも定めがたく、その点、沙翁の『テムペスト』の台詞のように、読後、「われらは夢と同じ織物で織られている」ことを実感させるのである。

異国趣味と夢幻の趣味とは、文学から力を失わせると共に、一種疲れた色香を添えるもので、世界文学の中にも、二流の作品と目されるものの中に、こういう逸品の数々があり、そういう文学は普遍的な名声を得ることはできないが、一部の人たちの渝らぬ愛着をつなぎ、匂いやかな忘れがたい魅力を心に残す。『浜松中納言物語』は正にそのような作品で、もし夢が現実に先行するものならば、われわれが現実と呼ぶもののほうが不確定であり、恒久不変の現実というものが存在しないならば、転生のほうが自然である、と云った考え方で貫ぬかれている。それほど作者の目には、現実が稀薄に見えていたにちがいない。そして現実が稀薄に見えだすという体験は、いわば実存的な体験であって、われわれが一見荒唐無稽なこの物語に共感を抱くとすれば、正に、われわれも亦、確乎不動の現実に自足することのできない時代に生きていることを、自ら発見しているのである。『浜松中納言物語』が現代に読まれるべき意味は、そこらに在るのではないかと想像される。

松尾先生には、学校では、国文法を教わっていたが、教室における先生は、どちらかというと純理派の、情操ゆたかならぬ先生と見られていた。答案にも辛い点を平気でつけたし、とにかく、学生受けのする甘いアプローチャブルな先生でなかったことは確かである。しかしこちらも年を経て思うことは、むしろ教室でそのように見える先生が、厳格な学究的良心のかげに、詩を養い、夢を育てていた人であったということも、容易に推測されるのである。学生に人気のある、甘い賑やかな感激家の先生には、却って貧寒な、現実的な魂しか備わっていないことが多い。松尾先生に国文法を教わったという偶然は、いかにも象徴的なことだと思うが、先生は、こういう正確な無味乾燥な方法的知識のみが、夢へみちびく捷径であることを、無言のうちに教えて下さったように思われるのである。

天狗道

平田篤胤の筆記考按による『嘉津間答問《かづま》』は、『仙童寅吉物語』の名で知られており、天狗界に行っていたという神童の聞書であるが、その中にこんな一節がある。

或る人が戯れて寅吉に言うには、俺はこの世の中に住み飽きて、天狗になりたくなったから、今度山へ帰るときは、ぜひ俺も連れて行ってくれ、と言うと、この冗談をまともに受けた寅吉は、居直って、こう答える。

「夫《それ》は以ての外なる事也、神を置ては世に人ほど貴きものはなきに、山人天狗などの境界を聞て羨ましく思ふは心得の宜からぬなり、人は此世に住みて此世の人のあたり前の事を務め終るが真の道なり、山人天狗などは自由自在があるといふばかり、山人には日々種々《くさぐさ》の行ありて苦しく、天狗にも種々の苦しみあり、夫《それ》故に彼境にても人間といふ物は楽なる物ぞと常に羨み居る也、此方にては彼方を羨み彼方にては此方を羨む、皆その道に入りて見ざる故のことなれども、人と生れたらむには人の道を守りて願ふまじきことなり」

ここまでは誡《いまし》めだが、寅吉が更に、わが身の宿命について言うには、

「我師を始め山人となり天狗と成れる人は何とか因縁ありしより成れる者なるべし、我とても小児にてありし時よりの事を思へば、何にか定まれる因縁ありげに思はれ、我が身ながらにも我身の事すら知れず、今日にも明日にも迎ひに来るやらむ此儘に此方に居る事やら其も知れず、夫故にここらの事を思ひつづけては、かく成れる事は善事か悪事か分からぬから身の毛の立つ様に恐ろしく思ふこともあり」

と述懐している。

この本は私の年来愛読している本で、面白い個所は何度もくりかえして読んだが、特に右の一節は山人天狗をそのまま「芸術家」と置き換えて読むほどに興趣を増すのである。わけても「山人天狗などは自由自在があるといふばかり」という一行は美しい。ここに語られた天狗道の無償性は、なぜ天狗が存在するか、なぜ存在しなければならぬか、という根本義に触れている。天狗は人間とちがって空を自由に飛行《ひぎょう》することができる。こちらの峰からあちらの峰へ、月下に千里を飛ぶこともできる。しかもこの超自然的能力は、それ自体が幸福でなければならず、彼には何か、世間普通の幸福を味わう能力が欠けているのである。

これを裏から言えば、「自由自在」は羨むべき能力かも知れないが、本来市民的幸福に

は属さない。それは生活を快適にする能力ではなく、日常生活にとっては邪魔になるもので、むしろそれがあるために日常生活は円滑を欠くであろう。

自由自在は詩的概念であって、市民的自由とは別物である。精神がそのような無償の自由を味わうということは、辛うじて芸術にだけ許されていることで、一般社会では禁止されている。

しかもこの魔的に自由な精神も、たえず「人間の幸福」を羨んでいるのである。天狗がこんなに自在であるにかかわらず、人間の生活に本当に感情移入ができず、「その道に入りて見」ることができないのは、ふしぎと言わねばならない。

相手方への完全な感情移入の不可能という点では、天狗も人間も同等同質なのであり、そこに相互の羨望が生れる。私にとっては、天狗におけるこの「人間的」限界が甚だ興味がある。天狗はこの点では、「饗宴」篇中でディオティマの語るエロスに似ているのかもしれない。

天狗の自在な飛行は、もちろん天狗道の使命に従って行われるが、人間の目からはこの使命は見えず、従って飛行自体が戯れと見える。

寅吉はなお人間時代の記憶を留めているから、その戯れを人間的倫理で以て考察しようとするが、「善事か悪事か」さっぱり分らないのである。

人間は楽でいい、と言って羨んでみせるときの天狗には、もちろん多大のエリート意識があるが、そのエリート意識を支えるものは、自在の飛行それ自体でなくて、日々種々の苦しい行である。これがなくては、天狗はたちまち墜落して天狗でなくなる。

かくて天狗は、どうしても存在するために、日夜存在の努力を払う必要があり、このような存在学的努力は、人間には本来不要なものである。

天狗にとって人間は明らかに存在しているからであり、天狗のほうが分が悪いのは、或る人間たちにとっては天狗は存在している必要がないからである。

ここにいたって、天狗の存在の問題は、そのまま天狗の倫理になる。天狗にとって、天狗はどうしても存在しなければならない。それでなければ、天狗はマイノングのいわゆる存在外《アウセルザイン》にとどまるであろう。そして天狗を存在せしめるものこそ、「日々種々」の苦しい行であり、その発現としての自在な飛行の戯れである。

後段の天狗たることの宿命について語られた一節では、その「我師」という一句に、川端康成氏の名を当てはめたい誘惑にかられるが、それでは私も天狗の端くれを自ら名乗ることになって、不遜のそしりを免れまい。むしろ、目を泰西文学に放って、たとえば『トニオ・クレエゲル』の、美しく踊るハンスとインゲボルクの姿を、暗いヴェランダから硝子ごしにじっと見つめている奇怪なトニオの鼻——それは又作者トオマス・マンの鼻——が、しらぬ間に長々と伸びて来て、他ならぬ天狗の鼻に変貌していたりするところを、想像していたほうが無事かもしれない。

危険な芸術家

一説によると私は「危険な思想家」だそうである。名前だけきくとカッコいいようだが、そういう説をなす人の気持は、体制側の思想家というほどの意味で、政府御用達の思想家というほどの呼称であろう。日本における危険の中心は政府であり、どんな思想家の危険性だって、権力の危険性に及ぶ筈はなく、いわばその危険性の戯画にすぎぬであろう。

私はいつも、人間と狼とが戦っているときには、私も人間の一員であるから人間の気持はよくわかるとして、狼の気持はどうなのか、熱烈な好奇心を働らかすタチである。狼になってみたら、そのときどんな気持がするものか？

たまたま机辺の雑誌をめくってみると『宝石』新年号に、「マスコミ〝要注意人物〟㊙リストの全貌」という、センセーショナルな記事が出ている。

これによると、自民党政府はこのごろマスコミ規制に熱心で「新聞よりも放送の影響力を重視」し、各テレビの放送内容をチェックして、反体制的な思想傾向の番組や解説者に圧力を加えようとしている、というのである。

ここで扱われているのは主として政治問題だが、政治問題に関する言論を規制しようとする動きがあるときには、必ず、これをカムフラージュするために、道徳的偽装がとられ、あわせてエロティシズムや風俗一般に対する規制が行われるのが通例である。映画「黒い雪」問題、古沢岩美氏の個展の問題、『ファニー・ヒル』の発禁から、小はエレキ・ブーム批判、モンキー・ダンス批判まで、いかにも青少年保護を錦の御旗にかかげた清教徒的道徳観が横行濶歩しはじめるのは、必ずこういう時期と符節を合している。一九七〇年の問題の時期に向って、こういう傾向はますます強化されると考えてよいであろう。

さて、そこで考えられるのは、狼の目から見た場合の危険性の度合であって、例の「危険な思想家」と、丁度逆な観点になるわけであるが、どんな保守的思想の持主である芸術家も、この観点から見られるときは、反体制的思想家と、五十歩百歩の目に会わされることは、戦争中の記憶を想起すればすぐわかることである。

実際、国家が詩人を追放しようとするのは、きわめて賢明な政治判断であって、プラトンはちゃんとそれを知っていた。政治に有効に利用できる芸術のエネルギー量はきわめて微弱であり、政治が効率百パーセント芸術を利用しえたと考えるときには、もうその芸術は死物になっていて、何の効用も及ぼしていないという皮肉な現象は、ナチスのころも見られたが、そんな微温的な手段をとるよりも、政治自体が芸術になり、（たとえ似而芸術であっても、）政治的行為が芸術的行為を完全に代用してしまえばすむことで、それが左右を問わず全体主義政治の核心である。

ただプラトンが完全に知っており、ナチスが不完全にしか知っていなかったことは、次のような事実であり、これはもちろん、日本の政治家が夢にも知らない事実である。

「（プラトンは、）芸術家を断罪する前に、まづ彼にメリット勲章か何かのやうなできるだけ高い栄誉を与へなければいけないと言つてゐる。すなはちプラトンは、今日ではほとんど誰も理解してゐないやうに思はれること、つまり真に危険な芸術家とは『世にも稀な快い神聖な』偉大な芸術家であるといふことをはつきりと理解してゐた。プラトンは、（中略）大きな悪は何らかの欠除に由来するのではなくてむしろ『本性の充実から生じて来る』ものであり『弱い本性は、はなはだしく偉大な善も、はなはだしく偉大な悪も成し遂げることはほとんどできない』と信じてゐたのである」（『芸術と狂気』エドガー・ウィント著、高階秀爾訳、傍点筆者）

何のことはない、日本の俚諺《りげん》の「悪に強きは善にも」と変りがない考えだが、ここには政治と芸術との関係において、非常に基本的な重要な考えが述べられている。たとえばエレキは有害で、青少年に対して危険であり、ベートーヴェンは有益で、何らの危険がないのみか人間性を高めるという考えは、近代的な文化主義の影響を受けた考えであって、べートーヴェンのべの字もわからない俗物でも、こういう議論は鵜呑みにするし、現代の政府の文化政策もこの線を基本的に離れえないことは明白である。

しかし毒であり危険なのは音楽自体であって、高尚なものほど毒も危険度も高いという考えは、ほとんど理解されなくなっている。政治と芸術の真の対立状況は実はそこにしかないのである。してみると日本には、真の危険な芸術家は一人もいないということになり、政府もそんなに心配する必要はなし、万事めでたしめでたし。

私の遺書

文藝春秋の現代日本文学館の月報に出すために、私自身の古い未発表資料はないかと云われて、本棚の奥から、二十年間埃に埋もれて一度もあけてみたことのない箱を引張り出し、あけてみたら、遺言状が出てきたのにはおどろいた。半紙に毛筆でこう書いてある。

遺　言　　　　平岡公威（私の本名）

一、御父上様
御母上様
恩師清水先生ハジメ
学習院並ニ東京帝国大学
在学中薫陶ヲ受ケタル

諸先生方ノ
御鴻恩ヲ謝シ奉ル
一、学習院同級及諸先輩ノ
友情マタ忘ジ難キモノ有リ
諸子ノ光栄アル前途ヲ祈ル
一、妹美津子、弟千之ハ兄ニ代リ
御父上、御母上ニ孝養ヲ尽シ
殊ニ千之ハ兄ニ続キ一日モ早ク
皇軍ノ貔貅《ヒキウ》トナリ
皇恩ノ万一ニ報ゼヨ
天皇陛下万歳

……自分の書いた遺書まで天下に公表するとは、露出趣味もきわまれりと云われそうだが、遺書とはもともと人に見られるためのものである。これを書いたときの記憶はありありと残っているが、他に、家族友人向きの別の遺書を書いた記憶はない。赤紙が来て、遺書、遺髪、遺爪を持って入隊し、そこでこれが役立つ筈であったのが、即日帰郷で、持ち帰ったものと思われる。

それにしても、もう一寸別な書き様はなかったものか、というのが、今読んで私の心に浮ぶ疑問である。あまりにも型にはまりすぎている。もちろん下手なことを書いて軍隊でドヤされてはという処生の慮り（処死の慮りと云い直すべきか）はあったであろうが、それにしてもサッパリしすぎている。もしそのまま死んでいれば、私は全くこの遺書どおりの人間として死んだわけである。

形式的な遺書は形式だけで十分、というような大人ぶった知恵が、二十歳の私にはなかったわけではないが、この完璧な無個性ぶりの中に、私の個性乃至はダンディスムがひそんでいたこともたしかである。いくら戦時中でも、遺書の文例があって、その通り書いていたわけではない。

私はなるたけ二十年後の回想というハンディキャップを取除いて考えようとしているのだが、これを書いたときの私の心理が、今の私にはひどく興味があるのである。この遺書を全部ウソだったと云うのは簡単である。その前に小説集の一つも出した青年の心理が、こんな単純明朗なものであった筈はない。しかし、全部ウソだったと云ってしまっては、又そこに別のシコリが残る。本当でもないが、全部ウソでもなかったとすれば、どこに「本当」があったのか。第一、この遺書を書いたときの私は、ここに書いてあることをそのとおり信じていたわけではないのは自明のことだが、それではそれを全部ウソと考えるような「本当」の立場を、自分の中に持っていなかったことも亦自明であって、その「本当」の立場は、却って遺書のほうにあったかもしれないのである。近代的個人主義とその自我に対する疑惑は、以後私のなかに根強くわだかまっている。

　こうも考えられないだろうか。当時は、末梢的な心理主義を病んでいる青年の手をさえとらえて、らくらくとこのように書かせるところの、別の大きな手が働いていたのではないか。それは国家の強権でもなければ、軍国主義でもない、何か心の中へしみ通ってきて、心の中ですでに一つのフォルムを形成させるところの、もう一つの、次元のちがう心が、私の中にさえ住んでいたのではないだろうか。

　カトリックにおける教会とは、そのようなものではあるまいか。われわれを代理し、代行し、代表するもう一つの心があるのだ。プロテスタント的な良心だけが、近代的自我を形成し、人間の心を、又その良心を、一つきりでかけがえのないものにしてしまったのではないだろうか。スペア・タイヤがないので、パンクをすればそのまま立往生するほかはない車が、あちこちにころがっているのが、近代社会の姿である。

　ともかく私は生き残った。遺書は今日、人々を笑わせる。それなりに結構で、おめでたい話にはちがいない。

　しかし私は、現代日本におけるいかなる死にも、二度とこのようなもう一つの見えざる手が書かせる遺書はありえないことを、空虚に感じる心も否定できないのである。でも、まだしも諦めがつくのは、私もかつてはこのような大遺書を書いたということだ。一生に遺書は多分これ一通で十分であろう。

いやな、いやな、いい感じ

『いやな感じ』（高見順氏作）というのは、裏返せば「いい感じ」ということである。つまり、「いやな、いやな、いやな……いい感じ」というわけだ。私はこの見事な文学作品を前にして冗談を言っているのではない。人間と世界に対する嫌悪の中には必ず陶酔がひそむことは、哲学者の生活体験からだけ生れるわけではない。行為者も亦、そのようにして世界と結びつく瞬間があるのだ。

それは無目的な反抗を通じ、破壊を通じ、世界のあからさまな醜い顔とじかに顔をつき合わせることを通じ、自分の肌をたえず嫌悪で粟立たせることを通じ、……それらすべてを通じて、陶酔と結びつくことである。陶酔（いい感じ）の人間存在における意味とは、そのようなものでしかありえないのかもしれない。それは厳密に言って、人間の根源的なエロス体験である。恐怖と血が媒体となって、「いやな感じ」はついに「いい感じ」に転換するが、生は一刻もそこに止まらない。生はさらに又、嫌悪へ、もっとすさまじい世界否定へと堕ちてゆくのである。このような生の本質と諸相、このような生の根源的不安と現象的断片をまぜ合せて進行するこの物語が、あの怖ろしいエンディングに到達するのは自然である。末尾で、主人公が中国人捕虜の首を斬って射精するとき、読者はいとも自然に、「いやな、いやな、いやな、……いい感じ」を、主人公と共に味わうことを余儀なくされる。これは思想がどうあろうが、美学がどうあろうが、心理がどうあろうが、そんな読者各個の「家庭の事情」なんかには斟酌なく、小説家があらゆる読者の襟髪をムンズとばかりつかんで、否応なしに連れてゆくエンディングである。それは小説というものの、もっとも純粋にエロティックな機能である。

『いやな感じ』では、ジャン・ジュネの作品と同様に、隠語がふんだんに使われている。開巻たちまち、トロだの、オブだの、ブショウシだの、スケナゴだの、オサトだのという隠語がぞろぞろ現われる。これは日常の価値とモラルを顚倒させる感覚を、まず読者の心に深く浸透させるための、作者の周到な用意なのだ。隠語は通例、もっとも日常的な用語に襲いかかり、これを蝕んでゆくから、作者の一見写実的なスピーディーなスケッチは、これによって念入りな、不気味な、異様なリアリティーをひそめた抽象画に変る。つまり、露骨な、露悪的な描写ほど、隠語の濫用によって、その風俗的具体性から脱け出すという逆説が可能になるのだ。われわれはもはや無反省な別の暗黒世界に生きている自分を見出すのである。

かくて、すべての人物が一堂に会し、メロドラマチックな事件が次々に起る第四章の上海は、一時代の現実の上海であることに止まらず、人間が必ずそこでお互いに出会うようになるところの、地獄の別名になりえているのだ。

日本人の誇り

言い古されたことだが、一歩日本の外へ出ると、多かれ少かれ、日本人は愛国者になる。先ごろハンブルクの港見物をしていたら、灰色にかすむ港口から、巨大な黒い貨物船が、船尾に日の丸の旗をひるがえして、威風堂々と入って来るのを見た。私は感激措くあたわず、夢中でハンカチをふりまわしたが、日本船からは別に応答もなく、まわりのドイツ人からうろんな目でながめられるにとどまった。

これは実に単純な感情で、とやこう分析できるものではない。もちろん貨物船が巨大であったことも大いに私を満足させたのであって、それがちっぽけな貧相な船であったとしたら、私のハンカチのふり方も、多少内輪になったことであろう。また、北ヨーロッパの陰鬱な空の下では、日の丸の鮮かさは無類であって、日本人の素朴な明るい心情が、そこから光りを放っているようだった。

それでは私もその「素朴な明るい」日本人の一人かというと、はなはだ疑わしい。私はひねくれ者のヘソ曲りであるし、私の心情は時折明るさから程遠い。それは私が好んでひねくれているのであり、好んで心情を暗くしているのである。これにもいろいろ複雑な事情があるが、小説家が外部世界の鏡になろうとすれば、そんなにいつも「素朴で明るい」人間であるわけには行かない。しかし、異国の港にひるがえる日の丸の旗を見ると、
「ああ、おれもいざとなればあそこへ帰れるのだな」
という安心感を持つことができる。いくらインテリぶったって、いくら芸術家ぶったって、いくら世界苦《ベルト・シュメルツ》にさいなまれているふりをしたって、結局、いつかは、あの明るさ、単純さ、素朴と清明へ帰ることができるんだな、と考える。

いざとなればそこへ帰れるという安心感は、私の思想から徹底性を失わせているかもしれない。しかしそんなことはどうでもよいことだ。私は巣を持たない鳥であるより、巣を持った鳥であるほうがよい。第一、どうあがいたところで、小説家として私の使っている言葉は、日本語という歴然たる「巣鳥の言葉」である。

「いざとなればそこへ帰れる」ということは、同時に、帰らない自由をも意味する。ここが大切なところだ。帰る時期は各人の自由なのであって、「いざとなれば帰れる」という安心感があればこそ、一生帰らない日本人がいるのもふしぎはない。私はこの安心感を大切にするのと同じぐらいに、帰る時期と、帰る意志の自由とを大切にする。人に言われて

帰るのはイヤだし、まして人のマネをして帰ったり、人に気兼ねして帰るのもイヤだ。すべての「日本へ帰れ」という叫びは、余計なお節介というべきであり、私はあらゆる文化政策的な見地を嫌悪する。日本人が「ドイツへ帰れ」と言われたって、はじめから無理なのであって、どうせ帰るところは日本しかないのである。

私は十一世紀に源氏物語のような小説が書かれたことを、日本人として誇りに思う。中世の能楽を誇りに思う。それから武士道のもっとも純粋な部分を誇りに思う。日露戦争当時の日本軍人の高潔な心情と、今次大戦の特攻隊を誇りに思う。すべて日本人の繊細優美な感受性と、勇敢な気性との、たぐい稀な結合を誇りに思う。この相反する二つのものが、かくもみごとに一つの人格に統合された民族は稀である。……

しかし、右のような選択は、あくまで私個人の選択であって、日本人の誇りの内容が命令され、統一され、押しつけられることを私は好まない。実のところ、一国の文化の特質というものは、最善の部分にも最悪の部分にも、同じ割合であらわれるものであって、犯罪その他の暗黒面においてすら、この繊細な感受性と勇敢な気性との結合が、往々にして見られるのだ。われわれの誇りとするところのものの構成要素は、しばしば、われわれの恥とするところのものの構成要素と同じなのである。きわめて自意識の強い国民である日本人が、恥と誇りとの間をヒステリックに往復するのは、理由のないことではない。

だからまた、私は、日本人の感情に溺れやすい気質、熱狂的な気質を誇りに思う。決して自己に満足しないたえざる焦躁と、その焦躁に負けない楽天性とを誇りに思う。日本人がノイローゼにかかりにくいことを誇りに思う。どこかになお、ノーブル・サベッジ（高貴なる野蛮人）の面影を残していることを誇りに思う。そして、たえず劣等感に責められるほどに鋭敏なその自意識を誇りに思う。

そしてこれらことごとくを日本人の恥と思う日本人がいても、そんなことは一向構わないのである。

法学士と小説

東大法学部出の小説家というと、私の知る限りでは、大佛次郎氏と林房雄氏と私の三人だけで、この三人にはっきりした共通の特色でも見つかれば、人間の一生の仕事、それも個性的な仕事における大学教育の影響力がつかめるわけであるが、あいにくそんなものは見当らない。強いていえば、大佛氏がフランス革命に、林氏が明治維新に、私が二・二六事件に、特別の興味を寄せて来た点はあるが、これも偶然の一致といえぬわけではない。

ジッドが『プレテキスト』の中で、「芸術家にもっとも必要な天賦は官能性である」と述べて、暗に自分にそれが欠けていることを認めている口ぶりであるが、官能性は、日本式にいえば、色気といいかえてもよかろう。なるほど色気の欠けていることは法学士の通弊かもしれない。表現上の色気のみならず、実生活でも、大佛氏がドン・ファンだという噂はきいたこともなく、林氏も思想の道楽こそさんざんやったが、恋に命を賭けたというほどの話はきいたことがない。恥かしながら私も、この両先輩の驥尾に附して、色気のないことおびただしく、この間も大宅壮一氏から、

「もっと道楽をしなければ、えらい小説家にはなれませんよ」

と忠告を受けたばかりである。

しかし大きな構想だの、論理的な構成力などという点になると、法学士は大いに利点を持っているようであって、私もあるとき、同級の法制史専攻の学者から、

「お前の小説のメトーデは、法制史のメトーデとよく似ている」

と褒められたおぼえがある。

小説とはつくづく厄介な仕事で、情感と理智がうまく融け合っていなければならない。それも情感五〇パーセント、理智五〇パーセントというのでは、釣合のよくとれた良識ある紳士にはなれても、小説家にはなれない。理想的には情感百パーセント、理智百パーセントほどの、普通人の二倍のヴォルテージを持った人間であるべきで、バルザックも、スタンダールも、ドストエフスキーも、そういう小説家であった。

日本人の間からは、体力のせいもあって、こういう超人的怪物が出にくいのではないか、と思われるふしがある。一般人を百とすれば、せいぜい百二十ぐらいが超人の限度であって、その百二十のなかの配分によって、それぞれの才能が決るわけだが、法学士の小説家は、なまじ法律を勉強したばかりに、そのうち七〇パーセントぐらいを理智に奪われてし

まうのではないかと思われる。

　そんなわけで、法律をやったことが是か非か、なかなか結論が出せずにいた私であったが、思わぬことから裁判に巻き込まれ、『宴のあと』という小説がモデルのプライヴァシーを犯しているとのことで、民事法廷の被告席に立つことになった。

　大学卒業以来、十五年ぶりで六法全書がふたたび机辺にあらわれ、大学で眠い目をこすりこすり講義をきいていたときには、まさか将来自分の身に関わりのあるものになるとは思っていなかった民事訴訟法の中へ、いつのまにか被告として組込まれている自分を発見した。これは実にふしぎな気分のする経験であって、たとえていえば、深夜眠りの合間に、遠い救急車のサイレンをきいて、ああ、又誰か怪我をした、しかし俺には関係ない、と思いながら、ぬくぬくと又、眠りに身を沈めていた人が、あるとき突然、救急車の中へ運び込まれている自分に気がつく、といった種類の経験である。そのとき救急車についてかつて学んだ知識が幾分でも役に立つかといえば、そういうものでもなく、呆然と担架で運ばれて、荷物のように救急車に放り込まれたときに、そんな知識が何らかの役に立つとも思われない。それに恥かしながら、大学ではいたって不勉強で、こんな場合の応急処置については何一つ思い浮ばなかったのである。

　法廷に立つと、多少法学士としての自信がよみがえって来る気もしたけれど、よく考えてみれば、法廷というものは、法学士を裁くためにあるのではない。法律の知識など一つもない人同士の争いを、代理人としての弁護士が法律構成をする仕組みになっているわけであるが、その実際の原告被告は、欲もあれば夢もあり、喜びもあれば憎しみもあり、悪意もあれば嫉妬もあり、さまざまの人間の情感にあふれた、生《なま》の、現実的存在でなければならず、そういう生《なま》の人間として、あくまで対等の当事者でなければならない。法学士もへったくれもないのである。

そういう点から考えると、私はわれながら、或るハンディキャップを背負っていると考えざるをえなかった。情感をつのらせ、しかもそれを理智で抑制して、バランスをとりながら書きつづける小説という仕事が、私という人間から、徐々に、生《なま》の、自然な要素を奪い去っていることがよくわかってくる。相手が頭から湯気を立てて怒っていればいるほど、こちらは小説家的観察力のおかげで客観的になってゆき、とても相手と同じ熱度で怒る気にはなれぬどころか、却って可笑しくなってくる。……

そういうことが、社会生活においていかに不利であり、いかに人の同情を惹くことが少いか、という点に思いを致すと、私は、自分が小説家であることを怨むべきか、法学士であることを怨むべきか、どっちつかずの心境になるのであった。

法律と餅焼き

電熱器ばやりの今の人には火鉢と云ってもピンと来ないだろうが、むかしは炭火をカンカン起して、鉄の網を五徳にのせて、東京人が「おかちん」と呼ぶところの餅を、火鉢で焼いて喰べるのが、冬の夜の家庭のたのしみの一つであった。

その鉄の網目の模様がコンガリと焼けた餅にのこり、私たちは、熱い餅をフーフー吹きながら、醤油をかけて、おいしく喰べたものだ。

さて、いくら早く焼きたいからと云って、餅を炭火につっこんだのでは、たちまち黒焦げになって、喰べられたものではない。餅網が適度に火との距離を保ち、しかも火熱を等分に伝達してくれるからこそ、餅は具合よく焼けるのである。

さて、法律とはこの餅網なのだろうと思う。餅は、人間、人間の生活、人間の文化等を象徴し、炭火は、人間のエネルギー源としての、超人間的なデモーニッシュな衝動のプールである潜在意識の世界を象徴している。

人間というものは、おだやかな理性だけで成立っている存在ではないし、それだけではすぐ枯渇してしまう、ふしぎな、落着かない、活力と不安に充ちた存在である。

人間の活動は、すばらしい進歩と向上をもたらすと同時に、一歩あやまれば破滅をもたらす危険を内包している。ではその危険を排除して、安全で有益な活動だけを発展させようという試みは、むかしからさかんに行われたが、一度も成功しなかった。

どんなに安全無害に見える人間活動も、たとえば慈善事業のようなものでも、その事業を推進するエネルギーは、あの怖ろしい炭火から得るほかはない。一例が、プロヒューモ氏は、例の醜聞事件以後、すばらしく有能な慈善事業家として更生しているそうである。

人間の餅は、この危険な炭火の力によって、喰えるもの、すなわち社会的に有益なものになる。しかし、もし火に直接に触れれば、喰えないもの、すなわち社会的に無益有害なものになる。だから、餅と火のあいだにあって、その相干渉する力を適当に規制し、餅をほどよい焼き加減にするために、餅網が必要になるのである。

たとえば殺人を犯す人間は、黒焦げになった餅である。そもそもそういう人間を出さないように餅網が存在しているのだが、網のやぶれから、時として、餅が火に落ちるのはやむをえない。そういうときは、餅網は餅が黒焦げになるに委せる他はない。すなわち彼を死刑に処する。餅網の論理にとっては、罪と罰とは一体をなしているのであって、殺人の罪と死刑の罰とは、いずれも餅網をとおさなかったことの必然的結果であって、彼は人を殺した瞬間に、すでに地獄の火に焼かれているのだ。そして責任論はどこまで行ってもきりがなく、個人的責任と社会的責任との継目は永遠にはっきりしないが、少くとも、殺人という罪が、人間性にとって起るべからざることではなく、人間の文化が、あの怖ろしい炭火に恩恵を蒙っているかぎり、火は同時に殺人をそそのかす力にさえなりうるのである。かくて、終局的に、責任は人間のものではないとする仏教的罪の思想も、人間には原罪があるとするキリスト教的罪の思想も生れてくるわけであるが、餅網の論理は、そこまで面倒を見るわけには行かない。

ただ、餅網にとっていかにも厄介なのは、芸術という、妙な餅である。この餅だけは全く始末がわるい。この餅はたしかに網の上にいるのであるが、どうも、網目をぬすんで、あの怖ろしい火と火遊びをしたがる。そして、けしからんことには、餅網の上で焼かれて、ふっくらした適度のおいしい焼き方になっていながら、同時に、ちらと、黒焦げの餅の、妙な、忘れられない味わいを人に教える。

殺人は法律上の罪であるのに、殺人を扱った芸術作品は、出来がよければ、立派な古典となり文化財となる。それはともかくふっくらしていて、黒焦げではないのである。古典的名作はそのような意味での完全犯罪であって、不完全犯罪のほうはまだしもつかまえやすい。黒焦げのあとがあちこちにちらと残っていて、そういうところを公然猥褻物陳列罪だの何だのでつかまえればいいからである。それにしても芸術という餅のますます厄介なところは、火がおそろしくて、白くふっくら焼けることだけを目的として、おっかなびっくりで、ろくな焦げ目もつけずに引上げてしまった餅は、なまぬるい世間の良識派の偽善的な喝采は博しても、ついに戦慄的な傑作になる機会を逸してしまうということである。

映画的肉体論――その部分及び全体――

一

『映画芸術』という雑誌は全く面白い雑誌で映画をサカナにして、竹林の七賢人が、浮世離れのした高遠な議論を毎号やっている。浮世とは低俗なる大衆であり、その低俗なる大衆の無意識の部分を、知的に、あるときは社会科学的に分析して、とんでもない結論をみちびき出す。その結論がとてつもなく面白い。世間で悪評高く大コケにコケた映画がここでは傑作の折紙をつけられたりする。なまぬるい良識派の映画批評や、平和主義と見せかけながら政府の文化政策のお先棒をかついでいるような映画批評は、ここには見当らない。すべては過激であり、アナーキーであるが、そこにオモチャ屋的雰囲気があって、飴屋横丁のピストル模型販売店の雰囲気に全然似ていないわけではない。この間の小林旭のピストル事件みたいに、飴屋横丁から本物のピストルが出現することもないではないが、店の表てにはもちろんそんな物騒な本物は出ていない。壁いちめんに煙硝玉で落書を書いているようなものだ。従って私も安心してその落書の仲間に入れてもらうことにする。

サカナにするには映画ほど好適なものはないらしい。それは一見バカらしい大衆娯楽の（かつての）代表であるが、そこには資本家及び大衆及び官憲の目をくらます暗喩が語られているらしいのである。小説の読者は気むずかしいので、暗喩に気がつくとだまされたような気がするから、従って井上靖氏のジンギス汗の小説はあくまでジンギス汗の小説であって、日本現代政治の暗喩ではない。安部公房氏の『砂の女』は、砂であり女である以外の何物でもない。しかし映画には何か意味があるらしいのである。低俗な大衆はエロティック・シーンに昂奮し、チャンバラ・シーンに感激して、満足してわが家へ帰路を辿るが、かれらの決して見破れないXが映画には秘められていて、『映画芸術』の執筆者及び読者には、それがわかるらしいのである。

芸術上の二重戦略と政治主義が、映画に特に頻著なのは、あまりものわかりのわるい、気まぐれな、低級な観客を相手にせねばならぬことの、欲求不満の芸術的解決なのであろう。そして映画が暗喩であることは、何か痛快なことなのであろう。

しかし、多少実際を知ってみると、映画製作の場合には、知的戦略よりも感覚的抵抗のほうに分があることは認めなければならない。一例が、市川崑氏の『雪之丞変化』であるが、このけんらんたるデカダン芸術の精華は、一体誰がだまされてこんなものを作らせたのかと、私をして啞然たらしめた。市川氏の感覚的レジスタンスの猛烈さは『オリンピック』で世間周知のものになったが、氏は決して戦略など使わないから、結局勝ってしまうのである。映画の暗喩とは全く厄介なもので、ナンセンス映画はノンセンスの暗喩でなければならず、一般大衆の過度の「浅読み」に対抗して、過度の「深読み」が必要とされるかのようだ。私が『雪之丞変化』をデカダン芸術などと呼んで恐悦するのは、すでに「映画芸術派」の毒に染まっている兆候かもしれない。

そして影像というものには、監督がどんなに知的統制力を働らかせても、計算外の das Ding an sich がぬッと顔を出すので、そのおこぼれが各種各様の論議を可能にするし、そこでますます監督は、自分の意識性と知的統制力の発揮にムキになることになる。そこでディンク・アン・ジッヒ＝暗喩という、妙な数式が成立することになるのである。

二

私の場合には、このディンク・アン・ジッヒ＝暗喩は、人間のハラワタだった。

いきなりそんなことを言い出してもわかるまいが、自作映画『憂国』で切腹する青年将校は、原作に忠実なあまり、内臓を露出させるのである。しかしもちろん日本公開の場合は映倫の良識的判断に基いて、このディンク・アン・ジッヒは公衆の目に触れぬであろう。オリジナル版では、それに正に、ぬるぬると照りかがやき、ふてぶてしくとぐろを巻き、青年将校の掌にあふれていた。その気味のわるさは圧倒的で、そこには人間の誠実を腸に象徴した日本人の伝統的思考のエキジビショニスティックな、ものすごい感覚的説得力が充満していた。切腹というものの真の日本文化史的価値は、そこまで見せなければ絶対にわからないと私は信じたから、「私の誠実」をお目にかけたのである。

それにしても腸は、人間の肉体の部分にすぎず、それは生殖器と共に、何ら個性らしい個性を持たない。何故、無個性なものほどショッキングであり、あるいはワイセツなのであろうか。私はそこに映画の大写しの技巧との関連において、いろいろさまざまの面白い問題を見出す。

映画のクローズ・アップはもともと、美しい俳優の顔を巨大な観念的な性的対象とするために用いられた。一定の自然なサイズを逸脱するとき、もっともリアルな描写がそのまま一つの観念に転化する、……そこにクローズ・アップの、古典的な効用があったのである。一千人の観客のために拡大された美しい顔は、ただ一千人に一人のこらずその顔をよく見せるための技巧というにとどまらず、一千人の一人一人の個別的幻想となり、個別的観念となるために必要な技巧なのである。演劇における俳優の顔は、大ぜいの観客によってただ「頽たれる」だけであるが、映画における俳優の顔は、一人一人に、「全的に所有される」ことになった。それがスタアというものの根本理念だった。

それをもっと拡大したらどうだろうか？　目と鼻は画面の外へあふれ出て、何メートル大の唇だけが残される。その唇は、個性と普遍的性的観念との、スレスレの境界にいるのだ。それは×山×子嬢の唇であることを、もうちょっとのところで逸脱しそうになりつつなお×山×子嬢という個性の残像によって、完全な無個性の普遍的性的観念に、精神的な「愛」の志向性の余地を残している。

スタアとは、このようなすれすれの、「愛」の志向性の余地を残すことによって、無差別なエロスのオージーの対象となることを、かつかつ免かれている人たちである。しかし映画の感覚的暴力は、実はこれらの個性を置きざりにする方向へ、無限に人々を推し進めてゆくことも事実なのである。その果てには、無個性の生殖器のクローズ・アップが、生殖器崇拝の対象として現われるであろう。

ここらで少し要約しておこう。

クローズ・アップは、もともと俳優の美しい顔の拡大を目的としつつ、そのうちに逆説的機能を含んでいて、無個性の普遍的性的観念へ進んでゆく傾向を内包している。

さて、肉体の各部分のうち、顔以上に個性的部分はないけれど、顔以外の無個性な各部分は、「×山×子の足」「×山×子の胸」という具合に、「名ざされた無個性」として、名と物とが逆説的にお互いを強め合っているのである。これがふつうのエロティシズムの逆説的構造と云ってよく、映画ほどそれを十二分に利用しえた媒体はない、と云ってよかろう。

ではハラワタはどうなのか？

もしそれが本当の腸の露出であったら、俳優は生きてはいられないだろうし、実写映画でない以上、それは「×川×男の腸」でありうるわけがない。映画で死を見馴れている人たちも、このようなトリックに十分衝撃を受けうるが、その衝撃は「×山×子の足」というような、「無個性的エロスに浸蝕された個性」の危機のエロティシズムなどをはるかに通りこしている。それこそはものの衝撃であり、肉体というものについてわれわれが漠然と抱いている安全感の転覆であり、肉体の裏側を見せられることの恐怖である。人々は嘔吐を誘われる。そのとき人々は完全に、クローズ・アップの究極目標である、無個性の普遍的性的観念とほとんど同質同類の、人間の無個性な普遍的な肉体存在の実相に直面するにちがいない。それこそは私が「誠実」と呼ぶものなのである。

三

蔵原惟繕氏の『愛の渇き』の試写を見た。これはすぐれた映画作品であり、私の原作の映画化としては、市川崑氏の『炎上』につぐ出来栄えと云ってよかろう。そして一等むつかしいカタストロフの殺しが、必然的に論理的に説得力を以て組立てられているのに感心した。この決して通じ合わない恋物語に於て、末尾の温室のシーンで、悦子が、女中の妊娠を中絶させたのは私の仕業だとどうしてわかったか、と三郎を問い詰めると、三郎が、あのヴィーナス像を盗んだのは私の仕業だとどうしてわかったか、と睨み合いながら反問する一瞬に、何の接吻も抱擁もなしに、おそろしく熱度の高い恋のエモーションを迸らせたのは、そこまでの計算がよくできているからだと思う。

さて、これはいわゆる女性映画であり、浅丘ルリ子の扮する悦子が全篇出ずっぱりである。浅丘ルリ子は、目をみはるほどの好演技で私はおどろいたが、以下に述べることは演技とも演出とも関わりがない。

ミロのヴィーナス展が上野美術館でひらかれたとき、蜿蜒長蛇の列ができて、みんなポカンと口をあけてあの思わせぶりな姿態の女人の全身像を仰ぎ見ると同時に、うしろから押されて、退場して行く他はなかった由であるが、ふつうの生活であんな風に女の全身像を、あの位置からゆっくり見上げるのはおそらくストリップ・ショウの客席にいる時だけであろう。それは非日常的な全身の呈示であって、ふつう女の裸身はあんな風に眺められるものではない。しかしそれも裸身像だからあれだけ人を集められたので、ミロのヴィーナスが着物を着ていたら、あれほどの人気を呼んだかどうか疑わしい。着物を着た女を、まるごと、圧倒的に、頭ごなしに、一時間半も見せられるということは、かなり鬱陶しいことにちがいない。切身を買いに行って、丸ごとの魚を買わされるようなものであり、女性映画を見にゆく男は、決して、切身をいそいで買いに行くような、しみったれた根性の持主であってはならないのである。

女のやることなら、歯を磨いてるところから、特売場で買物をしているところまで、何もかも好きで、いくら見ていても飽きないというほどの、例外的な女好きならともかく、一時間半出ずっぱりに現われる女主人公の全身は、われわれが必ずしも期待しない、「まるごとの女」をたえず押しつけるのである。舞台ならば遠近法があり、小説ならば抽象作用があって、これほど圧倒されることはないが、女性映画の一時間半の圧倒的な、「女」の存在過多は、多くの男にとって息苦しいものである筈だ。いわゆる男性映画では、男が「存在する」ことはできないが、女性映画では、女が「そこに存在して」しまうのである。

映画で肉体の全体が必要であるかどうかは甚だむつかしい問題である。35ミリ・スタンダード・サイズの映画と70ミリの映画とは、この問題を、全然反対の方向からうまく回避してしまったと思われる。35ミリ・スタンダードのサイズでは、枠の小ささが不自由と考えられ、人間の全身を入れるには小さすぎるので、クローズ・アップが多用されたが、70ミリとなると、逆に肉体の全体を枠いっぱいに入れても、なお大きすぎてグロテスクであるから、むしろ人物を背景の中に小さく置いて、一例が人間と自然との闘いに於て、いかに人間が小さいかを示すことによって、その意志やエネルギーの巨大さを間接的に示す方法がとられる。

もちろんこれが、両極端のサイズの両極端の技巧のすべての例ではない。しかし映画と演劇の最も顕著なちがいは、人間の全身、肉体の全体を、ただ全体として活用しようとするか否かの差だと思われる。映画において、アクションには、もちろん全身が使われるが心理には全身が全く必要でない。そこで一定の心理の表出に必要な肉体の一部分以外の部分は、そのときすべて余計物であり、装飾に堕するのである。しかもディンク・アン・ジッヒ――映画芸術の魔――は、たえずここにも出没して、たとえば一人の女の悲劇的な心理過程が語られていても、われわれは彼女の腿や、彼女の肩に、どうしても、あらゆる心理に対抗するところの、女の生理的な存在形式のもやもやした霧が漂うのを見てしまうのだ。その部分は、妊娠、育児などに関わる女性の部分であって、ほとんど男からは手を束ねて傍観している他はないような部分なのだ。それがたえず論理を裏切るので、われわれはその形象の非論理性に窒息しそうになりながら、しかも劇的論理を追わねばならない。これはかなり息苦しい。男性観客が女性映画を見たがらないのは、女の着物や装身具に関心がないばかりではあるまい。

「全身で芝居しろ！」

と監督は、メガフォンに口をあてて怒鳴るだろう。しかし映画は、はじめから部分摘示によって全体を暗示する芸術であり、まず全体の呈示によって部分を生かしてゆく演劇芸術とは、方法論がちがうのである。だから監督にこう怒鳴られたら、俳優はこう怒鳴り返すがよかろう。

「よしてくれ。芝居をやってるんじゃねえや」

私のきらいな人

この雑誌は何を書いてもよいそうだから、他の雑誌に書いたら顰蹙《ひんしゅく》を買いそうなことを敢て書かせてもらう。

私の来るべき老年の姿を考えると、谷崎潤一郎型と永井荷風型のうち、どうも後者に傾きそうに思われる。念のため申し添えるが、これは決して私が両氏のような文豪になるであろうなどと言っているわけではなく、文士の老年の二つの相反する型の、どちらに属するか、ということを言っているのである。しかし、私は荷風型に徹するだけの心根もないから、精神としては荷風型に近く、生活の外見は谷崎型に近い、という折衷型になることであろう。

荷風はあのとおり、フランス式人生観に徹して、金よりほかに頼るものなしと大悟したのはよいが、医者に出す金さえ吝しんで、野たれ死同様の死に方をした点で、いつも金に結びつけて考えられている。一方、潤一郎は出版社から巨額の前借を平然としながら、死ぬまで豪奢な生活を営み、病気になれば国手の来診を乞うた。

しかし或る人曰く、

「谷崎先生の根本理念はお金ですが、荷風先生の根本理念はお金ではありません」

もちろんこれは谷崎氏を誣いるものであろう。しかし荷風のように実生活で預金通帳と心中したような人でも、その人の根本理念が実は金ではなかった、ということは大いにありうることである。又、潤一郎の根本理念をお金だと云ったところで、氏の文学を完全に否定することにはならない。

潤一郎は商人で、荷風は侍であった。人生観の大本がそうだった。或る人はそう言いたかったのにちがいない。それが証拠に、荷風は一切借金をせず、人との約束は潔癖に守ったが、潤一郎は、死んだときに帳尻が合えばいいという考えで、借金も財産のうちと考えていた。

潤一郎は晩年にいたるほど一見円転滑脱になり、誰にでもびっくりするほど腰が低かったが、荷風は晩年に近づくほど、猜疑心が強くなり、しかもさしで会えばおそろしく鄭重であった。ここらに両氏の都会人らしい共通点がうかがわれ、かつ、その現われ方こそちがえ、両氏の人間ぎらいは実に徹底したものであった。潤一郎は、自分をほめてくれる人間しか寄せつけず、荷風は、そういう人間でさえ遠ざけた。潤一郎は、おひいきの有名女優にだけはやさしかったが、荷風も無名のストリッパーにだけはやさしかった。物として扱える人間だけが好きだったのである。

どうも小説を永いあいだ書いていると、こういう風な人間ぎらいになるものらしい。もちろん、人間ぎらいでは、実業家などがつとまる筈はなく、潤一郎の精神がいくら商人型だと云っても、会社の一つも持てば、早速つぶしてしまったに決っている。

志賀直哉氏のような純芸術派の作家も、あのまま書きつづけていれば、小説の毒で、両氏にまさる人間ぎらいになったかもしれないが、中道で筆を折ったので、あのような晴朗な老年をすごしておられるのである。

私が荷風型になる兆候は、汚ないボストン・バッグをぶらさげて、国電に乗って出かける姿から容易に窺われるそうであるが、このごろは雑事に忙しくて国電にも乗れず、鞄も時折アタッシェ・ケースを携えるようになっては、荷風に追随する資格はなさそうである。

しかし、だんだん荷風型に近くなる兆候は、いろいろと見えている。お金の点ではまだ吝嗇になっていないつもりであるが、同業の文士の顔を見ることが、だんだんいやになって来ている。文士の出そうなバアや料理屋は、つとめて避けて歩いている。私だって、二十代のころは、文士附合を面白がっていた時期もあるのである。しかし今では、文士ほど、人の裏を見る、小うるさい存在はないと思うようになって来ている。これは多分、自分もそうだから、という理由にすぎまい。自分が明瞭に見えて来たので、文士一般が耐えられなくなってきたのであろう。

　むかしから人の好悪の激しいほうであったが、年齢と共に、それがだんだん我慢がならなくなった。人はこういう傾向を老年の兆候だと云うが、必ずしもそうではない。ただ、若いうちは、何分自分に社会的な力が乏しく、人にたよって生きて行かなければならないから、打算と好奇心が一緒になって、イヤな奴とも附合っているけれど、次第に社会的な力が具わってくると、今まで抑えていたものが露骨に出てくるだけのことであろう。

　何がきらいと云って、私は酒席で乱れる人間ほどきらいなものはない。酒の上だと云って、無礼を働らいたり、厭味を言ったり、自分の劣等感をあらわに出したり、又、劣等感や嫉妬を根に持っているから、いよいよ威丈高な笠にかかった物言いをしたり、……何分日本の悪習慣で「酒の上のことだ」と大目に見たり、精神鍛練の道場だくらいに思ったりしているのが、私には一切やりきれない。酒の席でもっとも私の好きな話題は、そこにいない第三者の悪口であるが、世の中には、それをすぐ御本人のところへ伝えにゆく人間も多いから油断がならない。私は何度もそんな目に会っている。要は、酒席へ近づかぬことが一番である。酒が呑みたかったら、別の職業の人間を相手に呑むに限る。

　何かにつけて私がきらいなのは、節度を知らぬ人間である。一寸気をゆるすと、膝にのぼってくる、顔に手をかける、頬っぺたを舐めてくる、そして愛されていると信じ切っている犬のような人間である。女にはよくこんなのがいるが、男でもめずらしくはない。荷風がこんな人間をいかに嫌ったかは、日記の中に歴然と出ている。

われわれはできれば何でも打ち明けられる友達がほしい。どんな秘密でも頒つことのできる友達がほしい。しかしそういう友達こそ、相手の尻尾もしっかりつかんでいなければ危険である。相手の尻尾を完全につかんだとわかるまで、自分の全部をさらけ出すことは、つねに危険である。それだけ用心しても、裏切られる危険はつねに潜在している。本当の心の友らしく見える人間ほど、実は危険な存在はあるまい。というのは、いくらお互いに尻尾をつかみ合っていても、その尻尾にかけている価値の大小の差はつきものだからである。

私が好きなのは、私の尻尾を握ったとたんに、より以上の節度と礼譲を保ちうるような人である。そういう人は、人生のいかなることにかけても聡明な人だと思う。

親しくなればなるほど、遠慮と思いやりは濃くなってゆく、そういう附合を私はしたいと思う。親しくなったとたんに、垣根を破って飛び込んでくる人間はきらいである。

お世辞を言う人は、私はきらいではない。うるさい誠実より、洗練されたお世辞のほうが、いつも私の心に触れる。世の中にいつも裸な真実ばかり求めて生きていると称している人間は、概して鈍感な人間である。

お節介な人間、お為ごかしを言う人間を私は嫌悪する。親しいからと云って、言ってはならない言葉というものがあるものだが、お節介な人間は、善意の仮面の下に、こういうタブーを平気で犯す。善意のすぎた人間を、いつも私は避けて通るようにしている。私はあらゆる忠告というものを、ありがたいと思ってきいたことのない人間である。

どんなことがあっても、相手の心を傷つけてはならない、ということが、唯一のモラルであるような附合を私は愛するが、こんな人間が殿様になったら、家来の諫言をきかぬ暗君になるにちがいない。人を傷つけまいと思うのは、自分が（見かけによらず）傷つき易いからでもあるが、世の中には、全然傷つかない人間もずいぶんいることを私は学んだ。そういう人間に好かれたら、それこそえらいことになる。

……ここまできらいな人間を列挙してみると、それでは附合う人は一人もいなくなりそうに思われるが、世の中はよくしたもので、私の身辺だって、それほど淋しいとは云えない。荷風も、一時は無二の親友のように日記に書いている人間を、一年後には蛇蝎の如く描いているが、それはあながち、荷風の人間観の浅薄さの証拠ではなく、人間存在というものが、固定された一個体というよりも、お互いに一瞬一瞬触れ合って光り放つ、流動体に他ならぬからであろう。好きな人間も、きらいな人間も、時と共に流れてゆくのである。

とまれ、誰それがきらい、と公言することは、ずいぶん傲慢な振舞である。男女関係ではふつうのことであり、宿命的なことであるのに、社会の一般の人間関係では、いろいろな利害がからまって、こうした好悪の念はひどく抑圧されているのがふつうである。

第一、それほど、あれもきらい、これもきらいと言いながら、言っている手前はどうなんだ、と訊かれれば、返事に窮してしまう。多分たしかなことは、人をきらうことが多ければ多いだけ、人からもきらわれていると考えてよい、ということである。私のような、いい人間をどうしてそんなにきらうのか、私にはさっぱりわからないが、それも人の心で仕方がない。ニューヨークの或る町に住むきらわれ者がいて、そいつは悪魔の如く忌み嫌われ、そいつがアパートから出てくると、近所の婆さん連がみんな道をよけて、十字を切って見送るという男の話をきいたことがあるが、きらわれ方もそこまで行けば痛快である。私も残る半生をかけて、きらわれ方の研究に専念することにしよう。

テネシー・ウィリアムズのこと

テネシー・ウィリアムズは、写真で見られるとおりの、南部人らしい、チョビ髭を生やした小肥りの平凡な男で、そのエクセントリックな作品群から人が想像するような、青白く痩せた神経質なタイプの男ではない。彼の風貌は尋常の一語に尽きるし、話し方も、南部訛で、一寸だらしないような話しっぷりで、どう見たって、ミシシッピー河沿岸の小牧場主という感じだ。

彼が立派な劇作家であり、立派な芸術家であることは疑いを容れない。しかしアメリカではこの「芸術家」という意味に、日本とは多少ちがったロマンチックなニュアンスがあり、我儘放埒で、気まぐれで、奇矯で、個性が強くて、気むずかしくて、扱いにくいタイプというイメージが濃厚であり、ヨーロッパ大陸的文壇も持たず、ビジネスはすべてエージェントに委されていて、作家の孤立的執筆生活が保障されているアメリカでは、それだけロマンチシズムの残影が保たれている。テネシー・ウィリアムズは、正にそのような意味での、ロマンチックな芸術家なのである。氏が英訳の太宰治の『斜陽』や『人間失格』に、ひどく心を搏たれたのは偶然ではない。日本の東北の旧家の鬼っ子である作家の、デカダンスへのめり込んでゆく経過とその自己回復の欲求とは、南部生れのテネシー・ウィリアムズには、そのまま自分の肖像画のように思われたのであろう。

しかし、劇作家が太宰治が好きであっては、いろんな点で困るのである。テネシー・ウィリアムズの戯曲の構成力の弱さ、ヒステリックな印象主義というものには、太宰的な何かがあり、太宰は死んだからまだしもよかったが、彼の場合は、いつも自分の傷口をひらいて見せて、それによって他人の欺瞞を攻撃する、という常套手段になった。それは物質文明の只中における印度の行者の興行である。この手が最も成功したのは、やはり、『欲望という名の電車』であろう。あのリリシズムの孤立性、純粋性、自己諷刺は群を抜いている。ブランチは、完全に南部を代表してしまい、あとの作中人物は誰もブランチほど、完全に代表することはできなかった。

テネシーは毎日午前中仕事をする。

早朝に起きて、少くとも五時間は毎日机に向って、中食の時刻になるとやめるわけだが、それでも、日に一、二行しか進まない、とこぼしている。戯曲というものは、あくまで構成的原理に基づくもので、構成さえ綿密に立ったら、あとは一気呵成に行く筈だと思っている私には、これが全く理解できない。テネシーは何だって、あんなに時間をかけるのだろう。いくら一行一行のセリフが抜きさしならない、と云ったところで、一日一行というバカなことはあるまい。それでは劇の流れが死んでしまう。そして一作に一年もかけるというのでは、彼は小説を書くように戯曲を書く人なのではなかろうか。

テネシーは、仕事がすむとプールで泳ぐ。東京に来たときも、はや九月下旬で肌寒い日も多かったのに、帝国ホテルはプールがないからと忽ち逃げ出し、赤坂プリンス・ホテルへ移って、人影まばらな秋のプールにひたって満足していた。

そのころテネシーには、十年以上もついている忠実な秘書フランク・マーロがいた。世の中というものは面白いもので、非常に偉大で有名な人物に会ってみると、その人物自体はわりに平凡な印象を与え、却ってその蔭に、個性の強烈な別の人物がついている、ということがよくあるものだ。これにはいろんな理由が考えられる。作家は自分の個性をほとんど作品で費消してしまうが、作家のまわりにいて、個性発揮を最上の道徳と考えるようになり、しかも作品に発散できないとなると、イヤでもその人物は作家当人よりも個性の強い人間に見えてくる。フランクは別に天才でも偉人でもなく、ただ、典型的なイタリー人だった。おしゃべりで、陽気で、人なつこく、抜け目のないビジネスマンで、物事の根本の考え方はあくまでプラクティカルであって、ロマンチックなテネシーの欠点を補う理想的な秘書だった。

しかし、ふつうの意味で忠実無比の秘書かというと、そこに疑問がある。一度ニューヨークに、テネシーの仕事場にしているホテルを訪ねたとき、部屋の中は、五匹の猫、三匹の犬、一羽の鸚鵡、その他、何だかしらない動物がいっぱいで、悪臭ふんぷん、動物たちの叫び声に湧き立っていた。何とそれはみんな、主人のペットではなく、秘書のフランクのペットであって、フロリダ州キイウェストの本宅からニューヨークへ出て来るたびに、動物の一連隊を連れて来てしまうのである。奥の一間の小さな仕事部屋の中へは、騒音と匂いが容赦もなく侵入し、テネシーはあいかわらず、「仕事ができない、できない」とこぼしていた。

そのフランク・マーロが、三十代の若さで癌で死んだ。生前はいろいろ喧嘩もしたろうが、テネシーの気落ちは並大抵のものではなかった。私はテネシーを慰める方法を知らず、長い悼み状を書いて送った。

――大体テネシーは、芝居が当ると、ニューヨークに永く滞在し、一日百弗以上の部屋に泊っている、ということだ。しかしそのテネシーも、必ずしも、連戦連勝の将軍ではなくなった。

『適応の時代《ピリオド・オブ・アジャストメント》』という、テネシーにはめずらしい喜劇の初日に行ったことがある。厳密に言うと、初日を見たのではなく、飛行機でニューヨークに着き、ホテルで一日着換えをして、劇場へ行ってみると、丁度芝居が終ったところだった。もともと旅先でブラック・タイのギャラの客席などには坐れない道理であった。舞台裏へ行ってみると、テネシーがタキシード姿で、暗い道具の影に、くたびれたように腰かけて、エージェントと話していた。目ははればったく、（はればったいのはいつものことだが、）私はその様子を見て匆々に遠慮した。

それから一週間ほどして、ある中華料理店で、私はテネシーにランチに呼ばれた。『適応の時代』は、成功とは云えなかった。批評も、又、商業的にも。

ランチのあいだ、彼は世にもしょげた面持で、この芝居の失敗のことを綿々と話しつづけた。あらゆる新聞がほめたが、ニューヨーク・タイムスだけがけなした。アイ、ミッスド、ニューヨーク・タイムス。……彼はいろんなことにガッカリして、もう今夜フロリダへかえる……。

芝居の苦味《にがみ》がこの人の胸裏に堆積しているのを、私はまざまざと見た。私も亦、芝居書きのハシクレである。芝居はその都度、そのすごい甘味で人を誘い、作者を演出家を俳優を誘い、観客を誘うが、その甘味は褪せやすく消えやすい。しかも苦味のほうはいつまでも残って、胸奥にだんだん堆くなる。そしてその灰色の堆積が、次の芝居を書かせる原動力にもなるのであって、いずれにしろ因果な商売である。

テネシーと私は、同じエージェントに属している。

彼女は、私がニューヨークへ行くたびに、私にこう質問する。

「テネシーに会った？」

「いや」

「私も会わないけど、電話で話した。考えてみるとずいぶん会わないわ」

私のほうも、青年時代の好奇心が失せて、有名人物と会うのはだんだんイヤになって来ていた。忙しがって、世間を避けているテネシーを、わざわざ追いかけて行って、面会を強要することもなかった。

「あなた、いつニューヨークを発つの？」

「明日」

「それじゃ、発つ前にテネシーに手紙を書きなさい。ほんの二、三行でいいから」

「電話じゃいけないかな」

「電話じゃいけない。絶対にいけない。いいですか、手紙を書きなさい。それには、こう書けばいい。

『私は今日ニューヨークを発つ。会えなくて残念だった。いつもあなたのことは心にかかっている。どうぞお元気で』

とこれだけ書きなさい」

私は言われた通りにしたが、成程これはうまい方法である。お互いに会わないですむ上に、時間もとらず、感情も濫費せず、しかもテネシーは、ほんの一瞬、孤独から救われるのである。ジャスト、ドロップ、ア、ライン。これこそ本当に、人間の心から心への一滴の雨のドロップだ。アメリカのエージェントというものが、クライエントを、いかに心理主義的に取扱うか、又取扱うのに巧みであるか、その一例がここにあると思う。

空飛ぶ円盤と人間通――北村小松氏追悼

北村小松氏と親しくなったのは、わずか三、四年前のことである。もちろん少年時代から氏の文名は飛行機と共に知っていたし、私が文士になってのちも、お互いに文士劇の楽屋の仲間であった。しかし奇妙なことに、氏と本当に親しくなったのは、空飛ぶ円盤を通じてなのである。

あらゆる空中現象に関心を持つ北村氏は、もちろん円盤にも深い興味を寄せていたが、まだ一度もわが目で見たことがないのを残念がり、同じ思いの私と、嘆きを分つことになった。ついに二人とも、どうしても円盤を見たいという熱情にかられ、某協会の円盤出現予告（！）にある時刻を信じて、夏の宵々、わが家の屋上へのぼって、氏が東の空を受持てば、私は西の空を受持ち、熱い希望にあふれた虚しい時を幾度かすごした。そのうちに二人ともあきらめてしまったが、円盤関係の原書を渉猟している北村氏に、その後もたえ

ず、私は教えを乞うことになった。それは秘密結社のニュースのようなもので、

「何か最近面白いニュースはありませんか」

と私は氏をつかまえては訊くのであった。氏も、こういう、仕事を抜きにした風流人の付合いを喜んでおられたようで、私ばかりでなく、氏は最後まで、空に興味を持つ青年たちの友であった。

私は今、いい小父さんを亡くした悲しみで一杯だ。今にしてわかるのだが、とうとう円盤を見ることができなかった代りに、私は円盤よりも貴重な一つの純粋な交遊を得たのである。氏の内の決して朽ちない少年のこころ、あらゆる新奇なもの神秘なもの宇宙的なものへの関心は、そのナイーブな、けがれのない熱情は、世俗にまみれた私の心を洗った。氏は謙虚なやさしい人柄で、トゲトゲした一般小説家の生活感情なんぞ超越していた。

世俗的に言えば、氏はあんまり早く超越してしまったと思われるふしがある。今、私の机上には、氏の長編小説『銀幕』や、一九二〇年代の無声映画のシナリオ集や、トーキー初期のシナリオ集（「マダムと女房」を含む）が置いてある。そこには映画という、当時のもっとも新奇な神秘的な玩具に熱狂した氏が躍動している。しかし一等面白いのは、氏が小型映画用シナリオとして書いた掌編で、その『望遠鏡』という一編では、シリウスの伴星を見ようと志して、超強度望遠鏡を発明した男が、半裸の汗だくで、望遠写真をやっと写したところが、一点の黒点のある平面のみが写っており、あとで細君から、それはあな

たの背中の黒子の写真じゃないかと言われ、男の嘆息の字幕でおしまいになる。

「ああ、今度はあまり遠くが見えすぎたのだ？」

遠い恒星よりももっと遠い自分の背中が見えてしまう目を持った男、その男の不幸を、そのころから北村氏は知っていた。

飛行機も映画も、自動車も円盤も、すべて氏の玩具にすぎず、氏の本領は人間通だったのかもしれない。

それを証明するのは、『婦人公論』の五月号に出た、氏の「わが契約結婚の妻」という文章で、私はこれこそ真の人間通の文章だと感嘆し、早速その旨を氏へ書き送ったが、今にしてみると、それは氏の心やさしい遺書のような一文であった。

それは逆説的な表現で、奥さんへの愛情と奥さんの温かい人柄を語った文章であるが、人間が自分で自分をこうだと規定したり、世間のレッテルで人を判断したり、自意識に苦しめられたり、……そういう愚かな営みを全部見透かして、直に人間の純粋な心情をつかみとるまれな能力を、氏が持っていることを物語っていた。

そのためには、飛行機や空飛ぶ円盤も無駄ではなく、これら飛行物体が、氏の、人間に対する澄んだ鳥瞰的な見方を養ったのであろう。北村さん、私は今あなたが、円盤に乗って別の宇宙へ行かれたことを信じている。

第三部　スポーツ

オリンピック

開会式

オリンピック反対論者の主張にも理はあるが、今日の快晴の開会式を見て、私の感じた率直なところは、

「やっぱりこれをやってよかった。これをやらなかったら日本人は病気になる」

ということだった。思いつめ、はりつめて、長年これを一つのシコリにして心にかかえ、ついに赤心は天をも動かし、昨日までの雨天にかわる絶好の秋日和に開会式がひらかれる。これでようやく日本人の胸のうちから、オリンピックという長年鬱積していた観念が、みごとに解放された。式の終りに大スタジアムの空を埋める八千羽の放鳩を見、その翼のき

らめき、その飛翔のふくらみを目にしたとき、私は日本人の胸からこうしてオリンピックという固定観念が、解き放たれ、飛び去り、何ものかから癒やされたという感じがした。もっとも、放たれた鳩の一羽が、一向飛び立とうとせず、緑のフィールドに頑固にすわっていた。こういう鳩もあっていい。

日本人は宗教的に寛容な民族であるが、そこにはまた、微妙な宗教感覚があって、外国のお祭りで日本で本当に歓迎されるのは、クリスマスでもオリンピックでも、程度の差こそあれ、異教起源のお祭りである。小泉八雲が日本人を「東洋のギリシャ人」と呼んだときから、オリンピックはいつか日本人に迎えられる運命にあったといってよい。クーランジュによればギリシャの聖火はもともと家の神の竈《かまど》の火で、聖火の宗教は、ギリシャ人・イタリア人・インド人の区別がまだなかった遠い太古にはじまり、東洋と西洋の未分の時期に生れたものであるから（これがナチスのはじめた行事であるなしにかかわりなく）坂井君によって聖火台に点ぜられた聖火は、再び東洋と西洋を結ぶ火だともいえる。

午後一時前、観覧席はすでに埋まっており、アンツーカーの走路と緑のフィールドは、まだ描かれない画布の不安にみちて横たわり、時折ヘリコプターが緑のフィールドに影を走らせる。聖火台の階段の左右を菊が飾り、場内の唯一の舞台装置らしいものとして、花やかな火焔太鼓の一対が階段の昇り口を守っている。

午後一時、陸上自衛隊のバンドが入場する。ブラス・バンドはいちばん酔いやすい酒だ。

それはものごとを進行させ、人間のなかの一等ナイーブな勇気の情緒を呼びさます。太陽の光りによく似合う楽器ばかりで構成され、その八つのスーザホーンの真鍮の大きな口は、日光をむさぼり食ってかがやいている。これとくらべると、天皇御入場のときの梵鐘の電子音楽は、実に不似合なものであった。

午後二時、各国選手団の入場がはじまり、それが蜿蜒とつづくのがいかにも喜ばしい。祭りには行列がつきもので、行列は空間と時間とを果物かごのように一杯に充たしてくれなくてはならぬ。それに各国の衣服の色彩が、思いがけない対照の美しさを見せ、スペインの土や血の色を思わせるあずき色のブレザーの群れの彼方から、北欧の夏空や水の色を思わせるスウェーデンのコバルトブルーの群れが近づいてくるときの、色彩の対照はすばらしかった。

日本選手団の赤一色のブレザー群の入場にもまして、今日の開会式の頂点は、やはり聖火の入場と点火だったといえるであろう。

その何気ない登場もよく、坂井君は聖火を高くかかげて、完全なフォームで走った。ここには、日本の青春の簡素なさわやかさが結晶し、彼の肢体には、権力のほてい腹や、金権のはげ頭が、どんなに逆立ちしても及ばぬところの、みずみずしい若さによる日本支配の威が見られた。この数分間だけでも、全日本は青春によって代表されたのだった。そしてそれは数分間がいいところであり、三十分もつづけば、すでにその支配は汚れる。青春というのは、まったく瞬間のこういう無垢の勝利にかかっていることを、ギリシャ人は知っていたのである。

坂井君は緑の階段を昇りきり、聖火台のかたわらに立って、聖火の右手を高く掲げた。その時の彼の表情には、人間がすべての人間の上に立たなければならぬときに、仕方なしに浮べる微笑が浮んでいるように思われた。そこは人間世界で一番高い場所で、ヒマラヤよりもっと高いのだ。

聖火台に火が移され、青空を背に、ほのおはぐらりと揺れて立ち上った。地球を半周した旅をおわったその火の、聖火台からこぼれんばかりなさかんな勢いは、御座に就いた赤ら顔の神のようだ。坂井君はその背後に消えた。彼は役目を果して、影の中へ、すなわち人間の生活の中へ戻った。

彼が右手に聖火を高くかかげたとき、その白煙に巻かれた胸の日の丸は、おそらくだれの目にもしみたと思うが、こういう感情は誇張せずに、そのままそっとしておけばいいことだ。日の丸のその色と形が、なにかある特別な瞬間に、われわれの心になにかを呼びさましても、それについて叫びだしたり、演説したりする必要はなにもない。

オリンピックはこのうえもなく明快だ。そして右のような民族感情はあまり明快とはいえず、わかりやすいとはいえない。オリンピックがその明快さと光りの原理を高くかかげればかかげるほど、明快ならぬものの美しさも増すだろう。それはそれでよく、光と影をどちらも美しくすることが必要だ。オリンピックには絶対神というものはないのであった。ゼウスでさえも。

ボクシング

昨日の大がかりな開会式に比べて、今日の初日は、たとえばこのボクシングにしても、簡単な宣誓式と共にサラリとはじまった。その代りに、いよいよオリンピックという巨大な機械が、冷酷に事務的に、おそろしくフェアに、勝敗を記録しはじめ、カタカタと音を立てて動きだしたという感じがする。そして後楽園アイスパレスの中央に設けられた新調のリングの二十フィート四方の白い空間が、世界中のアマ・ボクシングの無数のリングのうちで、今もっとも重要な、もっとも歴史的な、もっとも光りかがやく空間になっていることがわかる。たとえリング・サイドの各国役員が、威厳と無感動の渋い顔を並べていようとも。

今日は予選だが、それでも三ラウンド正味九分間の戦いで、オリンピックにかけたそれぞれの選手の運命はわかれて行く。この九分間がおそらく、それぞれの選手のその後の人生をも変えて行くだろう。この勝敗にも、いろんな偶然や運がはたらいていることは、どの分野でも同じことだが、ここでは国や民族が背後にいて、おのおの国の森や湖や海や太陽の光や山や花や都会や、すべてのものが選手の背中から、息をひそめて勝敗を見守っているのである。

そのお国ぶりの面白さは、開会劈頭の数試合を見ただけでも、十分に感じられた。たとえば、褐色の肌の選手は、概してボクシングのために生れたような、柔軟きわまる体と、強靱な腰と、すばらしいフットワークを持っていた。野獣の優雅がボクシングの身上であって、ただ野獣であっても、ただ優雅であっても、いい選手にはなれないが、白い肌の選手たちはこのスポーツにおいて何か欠けるものがあるように思われた。何かしらこのスポーツには、密林的なものが必要だ。豹の一撃が必要だ。

私の見馴れたプロ・ボクシングに比べれば、もちろんここにはボクシング試合の暗さはみじんもなく、多少の傷でレフェリー・ストップになってしまうし、白人黒人の試合にも、鋭《と》ぎすまされた野蛮な人種的偏見などは少しも感じられないが、それでもボクシングにもっともふさわしいのは、褐色の体だという気がする。特にその、すばらしい俊敏な脚！

お国ぶりで面白いのは、カトリック国のフィリピンの選手トレビヤスは、相手をノック・ダウンさせたあと、ただちにコーナーにひざまずいて、十字を切って神様に感謝のお祈りをささげたし、自分の倒したフィンランドの選手を、抱いていたわりながらコーナーへ戻してやったりした。また、アルゼンチンの選手アルマレスは、（これは実に、攻撃、防禦共に巧みな、左足右足へバランスを移すのが的確な、すばらしいボクサーだったが、）リングへ上ると同時に、ガウンを着たまま大きく両手を振って、プロ・ボクサーはだしの派手な挨拶をした。その相手のアイルランドのラーフター選手は敗れたのちの握手だけですまさず、自分より背の低いアルマレスの頭を、一寸いたずらっぽく叩いて、愛嬌を示したりした。

それぞれの国の観客の応援にもまた、お国ぶりがよく現れている。ラテン系の声援は、すべてに派手で、大仰で、カメラマンもアルゼンチンの場合は、試合がすんでコーナーに戻った選手へ、（まだ判定の下されぬうちに、）大声でいろいろと呼びかけて、写真のポーズをとらせようとする。

日本の選手がなかなか出ないので、客観的な観客に終始している私には、やはり各国選手の、その背後にあるものが面白い。韓国の選手が出てくれば、困難な政情の下にある国の、あの青年層の充たされぬ思いの一つの突破口としてそこに一人の選手の姿をした希望が登場した、という感じがする。これは他国からながめた場合、どうしても避けられない一つの総括的な見方であって、オリンピックの非政治主義は、政治の観念の浄化と見るほかはなく、政治を人間の心から全然払拭することはできまい。

さて、今日の初日の第一戦は、昨日の抽選組合せによって決ったことだが、韓国の鄭申朝選手と、アラブ連合のH・ファラグ選手の対戦であった。このバンタム級の黄色と褐色の小柄な体がリングの上に現れたとき、これでボクシングがはじまるという緊張はほとんど感じられなかった。機械的な抽選によって第一試合に当った両選手は、少くとも自分の順番を待つあいだの、スポーツ選手にとって、最大の神経的苦痛を免かれたせいか、むしろのびのびとしているように見えた。

「オリンピック東京大会、第一日目を開始いたします」

というアナウンスのあとで、登場したこの二人の試合は、アラブ連合がしばしばスリップダウンをし、韓国が判定で勝ったが、判定を待つあいだ、レフェリーを央にして、選手が二人直立して正面に向っている姿は、プロ・ボクシングを見馴れた目には、すがすがしく、気持がよかった。

これで最初の日の最初の勝敗が決ったのであるが、韓国選手の謙虚な勝利者としての表情と共に、アラブ連合選手の心を思って、私はシャルル・ビルドラックの『兵卒の歌』の最後の聯を思い出して、一種の羨望を感じた。

私はむしろ
私はなりたい
戦争の第一日に
第一に倒れた兵卒に　（堀口大學氏訳）

重量あげ

何という静かな、おそろしいサスペンス劇だろう。他のどのスポーツにもこんなに胸を押えつけるような、ジワジワとしたスリルで圧倒するものはない。見ているうちに、私は文字通り手に汗を握り、バーベルを前にした選手の緊張がのりうつってきて、心臓が苦しくなってきた。スピードを取り去られた戦いの世界の異様な圧縮された空気！

あらゆるスポーツの中で、目の前にデンと控えているこの銀いろのバーベルを相手にするほど、物体を相手にしているという感じのするものはあるまい。こちらがどんなに上気してドキドキしていても、バーベルは少しもドキドキしない。それは冷たく、鉄の敵意にみちた重量を保ち、ものすごい圧力を放射している。人間が「物」の世界と一対一で対決するのだ。一番重量あげに似ているのは、あるいはロック・クライミングかもしれない。

だから、もちろん選手がバーベルを高くさしあげたときの感動もさることながら、私は、いよいよバーベルにとりつく前の選手の緊張に興味があった。多少ともウエート・トレーニングをした人間には、この瞬間の恐怖と逡巡がわかるはずだ。韓国のキン・ヘナム選手は必ずバーベルのぐあいをたんねんにしらべ、ポーランドのコブロフスキー選手は、手をかけてから長いこと腕の筋肉をふるわせ、日本の三宅選手は相撲の仕切りのように長い時間をかけて、何度か天を仰いだ。

これはおのおのの就寝儀式のようなものであって、それをやらなければ安眠ができない。ひとたび眠ることができれば、完全に眠ることができれば、眠りの中では、丸ビルを持ち上げることだって可能だろう。精神集中の究極の果てに、一つの自由な空白状態がポカリと顔を出すのだろう。そのとき力が、おそらく常の人間の能力を超えるのだろう。

地球を負うアトラスの忍苦に似た、あくまで押えに押えぬいた努力のいるこのスポーツは、たしかに日本人の一面に適している。三宅選手は、リングの上ではむしろのんきに見え、豪放に見えるが、こんなに綿密な力の計算を積み上げてゆくには、青空の下のスポーツとちがって、研究室の中の科学者みたいな内向的な長い努力がいったはずだ。彼は金メダルを本当に計算ずくでとったのだと思う。鉄のバーベルの暗い、やりきれない、うっとうしい圧力と戦いながら。

そこへいくと、福田選手の方はリングに上ったときから、過度の緊張が見られ、いつも、バーベルへ向うときは、まるで踏み板から海へ身を投げるダイバーのように、突然身を投げるのだった。この気持も実によくわかる。しかし、ついに、鉄のバーベルは、海のように受容的ではなかった。

金メダルを受けた三宅選手は、実に自然なほほえましい態度で、そのメダルを観衆の方へかかげて見せた。彼はそのとき、あの合計397・5キロの鉄の全量に比べて、金のたよりない軽さを感じたかもしれない。美麗のその黄金《きん》の羽根のような軽さを。

レスリングの練習風景

朝霞というところへはじめて行った。何もない、深閑とした、草ぶかいところで、折から雨もよいの午後でもあり、草のはずれはぼんやり霞んで、ここにオリンピックをひと月後に控えた多くの真赤な心臓がドキドキしてひそんでいるとは信じられない。

練習時間より早く行って、うす暗いジムへ入ると、ビニール張りのマットが白っぽく光り、壁際には、あざやかな黄いろのタックル・マシーンがよりかかっている。マシーンというけれど、要するに詰物をした等身大の人形で、これを相手にタックルの練習をするわけだが、妙に重たくて、グニャリとしていて、レスリングというスポーツの、肉体的なねちっこさが、その強烈な黄いろにもよく出ている。

一旦宿舎で時間をつぶしてから、四時の練習が近づいたので、長い渡り廊下を選手たちのあとについて、ぶらぶらとジムへ再び向う。選手たちは三々五々、別に特に張り切っているとも、特に疲れているとも見えぬ歩調で、ゆったり歩いてゆく。さっきコーチが、夜は選手は早く眠ってしまう、眠るのだけがかれらのたのしみだ、と言っていたが、この人たちの日常生活は、こんなに単一の目的に向って烈しく単純化されているのがうらやましい。それは大へんな精神的負担と緊張だろうが、その負担と緊張は、四六時中意識されているわけではあるまい。

四時。すでにジムはあかあかとした照明の下にあり、白髪の八田会長まで紺のトレ・パンに着かえて張り切っている。五十人ばかりの選手がうろうろしている。パンツ一つの裸もおり、減量のためにシャツを何枚も着たのもいる。ミドル級までは体がさすがによく締っているが、重量級の中には腹が出て乳が垂れ、あたかも角力のアンコ型を思わせるのも散見された。プロ・レスではあるまいし、これには一寸意外であった。ひとわたり見渡して、繃帯や絆創膏など、怪我のしるしがどこにもないのには感心した。怪我がスポーツマンの誇りでないことは、肉体美を重んじたギリシャ以来のこの競技では、特に重視されていい。それは準備運動を十分やっているからだ、と八田会長が自慢していた。

一部の選手は腕角力に興じている。これも会長が、数日前、何でも吸収してやろうの心構えで、腕角力協会の人たちをつれて来て以来の流行だそうだ。

練習がはじまる。

マットの上でまず駈け足。蟹みたいな横這いの駈け足もある。押え込まれてマットの外へ逃げるための、むかしの軍隊の匍匐訓練みたいなものもある。横転してブリッジになる連続運動もある。パートナーを横抱きにして投げるのもある。……

みるみる筋肉は汗にまみれて輝きはじめ、ビニールのマットは汗に照り映えてくる。おどろくべく柔軟な体が、デングリ返しをしてきて、両股を伸張して、起き上る。人体はまことにふしぎで、岩みたいな要素と、餅みたいな要素をあわせそなえ、ダリの画の「柔らかい時計」ではないが、全員が輝く琥珀《こはく》いろの柔らかい岩の群になって、その柔らかい岩が噴火によって飛び上ったり、熔岩のように地面に這ったり、目の前の五十人によって、たちまち天地が逆様になるような、天変地異の情景が演じられる。私はただあっけにとられて眺めた。

オリンピックに勝つということは、苦しさの極致に生れる遊びなのだろう。そのときどれだけ完璧に、さわやかに遊べるかが、勝敗の分れ目なのだろう。肉体がそんなにも自由になるためには、とても怠けてはいられない。こんな苦しい努力だけが、肉体というものの依怙地なヘソ曲りの性質をたわめるのだろう。

選手の首の強さを示すために、会長は若い市口選手にブリッジをさせ、そのバンタム級の体の上へ、二十貫の会長自身と、もう一人の巨漢と、合計四十貫の重みをかけてまたがって、グラグラと体を揺らせて、支える選手の首を責めた。四十貫を支える若い逞ましい首は、筋張って、木の根のようにしっかりとマットに逆さに生え、純真な、平気の平左の目をみひらいている顔を、——朝のラッシュ・アワーのどこの電車でも見かける若い顔を

——、いとも日常的に逆さにつけていた。

女子百メートル背泳

日本の選手の出ない飛び板飛び込みの決勝から見たが、体操でも、この飛び板飛び込みでも、落下のほんの瞬間に、人体が地球の引力に抗して見せるあの複雑な美技には、ほとほと感嘆のほかはない。あの落下の一秒の間に、花もようを描いてみせるその人間意志のふしぎな働きとその自己統制力は、自然（引力）へのもっとも皮肉な反抗であり、犬が人間にじゃれつくように人間がきびしい自然にじゃれつく最高の戯れだろうが、十二日ソ連から打ち上げられたウォスホート号もまた、引力に対するこういう人間の反抗の究極的な形であって、われわれは、もう人間であると同時に、自然に対して従順さを失うというわけだ。その意味でオリンピックはやはり「文化的」なお祭りであり、スポーツもまたホイジンガの説のとおり、遊戯としての文化なのであろう。

重量あげなどの、ジワジワと胸をしめつけるドラマチックな競技とちがって、水泳競技は、単純なまっすぐな人間意志の推進力を、美しくさわやかに見せるだけだから、その印象はひたすら直截で、ドラマというより、青いプールを縦に切るあの白いロープのように、一行の激しい白い抒情詩だ。女子百メートル背泳の決勝で、ただ一人日本人選手として登場した田中嬢は、白い長いガウンに水泳帽、その黒い髪のほのめくさまが、遠くからも見えた。プールぎわの朱いろの椅子にかけた嬢は、つつましく膝をすぼめて、どの選手よりも優雅に見えた。

しかしガウンを脱ぎ捨てて黒い水着姿になった彼女は、その強靱な、小麦いろの体軀に、こまかいバネがいっぱいはりつめているような感じで、それはただ一人決勝に残った日本女性の、しなやかな女竹のような姿絵になった。

田中嬢が泳ぎはじめる。もうあと一分あまりの時間ですべての片がつく。彼女は長い長い練習の水路をとおって、ここにやっとたどりついた一艘の黒い快速船になる。水しぶきの列のなかで、帰路、彼女の水しぶきは少し傾いて、ともするとロープにふれる。……それにしても八本のコースに立てられた八つの水しぶきが、みんな女の腕の立てるしぶきだと思うと、すさまじい。これは女性八人のもっとも崇高なおしゃべりというべきだろう。

泳ぎ終った田中嬢は、コースに戻って、しばらくロープにつかまっていたが、また一人、だれよりも遠く、のびやかに泳ぎだした。コースの半ばまで泳いで行った。その孤独な姿は、ある意味ですばらしくぜいたくに見えた。全力を尽くしたのちに、一万余の観衆の目の前で、こんなにしみじみと、こんなに心ゆくまで描いてみせる彼女の孤独。この孤独は全く彼女一人のもので、もうだれの重荷もその肩にはかかっていない。一億国民の重みもかかっていない。

田中嬢は惜しくも四位になったが、そのときすでに彼女はそれを知っていたにちがいない。

陸上競技

陸上競技はオリンピックのもっともオリンピック的なものであろう。それは明るい青空の下で、人間の影を大地に小さく宿して、整然と、明朗に、数学的に進行する。もちろんスポーツだから、熱狂はある。情熱はいる。必死の闘志はいる。それは競技場高く、淡い黒煙を引き、雲を背景に風にあおられている聖火の炎が代表している。その白昼の炎は、この理智的な世界の、唯一の許された狂気なのだ。

開会式のとき、あんなに異様な緊張にみちて見えたフィールドは、今日は刻々記録が争われているにもかかわらず、のんきに、雑然と、まるでピクニックの野原のように見える。芝の一部に観覧席の庇の影がさしているほかは、ゆたかな秋の日ざしの中にあり、南のほうには、棒高とびのアンツーカーのまわりに、脱ぎ捨てられた赤や黄のシャツがあり、芝に敷いた毛布の上で、でんぐり返しをしたり、倒立をしたりしている選手がいる。一瞬、舞い上る肉体、しなうポール、落ちるバー。北半分には、円盤投げのために扇形に描かれた線があり、遠いネットの中で、選手が独楽《こま》のように体をまわすと、円盤はきらめきながら飛んできて芝の上ではずむ。赤や紺のブレザーが芝生の上を行き交う色彩のあざやかさ。さらに遠くでは、女子の走高とびの予選が進行している。そして半円をえがいて並ぶ万国旗は、何ものよりも高く、一せいに風にはためいている。ちょうど、旗をはためかすのに適当な風。英雄的な、叙事詩的なぐあいに、旗がはためくためには、まさに手ごろな風。……しかし銀の旗竿は、その旗の影のゆらめきのために、たえず神経質にピクピクと光っている。

私は八百メートル準決勝と、二万メートル競歩のスタートと、百メートル決勝とを見たが、八百メートル第一組には日本から森本選手が出た。

走り出すと、その正しく保った上体、その最大限にのびた脚、その体格において、森本選手は少しも外人と見劣りせず、コーナーでせり合うときには、名馬ばかり集めた八頭立の馬車のその一頭としての、式典風な威厳と美にあふれていた。

競歩ははじめて見たが、これはいかにもユーモラスでおもしろい競技であり、日本人選手も小柄で、出場者は概してアスリートらしくなく、全体が商店連合会の運動会という感じがする。駈けるに駈けられぬその厄介な制約は、ちょうど夢の中で悪者に追いかけられるときの動きのようで、上半身は必死に急いでいるのに、下半身はキチンと一定の歩度を守るのだ。

この一群が、喝采に送られながら北口から出てゆくと、やがて、今日のハイライトである百メートルの決勝がはじまる。

三時半、フィールドはもう三分の一ほど影の中に包まれている。走路の手直しのために多少時間がおくれ、四十分ごろ、アメリカのヘイズが第一コース、ドイツのシューマンが第二コースに、というぐあいに、選手たちがスタート・ラインについた。

それから何が起ったか、私にはもうわからない。紺のシャツに漆黒の体のヘイズは、さっきたしかにスタート・ラインにいたが、今はもうテープを切って彼方にいる。10秒フラットの記録。その間にたしかに私の目の前を、黒い炎のように疾走するものがあった。しかも、その一瞬に目に焼きついた姿は、飛んでもいず、ころがりもせず、人間の肉体の中心から四方へさしのべた車輪の矢のような、その四肢を正確に動かして、正しく「人間が走っている姿」をとっていた。その複雑な厄介な形が、百メートルの空間を、どうしてあも、神速に駆け抜けることができるのだろう。彼は空間の壁抜けをやってのけたのだ。

しかし、十秒間の一瞬一瞬のそのむしろ静的な「走る男」の形ほど、金メダルの浮彫の形にふさわしいものはなかった。

男子千五百メートル自由形決勝

日本選手でただ一人決勝に残った佐々木があらわれて、プールぎわの朱色のプラスチックの椅子に脱衣する。紺の靴下を脱ぎ、白地に黒線のはいった運動靴に靴下をさし込む。こういう日常生活の動作は、こんな晴れの舞台でも、実に孤独なものだ。紺と白のパンツをつけた、きつね色のよく引き締った裸体があらわれる。ここからようやく、輝やかしいオリンピック選手が、日常性のモチから身を引き離して出発するのだ。

スタート台の上で、一コースの選手をチラと見てから、手首を振る。両手を楽に前へさしのべたフォームで、柔らかに飛び込む。競技はこんなふうに、どんな会社よりも事務的にはじまるのだ。

水が佐々木の体を包んだ。それから先は、彼はもう重い水と時間と距離とを、一心に自分のうしろへかきのけてゆくしかない。

高い席からながめていると、八つのコースの選手たちの立てる音は、さわさわという笹の葉鳴りのような水音にすぎない。ひるがえる腕は、みんな同じ角度で、褐色のふしぎな旗のように波間にひらめく。

——四百メートル。

佐々木は大分引き離された。ターンするところで、あと残っている回数の札を示される。その大きなあきらかな数字は、おそらく水にぬれた目に、水しぶきのむこうに嘲笑的に歪んで映るのだろう。

出発点の水にぬれたコンクリートの上には、選手たちの椅子が散らばっている。佐々木の椅子には、赤いシャツと、足もとの白い運動靴とが、かなたに水しぶきを上げて戦っている主人の帰りを、忠犬のようにひっそりと待っている。

これらの椅子のずっとうしろには、記録員たちが控え、さらに後方に、今日はすでに用ずみの飛込用プールが、いま水の立ちさわぐメーン・プールとは正に対照的に、どろんとしたコバルト・グリーンの水をたたえている。そこに映っている天井の灯と観客席の顔。そこに落ちている、大きな水鳥の嘴のような形をした六台の飛込台の倒影。メーン・プールの何も映さぬ騒がしい水に比べて、そちらのプールは影一つ乱れない。

——六百メートルに近づき、佐々木は六位を保っている。

出発点へ選手が近づくたびに、大ぜいの記録員たちはおのがじし立ち上り、ぶらぶらと水ぎわへ近寄り、スプリット・タイム（途中時間）を記録し、また、だるそうに席へ戻る。必死で泳いでいる選手と記録員とは、こんなふうにして、十五回も水ぎわで顔を合せるわけだ。そのときほど、この世の行為者と記録者の役割、主観的な人間と客観的な人間の役割が、絶妙な対照を示しながら、相接近する瞬間もあるまい。

——千メートル。

オーストラリアのウィンドル、11分16秒3という途中時間のアナウンス。

千五十メートルのところで、あと九回という9の札が示される。

佐々木はひたすら泳ぐ。水に隠見する顔は赤らんでみえる。あの苦しげな、目をつぶり口をあいた顔、あのぬれた顔、ぬれた額の中に、どんな思念がひそんでいるか？　あんな最中にも、人間は思考をやめないのは確実なことで「ただ夢中だった」などというのは、嘘だと私は思う。それこそ人間という動物の神秘なのだ。たとえそれが、一点の、小さな炎のような思念であろうとも。

最後の百メートル。真鍮の鈴が鳴らされ、選手はラスト・スパートをかける。

佐々木は六位だった。平然と上げている顔を手のひらで大まかにぬぐい、出発の時と同様、左の手首をちょっと振った。それが彼の長い旅からの、無表情な帰来の合図だった。この若者はまた明日、旅の苦難を忘れて、つぎの新しい旅へ出るだろう。

体操の練習風景

体操というものに、私は格別の興味を持っている。それは美と力との接点であり、芸術とスポーツの接点だからである。ほかのスポーツのように、芸術の岸から見て完全に対岸にあるものではない。

むかしオリンピックのボート選手だった故田中英光氏が、小説家になってから、小説の価値評価のあいまいさに業を煮やし「スポーツの世界のほうがずっと明快で住みやすい。勝負は誰の目にもわかるし、それでなくても点数ではっきりするから」という意味のことをいったことがある。

しかし一概にそうもいえないのであって、専門家から見れば、二つの小説の優劣は案外はっきりわかるものだし、また、スポーツでも体操の採点では、芸術の鑑賞にも似た印象点が三分ぐらいを占めるのだそうである。

千駄ケ谷の体育館はリハーサルの最中で、録音テープの音楽に合せて、各国選手団の入場退場の模擬演習まで織り込みながら、本番同様の実技が展開され、お祭りの近づいた昂奮と、その一方、リハーサル特有の何ともいえぬダラダラしたところがまざり合って、面白い雰囲気である。

はいっていきなり遠藤選手の床運動（徒手）を見たが、ひろいマットの上の空間に、ジョキジョキよく切れる鋏を入れて、まっ白な切断面を次々に作ってゆくような美技にあきれた。私たちはふだん、自分の肉体のまわりの空間を、どんよりと眠らせてほうっておくのと同じことだ。

あんなに直線的に、鮮やかに、空間を裁断してゆく人間の肉体。全身のどの隅々にまでも、バランスと秩序を与えつづけ、どの瞬間にもそれを崩さずに、思い切った放埒を演ずる肉体。……全く体操の美技を見ると、人間はたしかに昔、神だったのだろうという気がする。というのは、選手が跳んだり、宙返りしたりした空間は、全く彼の支配下にあるように見え、選手が演技を終って静止したあとも、彼が全身で切り抜いてきた白い空間は、まだピリピリと慄えて、彼に属しているように見えるからだ。

強化委員会長の佐々野氏の親切な解説で、素人にはむつかしい採点の方法などもわかってきた。床運動の一連の運動の中で、倒立なら倒立は、何秒間という規定があるか、という私の質問に、氏の答えた答は実に面白かった。

「二秒以下ではいけません。二秒以上でも、あまり長くちゃいけません。長くてもいいということになると、この連中はそこで休むことができますからね」

われわれには苦行である倒立でさえ、その一点で休むことができるとなれば、蝙蝠《こうもり》のようなものだ。スポーツの奇蹟は、人間の肉体というものが、鍛えようによっては、どんな思いがけないところに、どんな思いがけない楽園を発見するかわからないという点だ。常人の知らない別世界の感覚の発見……。酒や阿片とは反対のものだが、スポーツがやめられなくなるのは、やはりそれがあるからであろう。

リハーサルがおわって、きょうは遅参のためにその鉄棒の有名な美技を見ることが出来なかった小野（喬）選手と、さっき見た遠藤選手に面会を申し込む。

さっき神のようだった選手は、こうして会ってみると、風貌、態度のどこにも人間離れのしたところはない。むしろ休息時の選手の顔に浮んでいるその平均的日本人の日常的表情と、あの神業との間をつなぐ、「練習」という苛酷な見えない鎖が感じられる。それは神と人間をむりやりに結びつける神聖な鎖なのだ。

「われわれ、体操家同士の夫婦ですからいいですが、こう永い別居じゃ、ふつうの夫婦なら、とっくに離婚さわぎですよ」

と、いずれも家庭をもち、父親でもある二人の選手は、顔を見合せて笑う。

体操

体操ほどスポーツと芸術のまさに波打ちぎわにあるものがあろうか？　そこではスポーツの海と芸術の陸とが、微妙に交わり合い、犯し合っている。満潮のときスポーツだったものが、干潮のときは芸術となる。そしてあらゆるスポーツのうちで、形《フォーム》が形自体の価値を強めれば強めるほど芸術に近づく。どんなに美しいフォームでも、速さのためとか高さのための、有効性の点から評価されるスポーツは、まだ単にスポーツの域にとどまっている。しかし体操では、形は形それ自体のために重要なのだ。これを裏からいえば、芸術の本質は結局形に帰着するということの、体操はそのみごとな逆証明だ。

十月二十日の夜、東京体育館の記者席からまばゆい光りの下、マット上に展開される各国選手の、人間わざとも思えぬ美技をながめながら、私はそんな感想を抱いた。

双眼鏡で遠い鉄棒の演技をながめていると、手を逆に持ちかえるときに、掌にいっぱいまぶしたすべりどめの粉がパッと散る。それは人体が描く虚空の花の花粉である。徒手体操では、人体が白い鋏のように大きくひらき、空中から飛んできて、白い蝶みたいに羽根を立てて休み……ともかく、われわれの体が、さびついた蝶番《ちょうつがい》の、少ししか開かないドアならば、体操選手の体は、回転ドアのようなものだ。そして、極度の柔らかさから極度の緊張へ、空虚から突然の充実へ、力は自在に変転して、とどまるところを知らない。もっともバランスと力を要する演技が、もっとも優美な静かな形で示される。そのとき、われわれは肉体というよりも、人間の精神が演じる無上の形を見る。

ポオル・ヴァレリーが『魂と舞踊』の中で、肉体が「魂の普遍性を真似ようとするのだ」と書いているのは、この瞬間であろう。

「おお、たうとう彼女は例外の世界にはひつた。ありえないもののなかへ突入したのだ！」「理性そのものが見る警戒と緊張の夢！……夢ではあるが、左右均斉の妙をきはめ、すべてが行為であり脈絡である夢！」

――しかしスポーツとしての体操は、意地のわるい減点による競技であり、批評による競技なのだ。

小野は徒手で、遠藤はあん馬で、見のがしえぬミスをやったが、実際、人間なら、あやまちを犯すほうがふつうで、あやまちを犯さないのは人間ではない。それらのミスにこそ、むしろわれわれと共通した人間の日常感覚がひらめいている。ほんのちょっとよろめくこと、ちょっと姿勢が傾くこと、ほんのちょっと足があん馬にさわること、ほんのちょっと演技の流れが停滞すること……これこそわれわれが「人間性」と呼んでいるところのもので、半神であることを要求される体操競技では、人間性を示したら、たちまち減点されるのである。

この世に、ほんの数秒の間であろうと、真のあやまりのない秩序を実現するのはたいへんなことだ。体操選手たちは、その秩序を、少くとも政治や経済よりははるかに純度の高い形で、人間世界へもたらすために努力する。遠藤選手のあん馬のあとで、十数分のものいがついたあと、五月人形のような無邪気な顔と体をした三栗選手が登場して、おちついた、正しい演技を示して九・六五をとったのには感服した。

小野選手の右肩の負傷にめげぬ敢闘にも心を搏たれ、同じ三十代の私は、年齢と肉体のハンディキャップを越えたその闘志に拍手を送った。練習時間のあいだから、鉄棒は彼の肩を冷酷に責めていた。そのとき肩は、彼の目ざす秩序の敵になり、敵軍に身を売ったスパイのように彼を内部から苦しめていた。

優勝者遠藤でさえ、退場の際、心なしか暗い目をしていたのを考えると、体操選手を悩ます「完全性」の悪夢が、どれほどすさまじいものであるかがうかがわれる。

女子バレー

バレーボールのコートは、みがき上げた板の上に塗った、みがき上げた人工の芝生だ。

そこには白い運動靴もよくうつる。赤いパンツもうつる。審判がさし出す黄いろい旗も鮮明にうつる。だから日本チームの女子選手たちは、まるでつやぶきんをかけるように、試合中たびたび緑のパンツからタオルを出して、汗にぬれた床を、女らしくそっとふく。

七時十五分、赤いトレーニング・シャツの大松監督があらわれ、椅子に掛けて、傲然と足を伸ばす。いつにかわらぬ、シェパードのような精悍なその顔に、なんの表情もあらわさない。

選手たちの登場。宮本がそのすらりとしたからだと、栗鼠を思わせるかわいらしい顔で、機械人形のようにおじぎをする。

東側の選手家族席では、宮本のおとうさんがなくなったおかあさんの大きな写真を膝に抱いて観戦している。練習がはじまる。お祭りの風船のように、たくさんのボールが空に浮ぶ。七時三十分。琴の音楽がはじまり、いよいよ日本のアマゾンたちと、ソ連のアマゾンたちとの熱戦が開始される。

バレーボールの緊張は、ボールが激しくやりとりされるときのスリルにあることはいうまでもないが、高く投じ上げられたボールが、空中にとどこおっている時間もずいぶん長く感じられる。そのボールがゆっくりとおりてくる間のなんともいえない間ののびのした時間が、実はまたこの競技のサスペンスの強い要素なのだ。ボールはそのとき、すべての束縛をのがれて、のんびりとした「運命の休止」をたのしんでいるように見えるのである。

第一セットでやや堅くなっていた日本は、第二セットでははるかにソ連を引き離し、余裕のあるゲームを見せたが、なかんずく目につくのは河西選手の冷静な姿である。

彼女が前衛に立つとき、水鳥の群れのなかで一等背の高い水鳥の指揮者のように、敵陣によく目をきかせ、アップに結い上げた髪の乱れも見せず、冷静に敵の穴をねらっている。ボールは必ず一応彼女の手に納まったうえで、軽くパスされて、ネットの端から、敵の盲点をつくように使われる。

河西はすばらしいホステスで、多勢の客のどのグラスが空になっているか、どの客がまだサラに首をつっこんでいるかを、一瞬一瞬見分けて、配下の給仕たちに、ぬかりのないサービスを命ずるのである。ソ連はこんな手痛い、よく行き届いた饗応にヘトヘトになったのだった。

しかしソ連のルイスカリ選手はすごかった。この、金髪を無造作に束ねたクリクリした少女、大きな胸を突き出した少女は、いつも赤い炎の矢のように飛んできて、強烈なボールを返した。

——日本が勝ち、選手たちが抱き合って泣いているのを見たとき、私の胸にもこみ上げるものがあったが、これは生れてはじめて、私がスポーツを見て流した涙である。

閉会式

すべてのスポーツには、少量のアルコールのように、少量のセンチメンタリズムが含まれている。このアルコールの含有量が最大になったのが、たとえば二十三日夜の女子バレーの勝利の瞬間などであるが、閉会式にもこのアルコールが十分にふりまかれるはずであった。日本人の国民性としても、そうなるはずであった。

ところが、そうはならなかった。それは陽気な、解放と自由のお祭りになった。できからいうと、閉会式は開会式の壮麗さにまさるとも劣らない、すばらしい人間的な祭典であった。同時に、日本人の精神風土にかつて見られなかった「別れもたのし」の祭典になったのである。演出者の意図を越えたところで、それはもっともいきなフィナーレになった。

もちろんここには、多くの美しいパセティックな瞬間があった。ことに五時三十五分、会場が暗くされ、各国の旗手は半円をえがき、国歌とともに、ギリシャ、日本、メキシコの旗がのぼってゆくとき……。さらに場内が暗くされ、ブランデージ会長が閉会の宣言をし、その仏訳の電光の文字が、トラックの横の雨のなごりの水たまりに投影するとき……。

ファンファーレとともに、暗やみの中から合唱隊の無数の豆電気が、ちょうど夜間飛行の飛行機が谷間に見つけ出す小都会の灯のようにきらめきだすとき……。聖火が消えかけて、なお尽きず、なお炎の舌を何度かひらめかせる空が、いまは晴れた夜空になって、巨大な鳩の翼のような、白い一双の壮麗な雲が、聖火台の上にひろがっているのを見るとき……。

オリンピックの旗が白い制服の自衛隊員によっておごそかに降ろされ、そこに集中したライトの中で、アンツーカーのあざやかな赤が、その制服と旗の純白に照りはえるとき……。「蛍の光」の演奏とともに、女子体育大の生徒たちのかかげるトーチが大きな楕円をえがいて、ゆるやかな波動をひろげるとき……。

そういう一瞬一瞬は、忘れがたくパセティックで、スポーツの光栄のはかなさ、青春の光栄のはかなさまで、感じさせる瞬間であった。

しかし何といっても、閉会式のハイライトは、各国旗手の整然たる入場のあとから、突然堰を切ったように、スクラムを組んでなだれ込んできた選手団の入場の瞬間だ。開会式のような厳粛な秩序を期待していた観衆の前に、（旗手の行進のおごそかさは十分その期待にこたえていただけに、）突然、予想外の効果をもって、各国の選手が腕を組み一団となってかけ込んできたときのその無秩序の美しさは比べるものはなかった。

それは実に人間的な感動であって、開会式でナショナリズムを高揚しながら、閉会式で「世界は一つ」を強調しようという演出意図を、さらに自然な心情の発露で盛り上げたものであった。おそらくこのとき、かげで演出者は、一度はこの演出プランの無秩序な破壊に舌打ちしながら、次の瞬間には、ねらった以上のすばらしい効果を発見して、思わず手をたたいたのではなかろうか。

　それからは、競技の圧迫感から解放された選手たちの、思うままの荒っぽい友愛の納会になった。最後尾の日本の旗手は、旗もろとも、各国の選手にかつぎ上げられる。ただ一人シャツとパンツで走り出す黒人選手もいれば、雨傘をひろげてふりまわすのもいる。ふざけて女の子のピンクの帽子を奪い、それをかぶって逃げまわるのもいる。またそのそばを、われ関せずえんで、大手を振ってまじめに行進しているのもいる。

　世界中の人間がこうして手をつなぎ、輪踊りを踊っている感動。冗談いっぱいの、若者ばかりの国際連合――。これをいかにもホストらしく、最後から整然と行進してくる日本選手団が静かにながめているのもよかった。お客たちに思うぞんぶんたのしんでもらったパーティーの、そのホストの満足は八万の観客一人一人にも伝わったのである。

実感的スポーツ論

今私がいっぱしのスポーツマンのような顔をすれば、むかしの青白き文学青年時代の私を知っている友人たちは、ちょうど成り金がむかしの貧乏を隠すのを見るのに似た、軽蔑的な笑いをもらすにちがいない。しかし、仮面もかぶり通して十年たてば肉づきの面になるごとく、私も体育の世界に親しんでかれこれ十年になろうとする今、多少、体育について語ってもよい時期が来たと考える。

そこでまず第一回に、体育へはいったキッカケを、第二回にスポーツへの橋渡しをしたボデービルを、第三回にボクシングを、第四回に剣道を、第五回に私の体験した日本のスポーツ教育とスポーツ観のあやまりを書いてみようと思うのである。

私が人に比べて特徴的であったと思うのは、少年時代からの強烈な肉体的劣等感であって、私は一度も自分の肉体の繊弱を、好ましく思ったこともなければ、誇らしく思ったこともなかった。それはひとつには戦時の環境が、病弱を甘やかすような文学的雰囲気を用意してくれず、弱肉強食の事例を山ほど見せられたせいもあろう。もしゴーチエが書いているような「蒼白さ」をもって誇りとするロマン派の時代に生れていたら、私もまた、自分の肉体的条件に自足していたかもしれない。そして戦後も、弱肉強食の時代は別の形でつづき、これにアメリカ渡来の新しい肉体主義が加わって、ますます私の肉体的劣等感を強めることになったのである。

といって私は不具ではなく、多病ですらなかった。ただ痩せていて、胃弱体質なだけのことであった。アドラーの劣価補償説を持ち出すまでもなく私の今日の生活にスポーツを不可欠のものとした原因はただ一つ、この劣等感のおかげであったと思われる。世の中には貧弱なからだでいながら、知力や才能の自恃にみちたりて、毫も肉体的劣等感を持たない人も山ほどいるのである。

さて、文学の仕事にはいってみると、この不自然不健康な仕事は、しょっちゅう胃痛を起させ、このままほうっておいたら三十代でペシャンコになるかもしれぬ、という実際的危惧も加わって、私は中学時代にちょっとやった馬術をまたおそるおそるはじめてみたり、自宅の庭に鉄棒を作ってぶら下ってみたりしていたが、いずれもモノにならなかった。

依然、神から与えられた私の肉体とスポーツとの間には、よじ登ることさえできぬ高い鉄壁があって、それを打ちこわすことは不可能のように見え、宿命的なものが私とスポーツとを隔てているとしか思えなかった。

そうしてむなしく二十代がすぎ、私は非力なままに三十代へ歩み入るのがくやしくてならなかった。世間の常識でいえば、私はすでにスポーツ年齢をすぎていたのである。

三十歳の年の夏、私に突然福音が訪れた。これがのちのち人々の笑いの種子になり、かずかずの漫画の材料になったボデービルというものである。

私はその前のアメリカ旅行で、ボデービルについていくらか予備知識を持っていたが、自分とは全然無縁の世界だと考えていた。忘れもしない昭和三十年の夏、ある週刊誌が早大ボデービル部の写真をのせ「誰でもこんな体になれる」というコメントをつけているのを見て、病人が何でも新薬をためしてみるようなもので、私は躊躇なく編集部に電話をかけ、早大の玉利コーチを紹介してもらった。

玉利氏にははじめて日活ホテルのロビーで会見したが、ワイシャツの胸の部分を、外からもあきらかにわかるほど、ピクピクと動かしてみせる芸当に心からおどろき「あなたもいつかはこうなる」という言葉に力づけられて、さっそく指導を仰ぐことになった。この言にいつわりはなく、九年後の今では、このマッスル・コントロールという技法によって、私は左右の胸の筋肉を、マンボやルンバに合せて、交互に動かしてみせるという芸当ができるのである。

玉利氏には一週三回自宅へきてもらうことになり、バーベルを買いそろえ、ベンチをあつらえ、人の笑いを買う次第になった。指導は実に無理のないもので、私も決して進歩をあせったわけではないのに、はじめて数ケ月のあいだは、そのつらさ苦しさに加えて、いろいろな肉体的故障があらわれ、その年の冬は、扁桃腺がはれっぱなしになったり、微熱がつづいたりして、レントゲンまでとるさわぎであった。幸い事なくこの時期を通りぬけることができたが、私がすすめてこの運動をはじめた友人たちが大てい一ケ月足らずでやめて行ったのは、みんなこの初期のつらさ苦しさのためであり、また、深呼吸を多用するこの運動は、胸部疾患の前歴のある人には不向きである理由がよくわかるのである。

世の中で何がおもしろいと言って、自分の力が日ましに増すのを知るほどおもしろいものはない。それは人間のもっとも本質的なよろこびの一つである。

ボデービルはさすがにアメリカで発明された運動だけあって、諸事合理的に理詰めにできており、きわめて徐々にウエートを増し、肉体を改造してゆくのであるが、その間には多少のあせりもあって、若い友人をまねていきなり毎日五合ずつ牛乳をのんで腹をこわしたり、アメリカ製の粉状高タンパク質を一瓶のんで消化不良に陥ったりした。ボデービルによる筋肉の発達は、二十歳前後の筋肉の旺盛な発達期に、骨もまだ発達をやめない時期にはじめてこそ、めざましい成果をあげるのであるが、三十代ではじめては、大きなハンディキャップを生ずることは否みがたい。それでも半年ほどするうちに、私は人前に出して恥ずかしくないほどの体になった自分の姿に、わが目を疑った。そして私の若き日の信念では、自意識と筋肉とは絶対の反対概念であったのに、今、極度の自意識が筋肉を育ててゆくこの奇蹟に目をみはった。これはアメリカ文化のもっとも偉大な発明の一つであり、また、アメリカ文化の逆説の象徴であった。

一年ほどすると、私は二十代にあれほど私を苦しめた胃痛をすっかりどこかへ置き忘れてきたことに気づいた。私の敵であった胃が、いつのまにか私の従順な味方に回っていたのである。

——話は前に戻るが、ボデービルをはじめて四ケ月目に、私は鈴木智雄氏という豪傑に出会った。

この人はすでに中年で、かつての海兵の体操教官であり、ものすごく口がわるく、陽性で快活で、吉良常と野坂参三の友人であり、ものすごくドグマティックで、負けずぎらいで、ボデービル理念大反対のボデービル・コーチであり、私はたちまちとっつかまって、この人の弟子になった。

氏はそのころ後楽園ジムにいたが、三十一年の春からは自由ケ丘ジムをひらき、そこではじめて私のジム通いがはじまったのである。

氏の説によると、ボデービルによる筋肉の硬化を防ぐには、柔軟体操（デンマークのブックの体操）や伸展運動などを併用する必要があり、私はそのジムで、高校時代の海軍体操にまたお目にかかる羽目になった。もっとも戦争中はいやいややっていた同じ体操を、今度は、多少誇張をすれば、随喜の涙を流しながらやったのである。

この鈴木氏には私もずいぶん影響されており、「生活の中に体育を」などという氏のスローガンを、今では私も氏と同じ口調で、人に向って説く有様であるし、屈筋の運動を主とするボデービルとバランスをとるために、一方必ず何か伸筋の運動をするように、という氏の理論は、以後の私のスポーツの選択を決定した。

氏は全くの教祖型人物で、実に愛すべき愉快な人だが、ついて行く人もあり、そむいてゆく人もあった。私はスポーツ団体の内紛の話をきくたびに、この種の善意のスポーツ指導者の悲劇を思いうかべるのである。

氏のドグマは、肉体をのりこえ、体育をのりこえて、時にはユーモラスな信念になった。折りしもジムに若い助手が雇われていて、彼の示す目もあやな徒手体操を指さしながら、

「三島さん、よく見ておきなさい。健全なる肉体には健全なる精神が宿る。この人の体の完璧な柔軟性、運動の巧緻性、……これでこそ人間なので、ここまで行ってはじめて人間の人格も高まるんだ。あんたの体じゃ、まだ人格なんぞ生れませんよ」

などと言っていたが、それから数日後、この助手がジムの金を持ち逃げしてしまったので、

「なるほど鈴木さん、健全なる肉体には健全なる精神が宿るね」

と私が氏をからかったときの、氏の渋面を思い出すと、今でもおかしくなる。

しかし私も、肉体と精神の相関関係については久しく考え、久しく悩んできたのである。芸術家としてはむしろ、芸術の制作に必須な不健全な精神を強く深く保持するために、健全な肉体がいるのではないだろうか？　人間性の見るも忌わしい深部へ、深く、より深く井戸を掘り下げるために、鞏固な大理石の井戸側がいるのではなかろうか？

さて、一年もボデービルをやるうちに、私の肉体的自信は主観的にふくらみすぎ、むかしから私とスポーツとの間を隔ててきたあの鉄壁が、ついにくずれ去ったと信じた。そこで私は、舌なめずりしながらスポーツの世界へ飛び込もうとした。もっとも困難な、もっとも激しいスポーツ、三十歳に達した男の大半がおぞ毛をふるうようなスポーツ、それは何だろうか？——それはボクシングだった。

だがすべてはお誂え向きには運ばなかった。

ボクシングの世界には、私の先生として、日大の小島智雄氏が大手をひろげて待っていた。それはボデービルをはじめてちょうど一年目、三十一歳の初秋のことである。

小島氏は鈴木氏とあたかも正反対の人柄で、篤実で、慎重で、決して大言壮語をせず、ボクシング一途のその生活にとっては、ボクシングがこの世の至上の価値をなしていた。酒を呑まず、煙草を喫まず、家庭を大切にし、選手たちに禁ずることはすべて自分にも禁じていた。私も文壇ではストイックな男だなどと言われているが、こういうスポーツ指導者の超人的なストイシズムに比べたら、私などは箸にも棒にもかからぬ道楽者と思われる。

氏が私の指導を引き受けるについて、まず第一に出した条件は、

「決して試合に出たがらぬこと、それを約束してくれなければ、めんどうは一切見ません」

ということであった。私は訝って反問したが、こう答えられた。

「そりゃ、試合などに出て、下手に怪我でもされたら、ボクシングに傷がつくから」

氏が怖れているのは、あくまで「ボクシング」というこの女神の純潔が傷つけられることであった。

さっそく私は日大の合宿へ通って練習をはじめ、ボデービルのほうは軽くバー・ディップスという運動などで、胸や腕の力を保つ程度にとどめた。

合宿のきたない古い建物。シャワー室の便所の匂い。リングにかけまわされたきたないシャツやタイツ。破れかけたサンドバッグ。……これらはみなスポーツの詩であり、私がかつて知らなかった種類の血の優雅《エレガンス》を象徴していた。

しかしひとたび練習がはじまると、エレガンスどころではない。三分間の一ラウンドごとに三十秒の休みを置き、九ラウンド以上の練習をつづけるわけで、それに縄飛びや、シャドウ・ボクシングや、パンチング・ボールや、サンドバッグや、スパーリングなどを配合してゆくわけであるが、最初の練習日には息も絶え絶えになりながら、ボデービルの経

験から、「これもいつかは必ず馴れる」という自信が生れていて、三回通うころには体も練習に馴れはじめていた。

はじめてスパーリングをやったときの感動は忘れられない。

もっともスパーといっても、小島氏自らパートナーになってくれるいわば殿様芸で、自慢にもならないが、生れてはじめてつけるヘッドギアのかぶりごこち、はじめてはめるスパーリング・グローブの感触の新鮮さ、そのグローブで自分の顋《チン》を軽く打ってみる。

「どういうもんかね。誰でもはじめての奴は必ずそれをやるよ」

という声をきいて、私は自分がついに、このような、(はなはだ大袈裟な感想だが、)人間の一般的反応の法則に無意識に従うにいたったことの広大なよろこびを感じた。

いざやってみると、三分間という時間の、十年間ぐらいに感じられる長さ。コーナーに追いつめられて、サイド・ステップを踏めば逃げられることがわかっているのに、いっかな足が動かない、その鉄のような不如意。……ついに一ラウンドでへばってしまったが、二度目のスパーのときには二ラウンドまでもった。しかし右膝がガクリと折れて床につき、私は三十を越えた自分の肉体の限界を如実に知り、またそれを知ったという満足があった。

――この最初のスパーのときであったか、二度目のスパーのときであったか忘れたけれど、石原慎太郎氏がジムを訪れて、その哀れな姿を8ミリのフィルムに撮ってくれた。このフィルムがまたみんなの物笑いのたねになり、あるとき文学座の連中が私の家に集って、マンボのレコードをかけながら、これを見て大笑いをしたことがある。私の必死のジタバタした動きは、実に漫画的に、このマンボのリズムに合った。

そのうちに拳闘界にもだんだん知人ができ、私は小島氏に連れられてプロのジムへも練習に行った。拳闘評論家の平沢雪村氏が、

「ひとつ三島を前座に出したら」

と小島氏に言い、小島氏は断固として断わったそうだが、私は今でも、戦後間もなく、共産党へはいらないかと言った小田切秀雄氏の言葉と、前座に出ないかと言った平沢氏の言葉との二つを、私の人生における二つのもっとも稀有なうれしい誘いの言葉として、心にとどめているのである。

私のボクシング修業は、一年ばかりで終った。体力の限界を感じたことが主たる理由であるが、その限界を実感的に究めえたという点で、私はボクシングおよび小島氏に対する感謝を忘れない。そしてそれが私の、猪突猛進のもっともよい記念になった、という点で。

私は目下剣道をやっており、やっと最も自分に適したスポーツを見いだして、そこに安心立命の境地を得た感じがしている。剣道をスポーツと見ることには異論があろうし、また私の剣道は基本が不足で、フォームの悪さは定評のあるところだが、それでもここに私の故郷があり、肉体と精神の調和の理想があり、スポーツに対する私のながい郷愁が癒や

された思いがしている。この「郷愁」という言葉は私独特の用法であって、必ずしも自分の過去に対する郷愁を意味しない。私は西インド諸島の椰子並木や、ポルトガルのリスボン市などに、そこをはじめて訪れたときに、ながい郷愁がみたされたという感じを持った経験がある。スポーツはそのようにして、久しく私の精神の奥底に埋もれていたのである。今、三十九歳にしてそこに到達したのは、考えてみれば自然な成り行きであり、私は自分で努力したというよりも、運命にみちびかれてここへ来たのだという感じがする。

剣道もはじめて五、六年にしかならないが、実は中学時代にも、一年間正課で教えられたことがあった。当時、私の学校では、剣道、柔道、弓道、馬術がいずれも必修課目であったが、強いられたために、どれも好きになれなかった。なかんずく剣道独特のあのかけ声を、少年の私はきらった。その何ともいえぬ野卑な、野蛮な、威嚇的な、恥しらずの、なまなましく生理的な、反文明的反文化的な、反理知的な、動物的な叫び声は、羞恥心にみちた少年の心を恥ずかしさでいっぱいにした。あんな叫び声を自分が立てると思うとたまらない気がし、人が立てるのをきくと耳をおおいたくなった。

それから二十五年たった今、今度はまるきり逆に、自他の立てるそのかけ声が私には快いのである。嘘ではなく、そのかけ声が私は心から好きになった。これはどういう変化だろう。

思うに、それは私が自分の精神の奥底にある「日本」の叫びを、自らみとめ、自らゆるすようになったからだと思われる。この叫びには近代日本が自ら恥じ、必死に押し隠そうとしているものが、あけすけに露呈されている。それはもっとも暗い記憶と結びつき、流された鮮血と結びつき、日本の過去のもっとも正直な記憶に源している。それは皮相な近代化の底にもひそんで流れているところの、民族の深層意識の叫びである。このような怪物的日本は、鎖につながれ、久しく餌を与えられず、衰えて呻吟しているが、今なお剣道の道場においてだけ、われわれの口を借りて叫ぶのである。それが彼の唯一の解放の機会なのだ。私は今ではこの叫びを切に愛する。このような叫びに目をつぶった日本の近代思想は、すべて浅薄なものだという感じがする。それが私の口から出、人の口から出るのをきくとき、私は渋谷警察署の古ぼけた道場の窓から、空を横切る新しい高速道路を仰ぎ見ながら、あちらには「現象」が飛びすぎ、こちらには「本質」が叫んでいる、という喜び、……その叫びと一体化することのもっとも危険な喜びを感じずにはいられない。

そしてこれこそ、人々がなお「剣道」という名をきくときに、胡散《うさん》くさい目を向けるところの、あの悪名高い「精神主義」の風味なのだ。私はこれから先も、剣道が、柔道みたいに愛想のよい国際的スポーツにならず、あくまでその反時代性を失わないことを望む。

私の師は吉川正實七段だが、氏の人柄に惹かれて、私は氏の転勤先へついてまわり、それまでの東調布警察署から、渋谷警察署へ移ってきた。氏のまわりにはつねに人の和があり、剣道家にありがちな小うるさい空威張りを、氏ほど免れている人はめずらしい。実際、剣道家独特の臭味、妙に様子ぶった、妙に謙虚ぶった、あるいは道学臭のつよい、あるいは事大主義のつよい……そういうもろもろの臭味がイヤになって、剣道そのものがきらいになった人も多いのである。

ボデービルのようなウエート・トレーニングをやると、他のスポーツをやったときにスピードが落ちるというのは嘘だということを、剣道をやってみて私は知った。ウエート・トレーニングの効用は、他のスポーツの分野でも、徐々にみとめられてきたように思われる。

剣道は、夏、面をかぶっただけで、動かないさきから大汗をかき、「さあ大変だ」という感じがするのが、私は好きだ。それはいかにも「非常」のスポーツである。一対一の格技のうちで、こんなに高齢者の活躍をゆるすスポーツもまためずらしい。剣道の道場にいるかぎり、人は決して、後輩から心中あわれまれながら勝ちを譲ってもらうような、あの情けない「大先輩」にならないでもすむのである。

こうして私のスポーツ歴をふりかえってみると、いかに人とちがった道を歩いてきたかにおどろく。私は人がとっくの昔にスポーツをやめてしまう年齢になってスポーツをはじめ、何一つ人に抜きん出た成果はあげないながら、自分の身にスポーツをしみ込ませるだけのことはしたと思う。そして社会人として忙しくなる三十代に、人以上に、体力もつけ、健康も保ち、人生の半ばで自分の肉体を十分に鍛え直すことだけはやったと思う。しかし、それはみんないわば常識はずれの振舞いであって、そんな常識はずれができたのも、幸いに私が自由業に就いていたからでもあった。

私の中学、高校時代は、戦時中で軍事訓練も多く、今とはかなり事情がちがっていたが、前にも書いたように、弱肉強食のスポーツ教育というべく、生れつき体力が少く運動が巧みでない者は、落伍者になってベソをかいていなければならず、だれも救いの手をさしのべてくれる者もなかった。これはおそらく、一般に体位の向上した現代でも、さほど変りのない事情ではないかと思う。学校スポーツの隆盛時代とはいいながら、選手と部活動が独占権をふるっており、一例が高校・大学のテニスコートでも、部員以外のものが自由に使用する余裕はほとんど与えられない。

スポーツの才能のない者は、天才教育とやらで、今度は芸術その他に才能の速成栽培を試みられ、社会の技術化専門化細分化が、学校教育にまで早くから影を投じているのである。

私は自分の少年時代を思うにつけ、体力や才能に恵まれぬばかりに、スポーツの門から永久に拒まれているかわいそうな少年の面影が目にうかぶのである。一つぐらい、対校試合にも一切参加せず、そのかわり学生全部の体位向上に、個々人の能力に応じて十分注意を払う学校が出て来てもいい筈である。このごろの背ばかり高くてモヤシのような少年群を見るにつけ、私たちのころと、スポーツ教育そのものの偏頗な点では、少しもかわっていないという印象を抱かされる。

もう一つは、社会人のスポーツの問題である。社会人のスポーツというと、見るスポーツだけ、行うスポーツはゴルフだけ、というのが現況であって、社会生活の烈しさが増すにつれて、三十代で早くも老化現象を起す人たちがますます増加する。皮下脂肪の沈着が、あるいはコレステロールを増し、あるいは心臓を弱める。多飲が肝臓障害を惹き起し、神経の酷使が胃潰瘍を招来する。それを防ぐために、薬局の店先でいそいで薬罐からストローを啜っている姿は、情けない眺めである。スポーツがこれらのものをみんな救うことは目に見えているのに、社会人は、暇もなければ、その機会もない。たまたま勤め先に道場や体育館があっても、実業団の選手に独占されている点では、学校と同じである。

三十代のスポーツがいかに必要であるかは、私が身をもって体験したところである。私は幸いに職業柄、多くの人の厚意を受けることができ、多くの門がひらかれたが、一般社会人が、たとえば私のように三十歳になってスポーツをはじめようと決意しても、その場所がなく、その機会がない。

オリンピックを機会にこれほど各種の競技場が新設されても、それは選手および観客のためのものであって、素人が自由にスポーツを行う場所ではない。

たとえば私は空想するのだが、町の角々に体育館があり、だれでも自由にブラリとはいれ、僅少の会費で会員になれる。夜も十時までひらいており、あらゆる施設が完備し、好きなスポーツが気楽にたのしめる。コーチが、会員の運動経験の多少に応じて懇切に指導し、初心者同士を組み合せて、お互いの引込み思案をとりのぞく。そこでは、選ばれた人たちだけが美技を見せるだけではなく、どんな初心者の拙技にも等分の機会が与えられる。……こういうスポーツ共和国の構想は、社会主義国でなければ実現できない、というものではあるまい。

スポーツは行うことにつきる。身を起し、動き、汗をかき、力をつくすことにつきる。そのあとのシャワーの快さについて、かつてマンボ族が流行していたころ、

「このシャワーの味はマンボ族も知らねえだろ」

と誇らしげに言っていた拳闘選手の言葉を私は思い出す。この誇りは正当なもので、何の思想的な臭味もない。運動のあとのシャワーの味には、人生で一等必要なものが含まれている。どんな権力を握っても、どんな放蕩を重ねても、このシャワーの味を知らない人は、人間の生きるよろこびを本当に知ったとはいえないであろう。

ボクシング

関ラモス戦（一九六四年三月一日）

広い肩幅に厚い胸、ボデービル型の上半身にバレエ・ダンサーの足を持ったキューバ人の、あのねばっこいからだの動きと、無感動な顔つきと、関のいかにも日本人的な、善良な若者の顔との対照が、試合がはじまる前から、なんとなく、やりきれない気分を起させた。

それは何か、ボクシングというスポーツの背景をなす風土、社会、文化、あらゆるものに対する、日本人の不適応みたいなものを感じさせる対照だった。ただ、褐色と黄色というはだ色の対照だけではなく。

関は予想されたアウト・ボクシングで第一ラウンドをはじめたが、顔は緊張に青ざめ、フットワークも十分でなく、堅くなっているのがありありとわかった。

しかし第二ラウンドで、いったんチンに食らいながら二度まで巧みにラモスの強打をかわした関の動きには、練習の積み重ねがモノをいったリラクゼーションが見られ、これを「関のラウンド」といってよいほど前途に希望を持たせた。

つづく第三ラウンドで、ラモスのワン・ツーを食いながら、ラモスのチンをとらえてちょっとよろめかせた関は、猛然反攻に出たラモスが、ロープへ追いつめてくるジワジワと迫る動きを、何とかクリンチで切り抜けて、ゴングにこぎつけたが、向う正面の席で見ていた私は、迫ってくるラモスの、密林の夜を思わせる熱っぽい無気味な迫力に息をのんだ。

第四ラウンドは、お互いに手数の少い低調なラウンドだったが、ラモスのコンビネーション・パンチはいよいよスピードと光彩を誇示した。第五ラウンドはじめでボデーをやられてから、つづく連打により劣勢に陥った関、目を切った血のしたたりが、すでに不吉な予想をいだかせた。

そして第六ラウンドのＴＫＯは、相打ちの果ての壮烈な大詰めで、関の善戦を深く印象づけた。

関は予想以上によく戦った。もっと逃げ回れば逃げ回れるだけの足を持ちながら、関はスライな試合をさけたいと思ったにちがいない。

その点、結果からすると、すべてラモスのペースで運ばれた試合のような印象を与えることになったが、狂言の『釣狐』ではないけれど、狐はある場合は、敢然と罠に飛び込むことで、彼自身が狐であることを実証する。それは狐の宿命、プロ・ボクサーの宿命のごときものであろう。

原田ジョフレ戦（一九六五年五月十八日）

時しも五月。五月人形みたいな、金太郎みたいな原田が勝った。日本の男児の、晴れやかな一本気と、不屈の闘志が勝った。いったん失った世界選手権のかぶとが、いちばんかぶとの似合う顔に取り戻された。

といっても、三年前、つかのまの世界チャンピオンになったときの原田は、フライ級のからだで、まだ少年少年していた。いま見る彼は、ヒゲも濃く、からだもたくましく、苦難をくぐり抜けてきた男の顔になっていた。

予想は圧倒的に原田の不利だったが、私は予想よりも人間のほうに賭ける。われわれは自分に賭けるときそうしているのだから、他人に賭けるときもそうするべきだ。

第1ラウンド開始のゴングが響いたとき、黒いトランクスで、向うのコーナーから弾丸のようにとび出してきた原田を見て、私は鋭い、痛いような希望を感じた。

ジョフレは、はじめから、老練な俳優のように余裕シャクシャクとしていた。試合開始前、祖国へ自信に満ちた言葉を放送した彼は、細面の秀麗な顔に上気の色もなく、いかにも南米好みの、トサカは赤、羽は金色のビーズのニワトリの縫いとりのついた紺のガウンをはおっていた。ラウンド間にもコーナーに椅子を入れず、さらりと汗をふくだけですませていたのが、第8ラウンドのあとで、初めて椅子を入れたときが、彼の体力と精神力の、勝敗の分れ目だったと思われる。

試合はすべての予想を裏切って、なんども逆転のある、ねばっこい、恐ろしいスリルに満ちた、凄絶なものだった。私はこんなに充実した十五ラウンドを見たことがない。

何といっても原田のえらさは、第五ラウンドのピンチを切り抜けて、中盤戦で徐々に回復し、緒戦にまさる冷静さを保ちながら判定へ持ち込んだ、その不死身さにある。はじめジョフレの右を避けて、左へ左へ回っていたフットワークが、五回目のピンチのあと乱れてきて、七回あたりではしばしば足が止まったが、九回、十回にいたって、ジョフレのミス・パンチが多くなるころには、前にもまさる流麗なフットワークで、左へ左へと回り、レンジの測定も正確になり、いささかもあぶなげがなくなった。この回復力がすばらしい。彼はこんどこそ、本当に世界チャンピオンたるにふさわしいボクサーになったといえる。若さの体力と精神力と理知的計算とが、これほど見事なバランスを保ち得ただけでも、彼十回あたりでＫＯへ持ち込むのが習いのジョフレが、十ラウンド以後、リング上に見る敵手の姿は、わが目を信じかねるものであったに違いない。

それは打っても打っても、平然と押し寄せてくる琥珀色の波だ。いくら石を投げても、追いかけてくる肉体の波だ。ジョフレはおしまいに、あきあきした顔をみせはじめた。原田の勇敢なクロス・カウンター。そして四ラウンド、ラッキーな右アッパーでジョフレを圧してから、味をしめて、いつもジョフレの堅固なディフェンスを下方からねらって、急激な波頭のように突き上げてくるその右アッパー……。

——守る側の人間は、どんなに強力な武器を用意していても、いつか倒される運命にあるのだという人間世界の鉄則を、この試合はみごとに象徴化していたのである。

原田ラドキン戦（一九六五年十一月三十日）

世界選手権試合は、いろいろの人の思惑を含みつつ、いつも花々しい。ふたをあけてみなければわからないものに、いつも同じキンキラキンの、装飾たっぷりのふたがついている。

今度もそのふたの部分は盛大だった。日の丸の扇に守られ、正にその日の丸の化身のように、白いガウンに頭からスッポリと深紅のタオルをかぶった原田があらわれたとき、子供らしい青ざめたラドキンが、紺のガウンの下からまっ白なすねをあらわして、うなだれているのと、正に対蹠的で、観衆はよろこびの声をあげた。原田はリングの上で、赤いタオルを脱ぐと、不精ひげだらけの顔に微笑をたたえて、手を高くあげて、これに答えた。

しかし原田の判定勝ちに終ったこの十五ラウンドの試合は、ほとんど興奮らしい興奮を与えてくれなかった。日本人の意気や力は感じられたけれども、同時に日本人特有のバカ正直や見栄坊も強く感じられた。いかにも内容空疎な試合で、どうもはなはだ王者らしくない。原田ファンの私は失望した。

私は何も猛攻につぐ猛攻、倒れてのちやむの精神を見に、ボクシング試合へ出かけるのではない。力の勝利と同時に知能の勝利、フェアな戦いと共に知謀のおもしろさを見にゆくのである。

第一ラウンドで、早くも原田のガードの弱さが目につき、ボデーを何度かゆるしたと見るまに、原田のアッパーがラドキンのボデーにみごとに決まり、スリップ・ダウンかと思われたのがほんとうのダウンで、カウント中ゴング……。

ここらが全試合の頂点で、しかし、原田の粗っぽさが気になった。

このラウンドで勢いを得た原田は、第二ラウンドで勝負を決しようと思ったのかもしれない。第二ラウンドでは猛攻に出たけれども、これがいかにも直情径行型で、ジャブを出さずに、一発主義で、腹をねらおうとするから、その後、ミス・パンチも多く、大きなスイングも頻出して、有効打が少くなった。

思うに、第二ラウンドのこんな粗っぽい攻撃を見て、相手は戦法を変え、クリンチ・ワークにたよる防禦戦術で、ラスト・ラウンドまで持ってゆく自信を得たのかもしれない。人は見かけによらぬもので、まっ白なからだの、ビートルズ刈りの、弱々しいラドキンは、これからおどろくべき防禦力とスタミナを発揮する。クリンチのチャンスの捕え方もうまいものである。

原田側はどうも相手をなめすぎていたように思う。第五ラウンドまでで、手を出しきって、ちょうど売り切れた八百屋の棚みたいになってしまい、相手も、思わぬ伏兵をおそれる必要がなくなった。原田はただ、ひたすら逃げまわる相手にお付き合いして、荏苒《じんぜん》時をすごすだけになった。十二ラウンドあたりで、試合はいくらか白熱したが、それも螢光燈程度だった。

原田はよくも悪しくも日本人だ。ワールド・チャンピオンとしては、もっと奸知にたける必要がある。それでも大ぶりのスイングにからだをとられ、体勢をとり直す一瞬に、ちらと照れかくしみたいな表情が、そのからだ全体にあらわれるときは、ボクシングというこの凄壮なスポーツにひそむ、人間的なユーモアを感じさせるのであった。

原田ジョフレ戦（一九六六年五月三十一日）

ある人をよく知っているつもりでいて、温厚ないい人物だと思っていると、突然、彼の狂的な一面に触れて、びっくりすることがある。こういう人生のドラマは、ボクシングの試合でも見られることがある。悪玉、善玉がはっきりわかれて、おのおのがその役割を守りとおす、プロレスみたいな試合もあるけれど、今日のタイトル・マッチは、次々と予測と希望を裏切り、又別の予測と希望に火をつける、面白い、起伏に富んだドラマだった。

ジョフレはいつものジョフレであり、又、いつものジョフレでなかった。原田はいつもの原田であり、又、いつもの原田ではなかった。「又やってやがる」とタカをくっていると、次のラウンドでは人が変ったようになった。

試合前、両選手の入場のときに、ジョフレへの声援のほうが大きかった、と感じたのは私だけだろうか。このとき、日本人のいい面である「判官びいき」と、日本人のわるい面である「栄光への嫉妬」とを、二つながら、私は感じた。減量に苦しんだ原田には、ある不安の霧がつきまとっていた。そして、このタイトル・マッチでは、原田もジョフレも、観客の目から見て、善玉と悪玉の要素を両方含んでいた。

いつもながらの水いろの振り袖の美女の花束贈呈。その菊とカーネーションと白や藤紫のあやめの花束。その振り袖の絹。……この荒々しいスポーツとの何たる残酷なコントラストだろう。タキシードと裸とが同じ舞台の上に立つふしぎなセレモニー。

初盤戦は原田のラッシュ戦法。依然パンチは的確さを欠くが、第五ラウンドのボデー・ブローはよく利いて、ジョフレは弱りだした。中盤戦も六ラウンドまでは、下から上から華麗な連打で、原田の打撃は的確さを増すようにみえたが、七ラウンドのヘッディングによる減点以後、ジョフレの巧妙な戦法に巻き込まれた。しかし終盤戦後半から盛り返し、十四ラウンドの激情的なラッシュで敵の死命を制し、対ラドキン戦のときとはちがって、原田の疑いのない判定勝に終った。

原田の直情径行な戦法は、すぐ手の内が見えてしまうから、中盤戦の単調さが、そのまつづくかと思われたのが、この十四ラウンドで救われた。ジョフレの鋭い右をかわすかわし方はたしかに巧くなったが、全体として、やっぱり、キメのあらい、素焼きの壺を見るような感じのボクシングだ。

そこへ行くと、やはりジョフレは、もろくても、完成された、磨き上げた白磁の壺のようである。ジョフレの左は、敏感な昆虫の触覚のように、空中へさしのべられ、ピクピクと動き、距離をはかり、相手の反応をはかり、それを大脳へ伝達して次々とちがう組合せのブローを繰り出してくる。数年前のパンチがジョフレにあったら、原田はもっと苦戦になったであろう。そして食虫植物の蔓みたいに、無気味にどこまでも長くのびる、あのフックのリーチ！

原田の名のとおりのファイト、野性、素朴、直情、そういうものは今後も大事にしてもらいたい。同時に、世界チャンピオンとしての原田が、今度のジョフレから多くを学んでほしいと思うのは、私だけではあるまい。

第四部　紀　行

ロンドン通信

英国文化振興会《ブリティッシュ・カウンスル》の招きで、ロンドンへ私がやって来たのと同時に、ロンドンには春が来て、外套も要らぬ暖かさになった。

私は外国の町を、地図を片手に、丁度犬がオシッコをして道をおぼえるように、一歩一歩、道筋をたしかめながら歩くのが好きだ。幸いホテルが大英博物館のすぐ裏だから、テームズ河も散歩にほどよい距離にあり、行こうと思えば、ピッカデリ・サーカスへさえ歩いて行ける。着いた午後にはナショナル・ギャレリーまで歩き、三度目の対面ながら、ターナアの「ユリシーズ」へ、その光り、その雲、その眩耀《げんよう》の世界に心を奪われた。

テームズ河は、怪魚が尻尾を巻いて立てた鋳鉄の外燈の下に、春の日ざしを浴びてその茶褐色の泥の色をさらけ出している。川ぞいの大すずかけの並木はまだ芽吹かず、棘《とげ》だらけの実をいっぱい糸で吊るして微風に揺らせ、そのあいだからターナア風のほのかな青空と、午後三時の半月をのぞかせている。ウォータルー橋はモダンな白い橋にかわり、かなたブラックフライアー橋は緑青《ろくしょう》いろの橋桁《はしげた》に、白い鷗の群と、橋の上をとおる二階建の赤いバスとを飾っている。

川ぞいにはほんの二、三日帆を下して止まっているように見える、クリームいろの帆柱と黒い船体の機帆船は、実はもう永遠に出帆することはない。それは南極探検のスコット大尉の船、ディスカヴァリー号であって、中へ入れば、大尉に或るレディーから贈られたスノウ・スキーだの、菓子の屑などがまだそのままに納めてある。古雅で堅実な美しい船だが、私のイメージの中では、帆船はいつも絶対に熱帯の積乱雲を背景に、帆いっぱいに貿易風を孕《はら》んでいてほしい。ディスカヴァリー号は南へ行くには行ったが、どうやらあんまり行きすぎたような気がする。……

ロンドンへ着いた朝、私にとっては『金閣寺』の訳者であり、年来の友であるコロンビア大学のアイヴァン・モリス氏夫妻が、ロンドンへ来ているのを知って、喜んだ。氏の近著の『光源氏の世界』が、ダフ・クーパア賞を受けたその授賞式に出るために来たのだそうだ。

ダフ・クーパア賞とは、戦前に海相をつとめた政治家で、タレイランなどの伝記の作者としても名高いクーパア氏が、死後、ノン・フィクションに限って与えるためにのこした賞で、今年で九回目の授賞の由だが、レイディー・ジョーンズの美しい邸に、二百人の客を集めたその席で、前首相のマクミラン氏がモリス氏に賞を授与したのち、洒脱なスピーチをした。

「私が若かったとき、ダフ・クーパアも若かった。幸福な時代だった、特に上流階級にとっては」と、白髪の前首相は感慨深げに言った。「それはたのしい、幸福な時代だった。その人生のたのしみは永遠に失われた」

マクミラン氏は、その追懐を平安時代の追懐にたとえてゆき、モリス氏の著書を、「学者の仕事と文学そのものとの稀な結合」だとほめたたえた。

モリス氏はこれにこたえて挨拶をし、「紫式部の時代には、京都から五十マイルのところへ行くにも一週間仕事だったから、私がこうして三千マイル離れたニューヨークから一日で、賞をいただきに飛んで来たときいたら、紫式部は信じてくれないだろうし、また、式部は一向稿料をもらった形跡がないから、私のことをきいたら恨みに思うでしょう」などと語った末、わざとこの著書に対する無理解な書評をおもしろく紹介して、お客を笑わせた。

『光源氏の世界』については、吉田健一氏が紹介の文章を書いていたが、源氏物語の時代と社会、風俗習慣、恋愛心理の特殊性など、細日にわたって、目に見えるように叙述した面白い本で、その生活の芸術化、美的生活の様式的洗練を、氏はしばしばルイ王朝のそれと対比させている。

こうして日本の「たをやめぶり」が、かつてはアーサア・ウェイリー氏の翻訳により、今またモリス氏の著書によって、主として知的上層階級に深く知られ、一方、日本の「ますらをぶり」が、三船敏郎の行動的英雄のイメージによって、大衆層にまで広く知られたことで、日本文化はそのもっとも本質的な両極性を、すでに西欧諸国に周知徹底させることができたのだと考えてよい。あとはいわば枝葉末節のことだ。

——十四日の日曜にはまた、モリス氏夫妻と共に、ロンドン西郊タプロウにある、マーゴット・フォンテーンの別荘の午餐に呼ばれた。

デイムの称号を得て、デイム・マーゴと呼ばれるフォンテーンは、少しも高ぶったところがなく、快活で、幸福そうに語り、人々をたのしませ、自分もたのしみ、ブラウスからタイツからブーツまで、すっかり焦茶のなめし革で身を固めたその少年のような細身の姿を、私は、

「今日のあなたはフィデリオみたいだ」

とからかった。事実、体の不自由な夫君を甲斐甲斐しく世話をしながら客をもてなす彼女には、あのベートーヴェンの男装の貞女のオペラの主役を髣髴《ほうふつ》とさせるものがあった。

食後、雨もよいのテームズ河岸の、印象派の絵そのままの風景の中を散歩し、雨傘をさして釣りをする人を眺め、対岸の古いブレイの教会をのぞみ、私は川に浮ぶ白鳥について、おもしろい知識を得た。

英国では、白鳥という白鳥は、みんな女王の所有なのだそうである。どこで生れようと、白鳥は生れながらに、自動的に、法的に、女王に帰属し、誰もこの女王の所有物を傷つけることなどはできないのである。

英国紀行

私は英国の海を見たいと思った。

どこでもよいから、英仏海峡の一劃で、この海洋民族の魂に触れたいと思った。海は鏡のようなもので、一つの国家や民族をとりかこむ海は、その国家や民族の魂を、いちばん正確に映し出す。日本をとりかこむ海の種々相は、そのまま、われわれ民族の魂の種々相の正確な反映である。

ロンドンへ着いて数日はすばらしい快晴だったのに、それからは寒々とした陰鬱な日々がつづき、私はそういう空の下の海をむしろ見たかった。ところが英国のお天気は、英国人同様に皮肉であって、私がブライトンへ行くことのできた日曜には、久しぶりに青空がのぞき、日がそそいだ。

ブライトンはロンドンから六十マイル南下したところにある海浜の避暑地で、同時にリージェント公の離宮のある土地としても有名である。この離宮のおどろくべき美しい悪趣味、シノワズリーのおそらく西欧第一の徹底、支那伝来俗画の輪郭が、トロンプ・ロイユ（欺し絵）の技法で描かれているところに生れるふしぎな調和などについては、他に書く折があるだろう。

今は海のことを書くはずだった。

リージェンシイ様式の円い前面を持った建物のつづく海岸は、春先の風の寒い今ごろは、日曜でも深閑としている。

対岸のディエップあたりは、よく晴れた日には見えるそうだが、今日は沖は灰いろに霞んでいる。離宮を模した銀いろの葱坊主の屋根の、埠頭の建物が目の先にあるが、見わたすかぎり船影はない。

しばらく行くと粗い砂利の浜へ出る。波はそう高くないけれど、この砂利のために、波が引くとき、鉄の鎖を引きずって去る幽霊の群のような、すごい金属的な悲鳴を上げる。

空にはさきほどサセックスの緩丘の空に見たシスレー風の雲も掃き払われ、掃き残された雲のほかは青空が占めているが、お納戸いろの沖といい、土色の波といい、鷗のかがやく白だけがこういう背景によく映える。海の茄子色にちりめん皺の光る波紋のブロケードのある布を、どこかで見たような気がすると思ったら、宮殿によくあるルイ十四世式の椅子の布地が大ていこれなのだ。

風はもうそんなに冷たくない。そして舟の影はどこにも見えない。
私は海に来て、非常に幸福な気持になった。これは私の奇妙な天性だ。やがて砂浜のほうへ歩きだす。砂といっても微細な赤い小石である。そこでは波の裳裾は、ひろく、岸深く、白い泡を引き、もうあの怖ろしい悲鳴もあげない。泡はイギリスの赤い小石を黒く濡らし、崩れようとするときの波は、白くかがやく波頭を冠のように戴いて、一瞬、その灰色の影のなめらかな波の腹に、イギリスの暗い魂をのぞかせる。それは王様の暗い腹にのぞかれる魂だ。……そして天空には、福祉国家的太陽が、ぼんやりとおだやかに照っている。

ロンドンで会った旧友のアメリカ人の作家が「ロンドンはもう死んでいる。ロンドンはここ三十五年間、もはや何も創造していない」と悪口をいっていたが、すべての国は、福祉国家へ向って文化的に死んでゆくのが現代の趨勢で、何も死んでいるのはイギリスばかりではない。しかし私は、すべての国が生活が向上し、劃一化され、芸術を生産しなくなるときに、そういう全世界的な「芸術の死」の向うがわに、何か輝かしい、死をくぐりぬけた蘇りがあるような気もする。

――あくる日はロンドンの劇場街の真只中、アーツ・シアター・クラブで、セッカー・アンド・ウォーバーグ書店が、私のためにカクテルを催してくれ、島駐英大使も見えた。この同じ店で、私は数日前、C・チョッピング氏の『縄』(ジェームス・ボンド物の装丁家として有名な画家がはじめて書いた小説）の出版祝いの会に出たのだが、そこでチョッピング氏がウイスキーに酔っぱらって、いきなりナプキンを床に投げ、用意してきたスピーチ原稿を、読み進むにつれて一枚ずつ床にほうり投げ、傍若無人の愉快な挨拶をしたのが面白く、私の会にも、あのボヘミアン的な雰囲気が横溢することを望んでいた。

この国では文士はずいぶん自由な服装をしている。日本の文士の会合が、このごろでは、どこかの重役会とまちがえられそうなのといい対照をなしている。ソーホー・スクウェアのボヘミアンのよき時代は消失したのに、人日をおどろかす色彩やだらしのない着こなしの伝統はちゃんと残っているのである。

私の会にもジーン・パンツ姿の一群がおり、長い金髪で顔を半分隠したスザンヌというわけのわからぬ少女や、船員縞のシャツにビート髭を生やした大男の詩人がいた。その仲間の一人の、ヒースコート・ウイレムという若い作家に、私が、

「こういう文士の会合は……」

といいかけたら、

「文士だって？　冗談じゃないよ。ここにいるのはみんな犯罪者ばかりだよ。本物の文士は、俺とそこにいるバトラーだけだ」

と船員縞の詩人を指さした。そしてまた、

「俺、日本へ行きたいから、就職の世話をしてくれないかな。日本の学校で英文学でも教

えるから。ただし、いっとくけど、俺はファシストだぜ」

カクテルのあとで『カントリー・ガール』の著者エドナ・オブライエンと食事をしたが、この典型的なアイリッシュの、やさしい感受性にあふれた、しかも家庭的な感じのする女流作家は、

「さっきはおどろいたわ。カクテルへはいって行ったら、いきなり革上着の男が私をつかまえて、『ここがすんだら、一緒に出よう』っていうのよ。あれ何でしょう。役者らしいわ。怖い男」

などというのであった。

§

ロンドンのぱっとしない一画、ジャッド・ストリートのクレア・コートという陰気な建物の地下室のジムで、ボデービルをやっていると、突然、天窓のガラスに稲妻が映え、春雷がとどろいてきた。

ここは「ラヴェル氏のジム」という、ロンドンで数多くないボデービルのジムの一つで、ラヴェル氏は元船員、それからプロ・レスラー、今はジムを経営し、これから小説を書こうとしている容貌魁偉《ようぼうかいい》の人物、始終大声で流行歌を歌っている陽気な男だ。ジムは二つに

分れ、一方は柔道、一方はボデービル、柔道のほうには、稽古着の襟に下手な漢字で木村先生などという名を縫いつけた英人のコーチがおり、ボデービルのほうには、大男の警官の会員もいる。そして、中二階の手すりから両方を見下ろせるようになっていて、ラヴェル氏は流行歌を怒鳴りながら、その中二階を行ったり来たりして、ときどき会員に話しかけるという仕組みである。

今はラヴェル氏は昼飯に出かけていて、柔道のほうにもボデービルのほうにも会員が来ていず、全くの私一人だ。

バーベルもダムベルも、みんななまなましい銀いろに塗ってあるので、それらが緑の絨毯の上で、稲妻を不安に反射させる。私は白人の間にまじってボデービルをやっていると、自分の琥珀いろの肌を実に誇らしく思うのだが、いま、カールをやっている私の二の腕の筋肉の神経質な隆起は、鏡のなかで、一瞬、稲妻とともに蒼ざめる。私はむかしから雷ぎらいで、祖母から金物のそばへ近づかぬようにやかましくいわれて育ったので、こうして金物ばかりに囲まれて、手に金物を握っているのは、実はあまりいい気持がしないのである。

鉄骨にすりガラスを張った大きな天窓からは、ここのジムに通いだして以来、あまり輝かしい日ざしが入って来たことはないのだが、稲妻ははじめてその窓を明るませ、雷鳴はだんだん近づいてきて、大粒の雨が天窓を打ち、汚れたそのガラスの亀裂から、緑の絨毯の上へ、数滴の雨だれが落ちてきた。傘を持たぬ私は、ホテルまでのかえりみちの心配をしながら、雨滴が黒いしみを作っていく絨毯のおもてをながめている。

「ハロー」と中二階から、会員の一人が呼びかけてきたので、私はやや力を得る。この人物は自称ヴォーグの写真家で、彼となら話が通じるのである。あとの会員はコクニー（ロンドンなまり）と俗語だらけで、何をいっているのやら、皆目わからない。

――ことばといえば、私が今まで会った文士や、出版業者や、ジャーナリストは、はなはだわかりやすい明晰な英語を話す。われわれを含めて、こういう職業人は、しらずしらずのうちに、言語による階級離脱を成就しているのである。それに比して下層階級と、上流ないし上流気取りの英語は依然としてわかりにくい。上流気取りの英国人の、あのわざとらしい吃音と、中風病みみたいな英語には閉口する。私はときどき病気ではないかと思って相手の顔をしげしげとながめるのであった。

　こうしたさまざまな言語的冒険によって、私のインタビュー記事が『サンデー・タイムス』と『ガーディアン』に出、またBBCのテレビ・インタビューでは「葉隠」について語り、心中について語った。こんな題目は、みんな日本における自説のむしかえしだが、『タイムス』日曜版にインタビューが出た日から、いままで不親切だったホテルのボオイたちが、一せいに態度を変え、レストランでも見知らぬ紳士から「お前は夜中に仕事をして、午後二時に朝飯を食うそうだが本当か？」などときかれるほど、効果のあることにおどろく一方、ある女流作家から「イギリスの新聞は、あなたたち外国の作家ばかりちやほやするのね。私たち、自分の国の作家はいつも無視しているくせに」などとコボシを入れられた。

こんどの英国滞在でもっとも大きな収穫は、サフォークに住む作家アンガス・ウィルソン氏を訪れて、温かく迎えられ、氏のいろいろさまざまのおもしろい話をきいたことだろう。夏になれば夜鳴鶯《ナイチンゲール》が夜もすがら鳴きやまず、そのために窓を閉めなければならぬほどだという。人里離れた山家に住むウィルソン氏は、短篇小説の英国屈指の名手で、日本文学のファンである。最近英国で出版された安部公房氏の『砂の女』を氏は絶讃していたが、氏ばかりでなく、各批評家がこぞってほめているのは、まことに喜ばしい。

氏は小むずかしい文学論はやらぬ人だが、英国流の習慣とされている、夕食後男女が別々になって歓談する風習も、ヴィクトリア朝時代は、男ばかり二時間も三時間もグデングデンになるまで呑んで、なかなか女客のところへかえって来なかったのが、このごろはおとなしくなって、三十分ぐらいで帰って来ること、氏の子供のころの英国中流家庭では、貧乏人のために、皿の上の食物をいくらか残すのが作法とされていたこと、明治時代の歌舞伎俳優同様、十九世紀後半になって急に社会的尊敬を受けだし、そのために貴族気取りになった俳優たちの世代の最後の一人、ジョン・ギールグッドなどが、すでに新しい芝居には自分の場所を失ったこと、などの話をおもしろく聞いた。

——今でも英国では、午後のお茶に

「ミルク、ファースト？　ティー、ファースト？」

と丁重にきいてまわっている。同じ茶碗にお茶を先に入れようがミルクを先に入れようが、味に変りはなさそうだが、そんなことはどうでもいいかといえば、そこには非合理な各人各説というものがあって、決してそうはいかないのが英国であることは、今も昔も変りがない。「どっちでもいいじゃないか」という精神は、生活を、ひろくは文化というものを、あっさり放棄してしまった精神のように思われる。

手で触れるニューヨーク

東京もだんだんそうなりつつあるが、ニューヨークという町は、人間と人間、人間と物とが、もう直接に触れ合うことのできない町になっている。

大都会は、だんだん人間の町としての有機性を失い、何か巨大で複雑な機械のようなもの、大きな無機物のかたまりになってゆく。東京にはまだ小さいながら個人の庭もあり、人と人との触れ合いもあるが、ニューヨークでは唯一の自然をのこしている中央公園さえ、昼間は年金生活者のさびしい老人たちの日向ぼっこの場所であり、夜は歩行者が生命の危険にさらされる場所になる。

私はもう六、七回ニューヨークへ行ったが、そのたびに、ますます人間的接触から遠ざかる感じがする。人間が物にさえまともに触れることができない町。(実は私は、そういうニューヨークが好きなのでもあるが。)

ニューヨークに、素手で触るにはどうしたらよいのか。たとえばキング・コングになって、エンパイヤ・ステート・ビルの屋上塔をつまんでみれば、そんな気になるかもしれない。しかし人間の身長、人間の規模では、触ろうにも、あらゆるものが巨《おお》きすぎ、はじめから人間の手で触られるのを拒んでいるとしか見えないのである。イタリアの都市のように、人の始終寄りかかる橋の欄干が凹んでなめらかになっていたり、建物の角が丸くなっていたり、ということは、ニューヨークではありえない。

人と人との接触もそうである。カクテル・パーティーでは、誰かわからぬ人と話をして、しかもその話が中断されると、もう一生その人間に会う機会はない。ビジネス・ランチでは、大いそぎで食べ、大いそぎで話し、大事な用談だったつもりが一片の機智にまぎれてしまい、オフィスを訪ねれば、椅子にすわると同時に、

「お前はいつ退参するつもりか」

と無言で催促されているような気がする。テレビに出ようが、ラジオに出ようが、こちらのいうことなど、誰もきいてくれていないことが、確実に感じられる。

どうやったらニューヨークに素手で触れることができるか。私はいつもタイムス・スクウェアの、ラテン・クォーターの裏にあるクラインス・ジムへ行って、かろうじてその感じをわがものにすることができる。

クライン氏は五十歳以上らしいが、ボデービル界では有名な人物で、このジムは多分ア

メリカで最も古い由緒あるジムであろう。小さなビルの三階にあって、二階は黒人女の客の多い美容院。私はいつも古い階段を上り、横目で汚ない美容院をうかがって、三階にたどりつく。知っている会員たちが「ハーイ」とあいさつする。小さなジムで、いかにも下町的雰囲気にあふれている。

はじめて行って裸になったら、

「お前は体操選手か?」

といわれて気をよくしたが、そのまま押しとおす度胸もなかった。ここの空気はすこぶる友好的で、刺青《いれずみ》のアンチャンたちも、ひどいブルックリン訛りで冗談をいい、ボデービルの世界は、日本もアメリカも変りがない。

運動の中休みに、いつも私は窓に寄って、日の暮れかかるタイムス・スクウェアをながめやった。ここらで四十八丁目七番街とブロードウェーが交差するのである。その交差するところの島に当るラテン・クォーターだけが二階建で、その建物の一階は土産物店であり、怪奇なゴムの仮面をいっぱい並べている。煤けた屋上には換気塔の間に、エア・コンディショナーの広告の電光文字がたえず動いている。

眼下にはいつも絶えぬ人通り。こちら側のクラインス・ジムの一階は、セルフ・サービスのビフテキ屋のタッドの店である。

その「タッズ・ステークス」という広告板の上端が、ちょうどジムの窓の真前に当り、あんず色のイルミネーションが文字を描いているが、タッズは青、ステークスは赤の電球で囲まれ、汚れたあんず色の文字をあらわす電球の集団は、あわただしく夕空に明滅している。広告板の上端は鳩のふんに白く汚れ、二羽の鳩がとまっていて、一羽は頸を深くうなだれると、まるで首が切れたみたいに、羽毛の深い切口を示す。

私は手をさしのべてその電球の一つに触る。鳩があわてて飛び立つ。明滅しながら、微熱を持った電球は、私の指に埃をのこす。

「今、おれはニューヨークのまんまんなか、タイムス・スクウェアの安料理屋の電光広告に、指を触れているんだぞ」

と私は自分にいいきかす。私はやっとニューヨークそのものに、自分のこの素手で触ったような気がする。その血管、その神経組織に触ったような気がする。私は満足して考える。

「おれの指は、まさにニューヨークに触ったんだ」と。……そして肩から白いタオルを引き下して、暗い鉄を重ねたバーベルのかたわらへ、汗を流しに帰ってゆくのである。

第五部　戯　曲

アラビアン・ナイト

第一幕

第一場　バグダッドのバザール
第二場　貴婦人たちの邸
第三場　黒島の王子の物語
第四場　元の貴婦人たちの邸
第五場　航　海（A）
第六場　海の老人
第七場　航　海（B）
第八場　真鍮の都
第九場　禁断の楽園
第十場　ルフ鳥

第二幕
第十一場　バグダッドのバザール
第十二場　墓の中
第十三場　空飛ぶ絨毯
第十四場　魔神の女
第十五場　大団円

人　物
シンドバッド
教　王
シャムサー（教王の妾の二女）
ヌザート（貴婦人姉妹の長女）
ファティマー（貴婦人姉妹の二女）
アブリザー（貴婦人姉妹の三女）
ドゥニャ（貴婦人姉妹の四女）
王　子（黒島の王子）
女（黒島の妃）
海の老人（蛇使いの老人）

魔　神
女（魔神の女）
㺃（声のみ）
片目の香具師
片目の手品師
客たち
片目の男十人（のち全盲の若者ＡＢＣＤＥＦＧＨＩＪ）
女ＡＢＣＤ
男ＡＢ
商　人ＡＢＣ
楽園の乙女ＡＢＣなど十人
泣女たち
宝石屋
山賊の一隊
兵　士Ａ
他多数

第一幕

第一場　バグダッドのバザール

（雑然たる、色彩混沌たるバザール。織物、金物、果物、あひる、鶏、豚、その他あらゆる食物を商う商人たち。香具師が、猿、鸚鵡を肩に乗せ、何か叫んでいる。客その間を行き交う。蛇を踊らせている老人の笛吹きもいる。手品師もいる。これらのうち男十人が片目を黒い眼帯で隠している）

片目の香具師　お客さま方、とっくりとおききなされ、この猿は人語を語りまする。これ、猿よ、これほど大ぜいの内で、一等よい男は誰じゃ？　う？　う？（実は腹話術で）ハッサン様、あなたですよ。誰が見たってあなたです。（人語に戻って）おききなされ、これほど正直者の猿はおりません。（人々笑う）又、これなる鸚鵡は……

片目の手品師　さあお立会！　お立会！　これなるミルクを白い吹雪に、これなる玉子を

黄いろい吹雪に変えてお目にかけまする。巧く行きましたら、御喝采、存分の御喜捨もお忘れなく。（ト手品を見せる。一同喜捨）

片目の商人　さあさあ、ペルシアの絨毯、モロッコの革細工、ずっと皆さん、お手にとってごらん下さい。新婚の花嫁の床《とこ》には、雪のようなシリアの麻《あさ》を……

客の一人　（子供でも可）なんで、こんなに片目の人たちが多いの？

片目の男十人　（舞台各所から一せいに立上り、口々に）目が半分ならお値段も半額、片目の店をごひいきに。

客の別の一人　いいえ、見れば若いあなたがた、どうして片目になったのです。

片目の男十人（合唱）

それはおいおいわかりましょう。
この世の夢を知ったから
夢の浮世を知ったから
それで片目になりました。
でもいつの日か金をため
ふたたび船を出しましょう。
一度知ったら忘られぬ
あの楽園の恋の夢

目は失えどこりずまに
肉の思い出追いましょう。
夢の乙女を追いましょう。

蛇使いの老人（実は海の老人、きわめて痩せて小男）　さあ、皆さん御覧じろ。インド渡りの蛇踊り。笛に合せて踊る蛇が、あなた方の幸運を占いますのじゃ。あなた方の首根っこを押えつけ、いやも応もなく引きずりまわす、運命のよしあしがわかります。蛇が北を向いたときは、あなたの運は北にある、南を向けば南にある。

（人々集まりだす。そのとき、一人の狂おしい姿の肌もあらわな女が走りだし、手に黒人の首を持っている。人々そちらへ注意を惹かれる）

女（実は黒島の王妃）　ああ、あなた！　私の恋しい人、世界で一番愛する人。あなたはどこ？（トかけずりまわって探す）私はあなたの奴隷、あなたの靴、あなたの足が踏む敷物です。（ト首にキッスして）ああ、恋しい人、首ばかりを置いてどこへ行ったの？　どこへ浮気に行ったの？　私を置いて。私が好きなのは、首よりもあなたの体なのに。

（ト舞台奥に、首のない黒人が蹌踉とあらわれる）

ああ！　あなた！　私の王様！　私の御主人！

（一同見守るうちに、女かけよって、首をすげる。そして腕を組んで、幸福そうに歩み去る）

客の又別の一人　何だ、あれは？
客の一人　よくあるやつだ。めずらしくもないさ。
客の別の一人　あの女はきっと魔法使だな。
客の一人　あのくらいの魔法を使う女はいくらもいるさ。
（一同のうち、女たち下手を見てざわめきだす）
客の又別の一人　女どもがさわぎだした。
客の別の一人　よくない兆候だ。
客の一人　きっと嵐が来るのだろう。
客の又別の一人　こんなカンカン照りだが、砂嵐でも寄せて来るのかな。
客の一人　さあ、もうかえりましょう。
客の別の一人　家へ寄ってミカン水でも呑んで行きませんか。
客の一人　やあ、それはありがとう。
（ト去りかかる）
女たち　シンドバッド！　シンドバッド！
客の又別の一人　何だ、嵐かと思えば、荷かつぎ人足の、軽子のシンドバッドじゃないか。あの貧乏人足め。女にもてればもてるほど、お客が逃げて貧乏している。世の中はよくしたものだ。アラーの神は公平だよ。

女たち　シンドバッド！　シンドバッド！

（軽子のシンドバッド、荷棒をかついで登場）

シンドバッド　さあ、皆さん、ここのバグダッドの市場では誰知らぬ者のない気軽な男、身もかるがる、気もかるがる、どんな重い荷でもお引受けして、オレンジ一つレモン一つこぼさずに、卵一つ茶碗一つこわさずに、懇切丁寧にお宅までお届けするシンドバッド。ただ、持ち前の気軽さから、途中でつい油を売り、咽喉がかわいてオレンジ一個、失敬することもあるけれど、そのときはちゃんとお心附から一ケ分を引かせていただく良心的な軽子のシンドバッド。さあ、御用命はありませんかな。肩の肉はこのとおり、夏の雲のようにむくむくと、若さと力は身にあふれ、お心附次第では、象一匹でもかるがると荷に担《かた》げるシンドバッド。

女A　いい声ね。

シンドバッド　御用でしたら、どうぞ。

女A　いい声だと云ってるのよ。

女B　シンドバッドさん。

シンドバッド　はい？　お安くしておきますよ。

女B　きれいな目をしているのね。

シンドバッド　目は売物じゃありませんよ。

女C　ずいぶんしょってるのね。
シンドバッド　はい？
女C　しょってるわね、荷かつぎだけあって。
シンドバッド　はい、どんな重い荷物でも。
女C　私をしょってくれる？
（女たち怒って、Cを遠ざける）
女D　ねえ、もっと何か言って、すてきな声だわ。インドの孔雀のような声ね。
シンドバッド　孔雀ってどんな声で啼きます？
女D　さあ、私知らないわ。
シンドバッド　困ったな、運ぶ荷はありませんか。
女A　仕事なんか忘れて遊びましょうよ。
女B　ねえ、私と遊びましょうよ。
女C　いじわる！　（ト抓る）
シンドバッド　あいたたた。
女A　よくも抓ったわね。私のシンドバッドを。
女B「私の」ですって、承知しないわよ。
シンドバッド　まあ、まあ。

女D　あなたって強い肩をしてるのね。
シンドバッド　きれいな目をしておいでですね。
女A、B、C　私の目は？　私の目は？
シンドバッド　ええ、みんなおきれいですよ。いやになっちゃうな。これでは商売になりゃしない。
（人々ざわめく。「教王様だ。カリフ様だ」の声）
女A　教王様よ。
女B　カリフ様よ。
シンドバッド　え？　カリフ様。
（一同ひれ伏す。教王、大ぜいの女と奴隷を従えて登場。中に、教王のそばに、特に美しい乙女シャムサー。顔には藍の黒子をかき、眉毛にはコール粉をひき、手足はヘンナで赤く染めている）
一同　とうといとうとい教王様。アラーのおんめぐみがとこしなえに大君の上にありますように！
教王　そちたちの上にもアラーのおんめぐみがあまねく注《そそ》がれるように！　わがバグダッドの殷賑《いんしん》は世界に鳴りひびき、余はアラーの思し召しのままにアラビアの地をしろしめし、世界へ通う隊商の道を治め、みつぎとりの苛酷を戒め、民のくらしの安らかならんことを望んでおる。何事にまれ不平があれば、余に申し出るがよい。余はまた、富める家をも貧しい家をも不意に訪れ、心のこもったもてなしを受け、人々に倖せを授けるように心しておる。……さて、今日は、林檎やマンゴスチンや、北の国、南の国の、めずらかな果物を選びに市へ参った。余の買物の間も、そちたちは心おきなく、色どりゆたかなアラビアの市《いち》の一刻をたのしむがよい。女ども、好きな果物を選んで持ちかえれ。

（教王、女たちを伴って果物の商人のところへ行く）

シンドバッド　（嘆声を洩らして）あの美しい乙女は誰です。

男A　あれはカリフが、つい先頃召し出した新らしいお妾ですよ。

男B　カリフは大へんな御寵愛だそうだ。

シンドバッド　何という美しい乙女だろう。

男A　おいおい、あまり高望みを起さぬがいいよ。

シンドバッド　あれは太陽と輝きを競う月だ。額は真珠、まつ毛は剣《つるぎ》、目《ま》ざしは眉毛の弓から放たれる銀の矢だ。髪はアラビアの夜空よりも黒く、星空よりもつややかだ。名前は何と言うのだろう。

男B　シャムサーとかいうのだよ。

シンドバッド　シャムサー……。

（教王、次々と店をまわり、一軒の店で買物をしているあいだ、シャムサーはうしろを向いていて、シンドバッドと目が合う。二人茫然と見交わす。そのとき、鐘が鳴りひびく。教王正面を向くので、二人は視線を外《そ》らす）

教王　あの鐘の時のしらせが、余を又忙しい政務へ追い立てる。奴隷ども、荷をかたげよ。皆の者、又会う日もあろう。アラーのおめぐみがそちたちの上にあるように！

一同　（ひれ伏して）わが大君、ハルン・アル・ラシッド教王様。アラーのおめぐみを！

（教王一行退場。シンドバッド立って茫然と見送る。蛇使いの笛の音起る）

蛇使いの老人　シンドバッドよ、蛇が南を向いたぞ。お前の運命は南から来る。蛇の首が情欲にふくれている。お前の首の青い筋も情欲にふくれている。南から来る女が、それを鎮めてくれるだろう。世にも美しい女が。

シンドバッド　鈴の音《ね》がしてきたぞ。あれは白い足首につけられた鈴の音だ。

（三人の貴婦人現われる。ヌザート、ファティマー、アブリザーの三人である。殊にヌザートは美しく装い、気高く、先頭に立って歩いてくる。商人たちは、うやうやしく近寄り、物をいろいろ売りつけようとする）

ヌザート　（手を叩き）軽子はいないの？　軽子！　軽子！

シンドバッド　（旁白）ありがたい。今日の最初のお客がこんな飛切りの美人とは。（ヌザートの下へ走り寄って、沓に接吻し）はい、はい、私がこの市場で名高い軽子のシンドバッドでございます。

ヌザート　名前まできいていはしないわ。
（三人顔を見合せて笑う）
ファティマー　さあ、二つ大きな籠を下げて。
アブリザー　私たちの買うものを次々と入れておくれ。
シンドバッド　はいはい。（旁白）いよいよ運が向いてきたぞ。
（担ぎ棒に籠をつける。女A、B、C、D、邪魔をする）
ヌザート　おやおや、この軽子はよほど女で苦労する生れつきなのね。そんなことで重い荷がかつげるのかしら。
（三人笑う。シンドバッドあせって、女たちを追い払う。やっと籠をかつぐ）
ヌザート　それにしては女に邪慳なのね。別の軽子をたのんだ方がよかったかしら。
（三人笑う）
ファティマー　香料を頂戴ね。
商人A　はい。はい。
ファティマー　あれと、あれと、これと、それと。
（ト次々籠に投げ入れる。一方の籠のみ重くなって、よろける可笑味）
アブリザー　羊の肉を頂戴。
商人B　すばらしい柔らかい上肉がございます。

アブリザー　はい、十斤切って。

（ト籠に投げ入れる）

ヌザート　果物を頂戴。シャムの林檎、オスマンのまるめろ、オマンの桃、ナイルの胡瓜、エジプトのライム、スルタンの蜜柑とレモンを頂戴。それから龍眼肉を頂戴。葡萄酒を一樽頂戴。月の出の月のように赤く、月よりも人を狂わせる葡萄酒を。みずみずしい緑のサラダを頂戴。腸詰を、まだ温かい真白なパンを頂戴。それから料理した鳩を頂戴。きのうはお寺の屋根を歩いていたのが、今日は翼を切られた鳩を。テーブルに飾る花を頂戴。アレッポのジャスミン、ダマスカスの白睡蓮、アネモネ、すみれ、柘榴の花と水仙を。宴会をたのしくするのには、それだけでは足りないわ。手足を染めるヘンナを頂戴。頰を乙女よりも赤くするサフランを、それから海の朝風よりもかぐわしい香水を頂戴。その香水に包まれて寝ると、海の百合のように　なる香水を。白粉を頂戴。紅を頂戴。そしてできれば、宴会のあいだ、夜明けまで鳴りひびいている音楽を頂戴。

商人C　残念ながら、音楽だけは売っておりません。

ヌザート　いいえ、私は買ったわ。シンドバッド、音楽を籠の中へ入れますよ。

（トつかんで投げ入れるこなし。油然と大音楽起る。皆々おどろく。音楽つづく）

さあ、行きましょう。その重い荷を家まで運んでおくれ。お前にそれだけの苦労をさせるからには、きっと甘い報いを上げる約束をしてもいい。坂を上り、坂を下《お》り、石段を上って下りて、港の見える謎の辻の一角に、私たちの家があります。さあ、ついておいで。

（ト先に立つ。手品師、又、残の花吹雪を散らし、一同騒然と見送る。シンドバッド得意げに従う。大音楽のうちに、居処変りで、次の「貴婦人たちの邸」の場に変る）

第二場　貴婦人たちの邸

（あらゆる色彩と彫刻を施してある広間。中央に噴水を中心にした浴場。まわりに真珠をちりばめた寝椅子。それぞれの寝椅子に、紅繻珍《べにしゅちん》の天蓋）

（下手に黄金の板金をはめこんだ黒檀の扉。上手に海を見渡す窓。窓ぎわに観音びらきの戸棚。同じく上手に扉）

（——黒檀の扉あき、三人の貴婦人とシンドバッド登場）

ヌザート　荷を下ろしておくれ。

（シンドバッド、茫然と家の中を見廻している）

どうしたの？　早く荷を下ろして。ついでのことに、花をあちこちの花瓶に活けておくれ。

シンドバッド　いやはやおどろいた。ここは極楽だろうか？
（シンドバッド荷を下ろし、花を活け、ファティマーとアブリザー手つだう。ヌザート手つだわず、噴水のところに立ち、面紗をとるとき、シンドバッドとぶつかる。シンドバッド、その美しさに腰を抜かす）
ヌザート　どうしたの？　シンドバッド。
シンドバッド　あまりのお美しさに、腰が抜けました。どなたか助けて下さい。
（ファティマーとアブリザー、笑いながら起す）
ヌザート　さあ、お帰り、軽子さん。
シンドバッド　あなたの目はバベルの塔の魔力にあふれ、お姿は真昼の太陽もはじらうばかり。天《あま》の川《がわ》が女人の姿をとったら、こうもあろうかと思われるばかり。
（三人の貴婦人笑う）
ヌザート　この軽子はなかなかの詩人だわ。一ディナールおあげなさい。
（ファティマー、金貨を一枚渡す。シンドバッド茫然としている）
ヌザート　まだ不服らしいわ。もう一ディナール。
（もう一枚渡す）
ヌザート　これでいいでしょう。お帰りなさい。まだ不服なの？
シンドバッド　いいえ、不服どころではございません。あなた方に身も心も奪われてしまったのです。あなた方はお独り身で、お相手になる男もなし、お気の毒でたまりません。

（三人の貴婦人笑う）

ヌザート　まあ、図々しいこと！

シンドバッド　お寺の塔も四つの脚が四隅をちゃんと支えなければ、ひっくり返ってしまう道理。私はその四つ目の脚なのでございます。

ファティマー　でも、秘密を守ってくれなければ、たのしみの後味がわるくなるわ。

シンドバッド　アラーに誓って！　こんな商売こそしておりますが、バグダッドじゅうに私ほど、分別があって、物わかりがよくって口が堅い、という三拍子そろった男はございません。

アブリザー　では一寸お待ちなさい、相談しますから。

（三人相談す）

ファティマー　よろしいわ。今夜は特別の思し召しで、仲間に入れてあげましょう。

シンドバッド　ありがとうございます。それだけ伺えば、これはお返しいたします。

（ト金貨を返そうとする）

アブリザー　いいのよ。一度上げたものだから。

シンドバッド　では、遠慮なくいただいておきます。これは今日はじめての稼ぎで、それに私の全財産でございますから。（ト懐ろへ戻す）

ヌザート　シンドバッド、では私たちも名乗りましょう。私たちは三人の姉妹《きょうだい》で、私はヌザート……

ファティマー　私はファティマー。

アブリザー　私はアブリザー。

シンドバッド　これはこれはお初にお目にかかります。手前はバグダッドのバザールにその人ありと知られたる軽子のシンドバッドでございます。それにしてもこんなに揃って美しい御姉妹《ごきょうだい》があるものだろうか。こんな御姉妹が三人ならず、百人もいたら壮観でしょう。

ヌザート　実は私たちはもとは……

（あとの二人目でとめる）

もとは四人姉妹だったのですよ。

（このとき上手の扉の中から犬の吠える声きこゆ。三人は身を固くしておびえる）

まあ、その話はあとでおいおいいたしましょう。（犬の声止む）さあ、音楽を。みんなでたのしく呑みましょう。（音楽起る）

（一同酒を呑み交わし、シンドバッド中央に坐り、盃をもらうたびに、一人一人貴女の手に接吻する）

シンドバッド　では、お礼心に軽子の歌を。（歌い出す）

軽子軽子とばかにはするな。
酒に浮かれて女にもてて
夜のねぐらの丸天井は
御殿づくりの星あかり。
（四人合唱）生きている間《ま》はたのしく暮せ。
軽子軽子と軽んじられて
重い荷を背負う男の肩が
今に金銀宝の袋
かつぐその日の役に立つ。
（四人合唱）生きている間はたのしく暮せ。
軽子軽子と呼ばれはするが
たまに呼ばれる女の館《やかた》
海を見晴らす座敷のうちに
今宵美人の膝枕。
（四人合唱）生きている間はたのしく暮せ。
さあ、さあ、今度はヌザート様、踊りを御披露！
（ヌザート踊る。踊りの高潮するとき、音楽絶え、又、上手から不吉なる犬の吠え声。一

同凍った如くなる。又音楽はじまり、踊り納む）

（一同、拍手喝采、笑いさざめき、酔い、「さあ、飲みなさい。すこやかに、幸福でありますように」と乾盃し合い、次第に軽子は図々しくなり、女たちを相手に接吻したり、たわむれたり、噛んだり、手をふれ合ってさぐったり、指先で弄んだりし合う。一人が男の口の中へ御馳走をつっ込むと、今一人は平手で叩いたり、一人が男の頬をなぐるかと思うと、今一人は花を投げつけたりする）

ファティマー　ああ暑い！　ああ暑い！　水を浴びましょうよ。

（ト衣服を脱ぎ、浴場へとび込む。あとの女二人も次々ととび込み、シンドバッドも衣服を脱ぎとびこむ）

シンドバッド　極楽だ！　極楽だ！

ヌザート　私たちは三羽の極楽鳥よ。謎々あそびをしましょう。

ファティマーとアブリザー　謎々あそびをしましょう。

ヌザート　極楽鳥の恋はどうしてやるの？

シンドバッド　接吻するのでしょう。（トヌザートに接吻しかかる）

ヌザート　ちがうわ。ちがうわ。嘴があって、どうして接吻できるの？

ファティマー　ちがうわよ。（ト口から水を吹いてシンドバッドにかける）

シンドバッド　じゃ、こうするのですか？（トファティマーを抱き倒す）

ファティマー　ちがうわよ。ちがうわよ。
（トファティマーとアブリザーがシンドバッドを叩く）
シンドバッド　痛い！　痛い！　じゃ、飛びながら恋を語るのですか？
ヌザート　ちがうわ。ちがうわ。もっと叩いてやりなさい。（皆々叩く）
シンドバッド　御免なさい。降参、降参。答を教えて下さい。
ヌザート　極楽鳥の恋は、のんびり寝て語るのだわ。ごく楽しようというわけでね。
シンドバッド　なあんだ。では、私が謎々を出しますよ。（咽喉仏をさして）これは何ですか。
アブリザー　キリスト教徒に言わせると、アダムの林檎というそうだわ。
シンドバッド　ちがう。ちがう。（ト噛みつく）
ファティマー　では、驢馬の蜜柑？
シンドバッド　ちがう。ちがう。（トくすぐる）
ヌザート　では駱駝の三つ目の瘤？
シンドバッド　ちがう。ちがう。（ト所きらわず接吻する。女たちキャーキャーいう）
ヌザート　では何？　教えてよ。
シンドバッド　さわってごらんなさい。
ヌザート　本当に咽喉に何かつっかえたみたいだわ。（皆々さわる）

シンドバッド　これは男の嘘の袋ですよ。このなかにいっぱい嘘が詰っているので、どうしても嘘をついてしまうんですよ。
ファティマー　まあ、いやらしい、そんなものとってしまいなさいよ。
アブリザー　私がむしり取ってやるわ。
（女たち、シンドバッドの咽喉を締めようとして、さわいで、キャーキャーいう。このとき夕べの鐘がひびいてくる。一同粛然）
ヌザート　鐘だわ。夕べの鐘だ。
シンドバッド　お祈りをするんですか？　こんな恰好で。
ファティマー　いいえ、私たちはお祈りをしないの。お祈りの代りにお勤めをするの。
アブリザー　黙って見ていらっしゃい。決して人に言ってはいけませんよ。
（女三人水から上り、体を拭き、黒い寛衣を着る。シンドバッドも上り、呆れて眺めている。その間、鐘につれて、犬の吠え声ひびく。俄かに暗い雰囲気となり、シンドバッド去就を失う）
ヌザート　連れておいで。犬を。
（ヌザート黒衣に鞭を持って立つ）
（妹二人、泣いている）
ヌザート　さあ、犬を早く。このお勤めを怠けたら、アラーがお許しにならないわ。

（妹二人、上手の扉をあけ、鎖を外し、黒い犬（作り物）を抱いて出て来る。そしてその黒い犬を、台の上に横たえて、双方から、前肢と後ろ肢を押える。犬悲しげに唸る）

ヌザート　可哀そうなドゥニャ！

（ヌザート鞭をふりあげ、犬を打つ。一打ち、二打ち。犬、キャンキャンと吠える。十打ちで止む）

ヌザート　さあ、向うへ連れておいで。

（二人、犬を抱いて去る。ヌザート泣いて椅子に崩折れる。シンドバッド困惑している。妹二人もかえってくる。三人、じっと肩を抱き合って泣いている）

シンドバッド　もしもし……もしもし……

（三人の答はない）

シンドバッド　もしもし、あの、おたずねしてもいいでしょうか？　どうしてあの犬をあんな風に……

ヌザート　決して口外しないと誓えば、話してあげましょう。

シンドバッド　はい。アラーに誓って！

ヌザート　私たちにもう一人妹のいたことは話しましたね。ドゥニャという名でした。さっきのあの黒い牝犬は、ドゥニャなのです。

シンドバッド　え？

ヌザート　みんな身から出た錆なのよ。ドゥニャは私たち姉妹の中で一人だけ変っていました。いくら止めてもきかずに、魔法を習いはじめ、いっぱしの魔法使になりました。そのうちに、バグダッドへ遊びに来ておられた黒島の王子様を魔法でたらし込み、お妃の座につくことになり、私たちを軽蔑してこう言いました。『お姉さんたちは、いくらお金持でも、お妃様にはなれますまい。魔法の力を借りなくてはだめよ』って。
　ドゥニャは王子と一緒に黒島へ行って住みました。はじめは倖せそうでした。そのうちにどうしたことか、王子の目をかすめて、見るも忌わしい醜い黒人の男と通じたのです。王子は世にも清らかな美しい若者でしたのに、なぜそんな汚ない黒人に見代えたのかわかりません。ドゥニャは毎晩、王子に眠り薬を呑ませ、こっそり黒人の恋人のところへ忍びに行くのでした。

（右のセリフの途中で、徐々に暗くなり、暗くなると共に、シンドバッド匆々に退場。しばらくヌザートの声のみ残り、暗転）

第三場　黒島の王子の物語

（黒いカーテンに包まれた玉座。黒人とドゥニャ踊っている。痴態の限りをつくし、退場。

黒いカーテンひらき、玉座に、膝に金襴の布をかけて坐っている王子が見える)

王子　私は眠り薬を呑まされて、妻の不貞に永いこと気づかなかった。ある夜のこと、妻の素振に何か怪しいものを感じた私は、眠り薬をまぜた酒をこっそり捨て、眠ったふりをして、妻のあとをつけた。(再び、ドゥニャと黒人のもつれる影絵の姿) そして見てしまった。あろうことかあるまいことか、黒島の王子の妃が、醜い黒人の情夫の首に腕を巻いている浅ましい姿を。私はためらいなく剣《つるぎ》を抜いて、黒人の首を切り落した。(影絵の黒人、首を切り落される科) しかし私の妻は魔法使だった。切られた首をつないで黒人をよみがえらせ、わずかに口がきけるほどになったその男を、贅沢な地下室に横たえて、そこを「悲しみの宮」と名付け、日夜自分は黒い喪服を身につけて男を看取《みと》っていた。

数日して、喪服の妻は私の前に姿を現わした。なぜ喪服を着ている、と私はつとめてやさしく問いかけた。従兄弟《いとこ》が亡くなったしらせを受けまして、と妻は目に涙をうかべながら言った。私は怒りにかられてこう叫んだ。

「嘘をつけ!　首を切られたのはお前の醜い黒い恋人だ!」

するとドゥニャはおそろしい目で私を睨みつけ、口のなかで何やら呪文を唱えながら、こう言った。

「お前もその報いに男でなくなるがいい。半分は石、半分人間の姿で生き永らえるがいい」

その瞬間、（卜金襴の衣をさっと取り去る）私の半身は大理石になったのだ。（卜下半身の斑入り大理石に化した様を示す）

家来たちはつれなく去り、私の宮居は荒れた。私はひねもすここに坐っている。頽《すた》れた屋根の裂け目から朝の光りが、まず私の斑入《ふい》りの大理石《なめいし》の脚に落ちる。そこには又小鳥が来て糞を落し、あるときは野鼠が昇って来て、私の腿の間に木《こ》の実《み》を置いて顔を見上げた。あれは私に餌をくれるつもりだったのか。かつては黒島の王子として青春をたのしみ、私の金襴の上着の裾に、人々は争って接吻し、私が白馬《はくば》に乗って町を通ると、女たちは二階の帷《とばり》の隙間から吐息を洩らした。今は仕える者もなく、夜は屋根の破れからのぞく月影を浴び、梟の声をきいては翼ある者の身を羨んでいる。

あらゆる富、自由、喜び、快楽は失われ、ただ生きのびる意識だけが時を刻んでいる。蔓草は石垣のあいだに喰い入り、やがて宮居は私の上へ崩れ落ち、私をやっと死が救い出してくれるかもしれない。いや、あるいはそのときも、生ける私の半身さえ倒れた円柱の間にとらわれ、緑いろの小さな蜥蜴が、私の顔を這いまわることになるのだろうか。

この世が全部滅びるのはよい。半ばだけ滅びるのはずっと悪い。なぜなら、生きている半身も、滅びの証人にしかならぬからだ。ああ、そしてこの大理石《なめいし》の脚にまで、せめて私の意識だけでも通《かよ》っていれば、私は目を浴び月を浴びる大理石《だいりせき》の意識をわがものにして娯しめよう。だが、私の意識は日もすがら夜もすがら、私の意識が及ばぬものと無言の対話を交わしているだけだ。この下半身は、これは何なのだ。かつて女たちをあれほど喜ばせ、大ぜいの紅いの唇を享けた下半身は。それは果して私だったのか？　海が私でないように、鳥が私でないように、遠くに黄金《こがね》の木金《こがね》の実《み》をたわわに揺らしているオレンジの樹が私でないように、それは私ではなかったのではないか？　あれは世界と私とを結ぶつかのまの幻が、形をなしていただけではなかったのか？　あらゆる結びつきを絶たれた今、私は私に還ったのではなかろうか？

窓から枯葉が吹き込んできて私の石の膝にたまる。それが私への贈物だ。私の唇はまだ生きている。枯葉に口づけして、すでに失われた夏の焔の燠《おき》を、そこからわずかに味わうことができる。宮居のひびわれた柱よ。早く私の上へ倒れて来い。的をあやまるな。私の頭を目がけて、まっすぐに倒れて来い。私はすでに死を、この石の脚からよく学んだ。早く倒れよ、柱よ。お前こそ私の最後の忠実な友になるだろう。ああ、又、あの「悲しみの宮」の泣き声が……

（このセリフのうち徐々に暗くなり、黒い幕玉座をおおい、声のみきこゆ。女の泣き声まじり、ぐったりした黒人とデュエットを踊る）

第四場　元の貴婦人たちの邸

（暗転。もとの邸で、シンドバッド、話をきいている）

シンドバッド　そして妹さんがこの黒い犬になったのはどうしてなのです。

ヌザート　或る英邁な王様が偶然黒島を訪れ、王子に出会って身の上話をきいて同情され、王子の仇をとっておやりになったのです。黒人を殺して屍を焼き、ドゥニャをおどかして王子の魔法を解かせ、人を永久に犬に変える呪文をドゥニャの口から語らせて、その王様がドゥニャを犬に変え、このバグダッドまで連れて来て、私の家へお帰しになったのです。日に十度鞭打たなくては、私たちにも呪いがかかるというので、私たちは毎日夕べの鐘が鳴ると、こうして実の妹を鞭打つのです。いつかアラーのおめぐみでこの呪いが解かれるまで、私たちは悲しいお勤めを欠かすことができません。

シンドバッド　あなたのように美しい方に、こんな不幸がまつわっているとは！　もう人の見かけの倖せを羨むことはやめましょう。

ヌザート　そうですわ、シンドバッド。

（下手の扉が叩かれる）

ヌザート　アブリザー、出て頂戴。

（アブリザー扉をあけ、あわててひざまずく。教王と美しい妾シャムサーが入ってくる）

ヌザート　まあ、教王様。

（一同、平伏する）

教王　いや、そのまま、そのまま。実は前の道をとおりがかりに、面白そうな騒ぎがきこえたので、帰り道に仲間に入れてもらおうと思っていたところ、帰るさに耳をすましてみれば、打って変った愁嘆場じゃ。事情は聴いたが、姉妹《きょうだい》の愛に心を搏たれた。（その間、シンドバッドはシャムサーのみに見とれている）……だが、妹のドゥニャも、犬の姿で苦《く》患《げん》を舐め、日々の鞭で身をさいなまれ、罪を悔い改めたことであろう。どうじゃ、お前たち美しい三姉妹《きょうだい》よ、中でもとりわけ美しい……近う寄れ、ヌザートと申すか？

ヌザート　はい、教王様。

教王　そなたは美しくもあり聡明でもある。姉妹《きょうだい》に代って答えるがよい。第一に、妹を元の姿に戻してほしいか？　第二に、人間に戻った妹がふたたび悪事を働かぬよう、しかと訓誡し監督することを誓えるか？

ヌザート　はい、教王様。二つのお訊ねには、二つとも「はい」とお答えいたしましょう。

教王　おお、二つながら美しく、二つながら同じ答がいさざよい。まるでそなたの胸に二つ並んだ乳房のように。……では、その不幸な黒い犬を連れて参れ。

（姉妹たち、黒い犬を抱いて来る）

それをそこなる戸棚に入れい。

（姉妹たち、言われたようにする）

よし、その戸棚を廻して、こちらへ持ってまいれ。余がアラーのお許しを乞うほどに、皆々も祈るがよい。

（教王祈り、一同ひれ伏して祈る）

アラーの神よ。かくも罪深き女も悔改めて久しければ、何卒御仁慈を以てその罪をゆるし、人の姿に戻したまえ。

（何事か呪文をとなえる）

さあ、戸棚をあけてみるがいい。

（ヌザート戸棚をあける。夥しく煙立ち、ドゥニャがあらわれる）

姉妹　ああ！　ドゥニャ！

ドゥニャ　お姉様！

（姉妹抱き合って喜ぶ）

ヌザート　まず教王様にお礼を申し上げなくては、ドゥニャ、そして罪をお詫びするのよ。

ドゥニャ　ありがとうございます。これからは魔法も忘れ、姉たちのように素直に生きてまいります。

教王　それはめでたい。まず一献くれ。これなる供の者にもな。（一同こもごも酌をする）……うむ、民の不幸を救い、喜びを見るのは命ののびる気がするものだ。（片隅にかしこまったシンドバッドを見て）……そこなる若者は、見れば姿も貧しいが、定めし願いがあるであろう。遠慮なしに何でも言ってみるがいい。願いの筋はきいてとらせる。今宵はまことにめでたい宵じゃ。一人でも不幸な者が残っていてはならんのだ。さ、言うてみよ。

シンドバッド　（シャムサーをチラチラ見つつ）はい……あの……ええ……

教王　何だね。言ってごらん。

シンドバッド　（なおシャムサーを見つつ）ええ……はあ……あの……

教王　（これに気づきニヤニヤして）ああ、この娘かね、これはいかんよ。これは余の新らしい寵愛の娘で、そうやすやすと呉れてやるわけには行かん。どうじゃ。バグダッドにもまれな美しい乙女だろう。

シンドバッド　（仕方なく）はい。私も今までは宵越しの銭も持たず、その日その日を呑気に暮してまいりましたが、この上は、うんと働らき、うんと金を儲けて、そちらのお嬢さんによく似た美しい方を嫁にもらいたいと存じます。

教王　よく言った。それでこそ若者じゃ。こちらへ来い。（ト窓辺へシンドバッドを誘い）港が見えるだろう。

シンドバッド　はい。

教王　泊りの船は帆を下ろし、つかのまの眠りに泛んでいるが、明日はたかだかと帆を掲げて、まだ見ぬ国々をめざして出帆するのだ。航海こそは若者を鍛え、夢を以て夢をさまし、くさぐさの宝を故里へ運ばせるふしぎな事業だ。航海ほど若者にふさわしいものは又とあるまい。未知に気負い立った心を挫きもすれば、挫けた心に潮風のように又夢を孕ませ、一刻一刻が予想もされぬ出来事に充ち、しかも大根《おおね》のところは故里をめざして進んでゆくのだ。帆にはためく風はおどろきに充ち、帆柱のきしみはあせる心に似ている。船は恋人の胸のようにいつも戦慄に充ちて、朝焼けの海の上を辷るのだ。怪物も出よう。怪魚にも会おう。南の海や島々には、ここにはない数しれぬ魔法が封じ込まれている。お前の船は一あし一あし、その封印を切りながら進むのだ。路銀をやろう。（ト財布を渡し）お前が本当の若者なら、ここからすぐに港へ駈け下りて行って、もっとも気に入った船に乗り込むだろう。

シンドバッド　ありがとうございます、教王様。では、皆さんさようなら。今夜から軽子のシンドバッドは、船乗りのシンドバッドになったのです。（ト下手へ駈け去る）

第五場　航　海（A）

（割緞帳閉り、下手より大船の切り出しに乗ったシンドバッド現われる。やがて嵐となり、船は大いに揺れ、少しずつ上手に進みつつ、ついに難破する）

第六場　海の老人

（島。中央に泉、洞穴、果樹など。上手からシンドバッド泳ぎつき、やっと陸に上り、しばらく倒れている。やがて、よろよろと立上り、バナナを見つけ、喜んでむさぼり喰う。元気になり、泉のところへ来る。草を分けると、そこから、白髪の白鬚の腰巻一つの老人〈子役が扮す〉がころがり出る。シンドバッド額手礼《サラム》をすると向うも額手礼《サラム》を返す。そして、「あ、あわわ」と赤子のように、下手の森を指さす。背負ってくれというこなし）

シンドバッド　（旁白）おぶってくれ、だと。この年寄は何だって、俺が軽子だったことを知ってるんだろう。……しかし、中風病みかもしれないし、可哀そうだから言うことをきいてやろう。船が難破して俺一人助かったのも、何かの善根の報いにちがいないから、ここで年寄りを助けてやれば、天国でいい報いがあるかもしれない。（老人に）はい、じいさん、おぶってやろう。

（シンドバッド、老人を背負う。老人急に態度がかわる）

老人　あそこの森までだ。走れ！　走れ！

（シンドバッド、途中まで走ると）

老人　あ、気が変った。もとの海辺までだ。走れ！　走れ！

（シンドバッド走る。海辺へ来る）

老人　さあ、貝殻を拾え。みんな拾うんだ。

シンドバッド　自分で下りて拾ったらいいじゃないか。

老人　ふふ、わしを知らんのか。わしこそは「海の老人」、シャイフ・アル・バールさ。一度わしの脚を首にかけられたら最後、誰ひとり命が助かった者がない。

シンドバッド　何だと。（トふりおとそうとする）

老人　だめ、だめ、何をやっても無駄さ。それより大人しく、言われたとおり貝殻をひろったらいいだろう。

（シンドバッドやむなく拾い出す）

老人　ひろえたか、見せてみろ。何だ、こんな貝殻。わしが言ったのは、ソロモンの秘宝なもの。（ト拾わせ）何だ、こんなもの。（トばらまく）走れ！　走れ！　森へ向って走れ！　（ト森へ来て）あの果物をとれ。

シンドバッド　お前のほうが手が届くじゃないか。

老人　わしは金輪際働らかんのだ。さあ、もぎ取れ。さあ、みんな俺によこせ。（ト果物を喰べ）ああ、果物を喰べたら愉快になった。今度は踊れ！　もっと愉しそうに踊れ！　なんだ、そのざまは。海の老人をお慰めする踊りだぞ！　踊れ！　踊れ！

シンドバッド　（ヘタヘタと崩折れ）助けてくれ。もう動けない。死んでしまう。

老人　死ぬだと？　この元気な若い者が。ふん、まあ、ゆっくり使うほうが長保《も》ちするだろう。疲れたら、そこで眠るがいい。

（シンドバッド洞穴の前に倒れて眠る。老人、そのままの形で身をひねり、洞穴の中から白い薬を出して、喰べる。シンドバッドふと目をあき）

シンドバッド　何を喰べてるんだ。

老人　よみがえりの薬じゃよ。お前には用のない薬だ。わしは実は千年前に死んでいるのだ。この薬を呑めば何度でもよみがえる。死んだ人間をよみがえらす薬は、まだ生きているお前には用がない。

シンドバッド　俺はもう死にそうだ。

老人　バカをこけ。さっさと眠って元気を取り戻すんだ。

（海、夕焼となり、日沈む。シンドバッド眠っている。その肩にまたがって、老人ふしぎな歌をうたう）

老人　わしは運命。

若者の肩にまたがり
息絶えるまでこきつかう。
シャイフ・アル・バール。
いつの世も若者はお人よし。
力はあっても人に使われ
かけずり廻るも人のため
シャイフ・アル・バール。
年寄こそは世のあるじ
首をがっちりしめつけて
死ぬまでせっせと働らかす
シャイフ・アル・バール。

（老人も眠る。猿三匹あらわれ、キッキといいつつ、木の股より猿酒をすくって呑み、酔ってさわぐ。シンドバッド目ざめ、そっと身を起す。背中で老人は眠っている。猿酒をな

めてみる）

シンドバッド　酒だ！

（猿を追いちらし呑む。フラフラしつつ、愉快になりしきりに呑む）

老人　（目をさまし）何を呑んでいる。

シンドバッド　これは若者の薬さ。早く年をとってお前のようになりたいと思って、呑んでいるのさ。呑めば倍の早さで年をとる。お前には用のない薬だよ。

老人　なに？　嘘をついているな。愉快そうな顔つきをしている。よほど旨いものにちがいない。俺にも呑ませろ。

シンドバッド　どうぞ御随意に。

老人　（木の股に口をつけて呑み）うまい、うまい。こんな旨い飲物ははじめてだ。一体何という薬だろう。やあ、呑むにつれて、気持がばかに若々しく、浮き浮きして来たぞ。こんな気持は千年ぶりだ。さあ踊れ！　さあ、踊れ！

シンドバッド　そんなに愉快なら自分で踊れよ。

老人　こりゃ愉快だ。若返った。千年昔にかえったようだ。

（ト背中でさんざん踊り、ついに背から滑り落ちる。シンドバッドすかさず、椰子の実で、その頭を粉砕する。老人ギャッと云って息絶える）

シンドバッド　危ないところだった。又こんな奴に生き返られちゃたまらない。あの薬はもらって行こう。（ト洞穴から薬をとり出して身につけ）さあ、こんな島にぐずぐずしていては、ろくなことはない。そうだ、あの木を伐り倒して、筏を作ろう。

第七場　航　海（B）

（カーテン前。筏に乗ったシンドバッドが上手からあらわれると、下手から大船に乗った十人の片目の若者があらわれる）

片目のA　やあ、シンドバッド、久しぶりだな。

シンドバッド　なんだ。市場の片目じゃないか。世界の果てへ来て友達に会うとはな。このざまだよ。早くそっちへ乗せてくれ。

片目のA　乗るのはいいがな、シンドバッド、お前も片目になりたいのか。

シンドバッド　何でその船に乗ると片目になるんだ。

片目のB　それは云えないな。とにかくお前のためにならんから、乗せてはやらんのだ。食糧と水はやるから安心しろ。

シンドバッド　何だ、こんな海のまんなかで会って、あんまり友達甲斐がないじゃないか。

片目のC　友達甲斐があればこそ言っているんだ。俺たちは片目を失った思い出が忘れられないから、こうして又こりずまに、金を掻き集めて出て来たんだ。
片目のB　（袋を投げてやり）そら、食糧と水をやる。とっとと好きなところへ流れて行くがいい。
シンドバッド　ありがとう。しかし冷たいなあ、俺はこんな筏でいつひっくり返るかわからないのに。
片目のA　そのほうが仕合せかもわからんよ。
シンドバッド　おためごかしを言うものじゃないよ。君らはきっとソロモンの宝を探しに行くんだろう。俺をつれて行ったら、分け前が減るというわけなんだろう。
片目のB　（Cに）なア、ソロモンの宝よりもいいもんだなア。
片目のC　そうだ、あんなに痛い目に会っても忘れられないのだから。
片目のA　ひょっとするとお前もその筏で、俺たちの行く島へ流れつくかも知れないなあ。そのときの用心に、友達甲斐に教えてやろう。いいか。俺たちのように片目を失いたくなかったら、十番目の扉だけはあけるなよ。どんなことがあっても、十番目の扉だけはあけるなよ。これだけは言っておく。
シンドバッド　十番目の扉って、そりゃ何のことだ。
片目のA　何でもいい。俺たちの心からの忠告だ。じゃあ、元気で行けよ。
シンドバッド　あ、待ってくれ。おおい、待ってくれ。

（ト叫べど、大船はどんどん上手へゆき、筏は下手へ流されて別れ別れになる）

第八場　真鍮の都

（真鍮でできた金色燦然たる都。真鍮の騎士の彫像。兵卒、門を守り、商人、街路で物を売り、子ら遊んでいる。しかし、人々は微動だにもしない。奥は海の心持。筏流れつき、シンドバッド上って来る。あちこちを見廻す。食物の店に来て、買おうとして商人に品物をさし出す。商人は微動だもしない。仕方なく、そのまま食物を口に入れる。門のところで衛卒に額手礼をする。衛卒は答えぬ。さわって見ても動かぬ。目の前で手を動かして見ても、目も動かさぬ。シンドバッド呆れて叫ぶ）

シンドバッド　死んでいる！

谺　死んでいる！

（トひびきわたる。シンドバッドびっくりする。谺《こだま》は、金属的な、銅羅を叩き鳴らすような大きな谺である）

シンドバッド　一体どうしたんだ、この町は。

谺　一体どうしたんだ、この町は。

シンドバッド　うるさい谺だな。
谺　うるさい谺だな。
シンドバッド　こんなに美しい栄えた町が、
谺　こんなに美しい栄えた町が、
シンドバッド（谺に耳をすまし）そのままの姿で滅びたなんて。
谺　そのままの姿で滅びたなんて。
シンドバッド　山なす宝も百万の兵《つわもの》も、宿命の前には勝てぬのだろうか。（ト早口に言う）
谺　山なす宝も百万の兵も、宿命の前には勝てぬのだ。
シンドバッド　おや？
谺　おや？
シンドバッド　山なす宝も百万の兵も、
谺　そうだ、宿命の前には勝てぬのだ。
シンドバッド　あ！　（ト腰を抜かす）
谺　はっはっは、怖《こわ》がることは何もない。この真鍮の都には、今は谺だけが住んでいるのだ。かつてこの都はアマルカイトの族《うから》のタドムラー姫が治めていた。統治は正しく、都は富み栄え、人の世の快楽はすべてここにあった。だがソロモンの栄華にも終りがあり、アラーのみが久遠の宿命を定め給う。ある日突然、盛りの絶頂に、ある日突然、滅びが来たのだ。

シンドバッド　滅びはどうやって来たのですか？

谺　夏のさかりの龍巻のように突然あらわれ、みるみるそれが都をおおうた。いや、龍巻でさえ、襲って来るには時間がかかる。思ってもみよ、食卓の上の蠅をナイフで叩いたとき、蠅は即座に死に、昼のものうい白い光りの中で卓布にその汚れた血がにじむだろう。いや、蠅を殺すのにさえ、音を立てねばならぬ。滅びはもっと早く、もっと静かに、もっと瞬間の間にやって来た。或る人は口に頰笑みをうかべ、その頰笑みが消えぬうちに滅びが来たから、今も彼は頰笑んだまま死んでいる。或る人は籠の小鳥に餌をやろうとして、籠をあけ、さしのべた手に餌をのせたまま死んでいる。小鳥は餌をついばもうとして、嘴をさし出したまま死んでいる。美しい若い恋人同士は接吻のさなかに滅びに襲われて、今も相抱《いだ》いたまま死んでいる。滅びは日の光りが、人の影を石階に宿すその速さよりもすばやく来たのだ。

シンドバッド　何故その滅びが来たのですか？

谺　アラーの神のみぞしろしめす。ここは真鍮の都と呼ばれ、見るとおりいたるところが真鍮でおおわれて、海のまばゆい光りを反射し、さかんな太陽の桴《ばち》をうけて打ち鳴らされる銅羅のように輝いていた。その輝きが、今から思えば、死の兆だったのだ。その栄華が滅びのはじまりであったのだ。山と積みなした財宝も名聞《みょうもん》も、アラーの思し召しにより、宿命の日が来れば墓場の塵になるばかり。人生は旅人の一夜の宿りだ。……若者よ、心してきけ。現世《うつしよ》の歓楽のはかなさを胸に刻んだら、そこの扉を押して宝の倉《くら》へ入れ。あらゆる宝石、あらゆる金《きん》はお前のものだ。

シンドバッド　そこの扉ですか?

谺　そうだ。お前をとどめる者は誰もいない。衛兵は立ったまま死んでいる。

（シンドバッドいそいで門の扉へ入る）

谺　はっはっは、はっはっは、はっはっは……。

（トひとり、しきりに笑う。やがてシンドバッド、袋を抱えてかえってくる。舞台前面に坐り、袋から宝をあけて見て、手にとって喜ぶ）

シンドバッド　ルビーだ!　ダイヤだ!　これでシンドバッド様は、バグダッド一の大金持だぞ。

谺　ルビーだ!　ダイヤだ!　これでシンドバッド様は、バグダッド一の大金持だぞ。

シンドバッド　しかしどうして帰ればいいのか。

谺　しかしどうして帰ればいいのか。

（シンドバッドあたりを見廻す。そして真鍮の騎士の像に目をつけ、掌に何か書いてあるのをみつける）

シンドバッド　何か書いてある。

谺　何か書いてある。

シンドバッド「この地を訪れし者よ。汝もしこの地をのがれんとすれば、わが臍の針を十二回まわすべし。さらば迎えが来らん」

谺「この地を訪れし者よ。汝もしこの地をのがれんとすれば、わが臍の針を十二回まわすべし。さらば迎えが来らん」

（シンドバッド、臍の針を十二回まわす。すると疾風と共に、黒檀の馬があらわれる。シンドバッド、袋を腰に下げ、この馬に乗る）

シンドバッド　真鍮の都よ、さようなら。

谺　真鍮の都よ、さようなら。

（馬飛び立つ）

第九場　禁断の楽園

（カーテン前。馬出て来て、シンドバッドを下ろして去る）

シンドバッド　ここはどこだろう。黒檀の馬に乗って、海の空、雲の上を飛んで来て、ときどき雲を透かして島が見えたが、どの島に下ろされたのかわからない。馬はたくさんの島の上を廻って飛び、道を知らせまいとする風《ふう》だった。そして急に下ろされたのが、この暗い密林の中だ。（熱帯の鳥の声）日ざしは遮られて昼も暗い。道もわからない。石段が足にさわるぞ。ここは何かの神殿の廃墟らしい。その木叢《こむら》の向うに入口が見える。そこへ辿りつけば、一夜の宿りができるかもしれない。

（カーテンひらく。中央遠景に庭。十の扉を五つずつ左右に持った美しい宮殿があらわれ、十人の美女が横たわっていて、嫣然と迎える）

シンドバッド　あ！　ここはどこだ。

乙女A　ようこそ、殿様。ずっとお出でをお待ちしておりました。私共があなたにふさわしいように、あなたも私共にふさわしい。こんな殿方をおつかわし下さったアラーをたたえましょう。さあ、どうぞこちらへ。

（トシンドバッドを椅子に坐らせる）

乙女B　あなたは御主人、私どもは腰元。何なりと御用をおいいつけ下さいまし。

（乙女たち盆を並べ、花、果物、菓子などを山ともり上げ、酒を運び、リュートや弦楽器や笛その他の楽器を鳴らし、そのうち五人の乙女が踊りを見せる。踊りがおわると、シンドバッドは歌をせがまれ歌う）

シンドバッド

〈磁石の歌〉

磁石、磁石、
何だか知ってる？　見たことあるかい？
（女たち）ないわ、ないわ。
船のゆくてを定める磁石
南か北か針の向くまま
これがなくては航海はあぶない。
（女たち）あぶない、あぶない。
男の体にひとつの磁石
針はいつでも北をさしがち
女こそ北、氷の山よ
（女たち）山よ、山よ
何故かは知らぬがそれに惹かれる
北のはてには何があるのか
海を呑み込む洞穴《ほらあな》なのか
　（女たち）なのか、なのか
そこにはきっと知らない道が
歌や踊りや酒に浮かれて

うつつのままに又故里へ
（女たち）故里へ　故里へ

乙女C　何だか悲しい歌ね。さあ殿様、今夜のお伽をお選び下さい。皆さん、並びましょう。

（十人の乙女並ぶ）

乙女A　（白と紅の花冠を持ち来り）ここの愉しみにも定めがあります。あなたは同じ乙女とは十日毎にしか恋を語ることができません。ですから、ここで、十日間の乙女の順番を選んで下さいましな。一度おえらびになったら、変えてはだめよ。そして今夜の第一夜の乙女には、白い花の冠をかぶせ、十日目の夜の乙女には、赤い花の冠をかぶせて下さいまし。

シンドバッド　ようし来た。

（シンドバッド、いろいろ眺め、乙女の順序をあれこれと変えてみて、又眺め直し、ついに決めて）

君が今夜の花嫁だ。（ト乙女Aに白花冠をかぶせ）君が二番目、三番目、四番目、五番目、六番目、七番目、八番目、九番目、君が最後の十番目だ。（ト乙女B十番目に紅花冠をかぶせる）

乙女B　では早速、寝台をお持ちいたしましょう。

（ト乙女ら帷のついた寝台を持ってくる。シンドバッドと乙女Aこれに腰かけ、盃をとりかわし、帷を閉めて中に入る。ここ手品にて、絨毯巻きの中の人入れかわる如く、仕掛本位の趣向を見せるがよし。ただ乙女AとBが暗闇で入れかわるだけでは、趣向薄し）

（音楽鳴りひびき、しばらく闇。夜あけ乙女Cらあらわれ、帷をひらくと、シンドバッド、紅花冠の乙女Bと寝ている）

乙女C　シンドバッド様、十一日目の朝がまいりました。

シンドバッド　（大きなのびをして）もう十日たったのか。まるで一瞬間のような気がする。（一人一人、乙女の顔を指さし）ああ、君とも寝た。君とも、君とも、……そうしてここには紅い花冠《はなかんむり》の乙女が。もう十日たってしまったのか。すばらしい十日間だった。

（小鳥の囀りきこゆ）

夜の来るのは何とおそく、朝の来るのは何て早いんだろう。あのさわやかな小鳥の囀り。あれをきいていると、もう夜の来るのが待ち遠しくなる。時間がゆっくりと夜へ向って上り坂になり、朝へ向って急な下り坂になるかのようだ。俺は自分の足で坂を上り、橇《そり》で坂を滑り下りる。昼は明るい無慈悲な潮風に充ちているが、夜は果物と香料と、五月の花園のような乙女たちの匂いに充ちていた。それは一トつづきの香《かぐ》わしい闇だった。……十一日目は、（ト乙女Aの手を引き）又、君の番だったね。

乙女A　（その手を外して）シンドバッド様、悲しいおしらせを申さなければなりません。

実は私たちはそれぞれの島の王の娘で、十日目ごとに、父の御殿へ帰ってそしらぬ顔をしていなければならないのでございます。あと十日留守をいたしますから、その間どうぞお一人でお寛ろぎ下さいまし。

シンドバッド　何？　俺を置いてゆくのか？　たった一人で？

乙女A　悲しいのは私たちのほうでございます。十日間お暇《いとま》をいただくのが、身を切られるような気がいたします。（ト皆々泣く）でも、私たちの申上げるとおりにして下されば、十一日目には、又きっとお目にかかれます。もし約束をお破りになれば、永のお別れになるかもしれません。

シンドバッド　君たちにもう一度会えるものなら、どんな約束でもしよう。

乙女A　では、きっと約束をして下さいますね。私たちの留守のお慰みに、この十の扉の鍵を差上げておきます。一日に一つの扉ずつおあけになっておたのしみ下さいませ。これが十の鍵でございます。（ト鍵を渡す）でも、十番目の扉の鍵だけは、これだけは、決してお開けにならないと約束して下さいまし。そこには私たちの仲を裂く怖ろしいものが入っているのでございますから。

シンドバッド　アラーに誓って！　どんなことがあっても、十番目の扉はあけないぞ。

乙女A　それを伺って安心いたしました。では十日のあいだ、どうかお体にお気をつけて。召上るものやお酒や楽器は、みんな揃えてございます。しばらくのお別れが、どうか

久遠《とわ》のお別れになりませんように。（ト又泣く）

シンドバッド　安心おし。残念だが、十日間だけの別れと思えば気も休まる。しかしその十日間は、千年にも感じられるだろうけれどね。

乙女Ａ　私たちも同じ気持ですわ。さようなら、シンドバッド様。

（乙女ら口々に「さようなら」という。中央奥の庭から出てゆく。シンドバッド「さようなら」と手を振って見送る。――一人とりのこされてボンヤリして、酒を呑む）

シンドバッド　（第一の扉を見つつ）きょうのたのしみと云っては、あれしかないのだな。もう一寸あけるのを待とう。あけてしまったら、たのしみがなくなる。――（間）――ああ、何という心の空《むな》しさだろう。快楽の記憶は、どんな鳥よりも速く、どうしてこんなに速く飛び去ってしまうのだろう。……（決心して）待てよ。（又ためらって）……待てよ。……やっぱりあけよう。

（ト第一の扉を排して入り、すぐ、舞台端へ出てくる）

シンドバッド　もう二日目か。きのうの扉の中はすばらしかった。あの扉の中に、ひろびろとした野原がひらけていたのにはおどろいた。高い棗椰子《なつめ》が生い茂り、小川のほとりには、薔薇や百合やすみれや水仙が咲き乱れ、かぐわしいそよ風が吹いていた。俺はその小川のほとりで、ぼんやりと一日をすごしてしまった。今日は、（ト鍵を見て）第二の扉の中には何が……

（ト第二の扉をあけて入り、すぐ舞台端へ出てくる）

シンドバッド　もう三日目か。きのうの扉の中にはおどろいたな。ありとあらゆる宝石が、真珠が、エメラルドが、珊瑚が、ガーネットが、部屋いっぱいにあふれていた。俺の富は無尽蔵で、俺は王者の中の王者になったのだ。さあ、今日は、第三の扉だな。

（ト第三の扉をあけて入り、すぐ舞台端へ出てくる）

シンドバッド　今日は四日目か。きのうの扉の中は、天井の高い大広間で、そこらじゅうに宝石がちりばめてあり、白檀や伽羅の木で作った鳥籠が吊られ、じゅずかけばと、つぐみ、ニュービヤの白子鳩などの、美しい声の小鳥たちが歌っていた。俺の胸から悲しみは拭い去られ、夜あけまで小鳥の部屋で眠ってしまった。今日の第四の扉はどうだろう。

（ト第四の扉へ入る。一旦舞台端へ出て来て、第五の扉へ入り、かくて、第六、第七、第八、第九、とくりかえし、又舞台端へ出てくる）

シンドバッド……こうしてとうとう十日目になった。明日は又乙女たちに会えるんだな。十番目の扉さえ開《あ》けなければ。はは、誰があけるものか。あれだけの楽しみをふいにするために、誓いを破る奴もないもんだ。……それにしても、又会う日が近づくにつれて、時の歩みはますますのろくなって来る。畜生、どうして時間をつぶしたらいいんだろう。……（ト本舞台へ来て、酒を呑む）眠ってしまおうか？　いや、今眠ったら、夜になって目がさめて、却って苦しむことになる。あの扉が、（トチラと十番目の扉を見て）……いけない、いけない。あそこには悪いものが入ってるに決ってるのに。……そうだ。一人一人の乙女のことを思い出そう。最初の晩は、うん、すばらしい桃の実のような胸をしていた。その頂きに一双のルビーが。（トニヤニヤする）……そして二日目の晩は。（などと、一人指折りかぞえて回想に耽る。急にとび上り）えい！　これでどれだけ時間がたったというんだ。（ト部屋を歩きまわる。第十の扉の前へ来て一寸立止り、じっと扉を見て、又頭を振って歩きだす）……一番目の扉のことを考えよう。あそこには美しいせせらぎがあって、川のほとりには花々が、……ああ！（ト又走り寄って酒をガブガブ呑む。自分に言いきかせるように）明日《あした》だぞ！　明日だぞ！　明日だぞ！　明日まで待てば、又たのしい日々がめぐって来るんだ。もう一息の辛抱だ。シンドバッド、あせるでないぞ。（盃を持って、あっちの椅子にかける。おちつかず立上る。床に寝てみる。おちつかず立上る。いろいろあって、十番目の鍵をじっととりだして眺める）いや、いや……（ト又しまう）しかし、ひょっとすると、そうだ、ひょっとすると、十番目には、すばらしい女がいるのかもしれない。乙女たちは嫉妬《やきもち》をやいて、俺を入れさせないのかもしれない。そうだ。それにちがいない。（ト十番目の扉へ走り寄るが、又考え直し）……いや、そんなことはあるまい。これをあけたら、もう取り返しがつかないんだ。（ト庭へ出てゆき）ああ、お日様はまだあんなに上のほうにある。いつになったら沈むのだろう。畜生、もう明日は手の届くところまで来ているというのに。（ト部屋へ戻って来てイライラと歩きまわり、トド、鍵をとりだしてじっと永いこと眺め、ついに鍵に魅せられたようになり、鍵に引きずられるように次第次第に扉へ近づいてあける）

（扉の中には、例の黒檀の馬が立っているだけである）

シンドバッド　なんだお前か。どんな怪物が現われるのかと思ったら。……お前なら様子が知れていていいや。何のことはない。こんな馬一匹に勿体をつけるなんて。さあ、気晴らしに、そこらを一乗り乗り廻そう。

（ト馬にまたがる。馬とび上る。シンドバッド「アッ！」と叫ぶ。馬とシンドバッド消え去る）

第十場　ルフ鳥

（カーテン前。十人の全盲の若者が杖にすがりよろよろと現われる）

若者A　ここはどこなのだろう。どこまで行っても闇じゃないか。ここへ来て一月《ひとつき》もたったろうか。その間這いまわって果物を喰べて生きてきた。昼も夜もわからない。

若者B　みんな盲だもの。同じことだ。片目だけですんでいたものが、もう一度という夢を見たばかりに、両目ともつぶしてしまった。
若者C　愚痴を言うな。
若者D　愚痴も言いたくなるよ。
若者E　よせよせ、お互い様じゃないか。みんなで金を集めて出直した旅だ。
若者F　そうして、夢みたとおり、もう一度すばらしい十日間をすごしたんだ。
若者G　しかしなあ、一度目ならまだしも、二度目も、同じ十番目の扉をあけるなんて。
若者H　人間って奴は、どうしてここまで愚かに出来ているんだろう。
若者I　好奇心というやつがあるからさ。
若者J　俺たちは一度ならず、好奇心という奴のおかげで、とうとう両目《りょうめ》をつぶしてしまった。
若者A　黒檀の馬がここまで飛んでくる。この島はきっと快楽の処刑場なんだな。そして馬の背からふり落すと、とたんに尻尾でイヤというほど目を打ってつぶしてしまう。前に片目をやられ、今度はのこった目だ。
若者B　そうだ。黒檀の馬も忙しいや。
若者C　しかし俺たちが揃って十人で現われたときは、女たちはおどろいていたな。向うも策を練ったんだろう。俺たちを離れ離れにして、決して一緒に会わせぬように塩梅した。女たちが留守になっても、あのひろい宮殿のなかで、俺たちは決して仲間に会わなかった。

若者D　あれはきっと魔法で、お互いの姿をお互いの目から隠してしまったにちがいない。

若者E　そうだ。きっとそうだ。

若者F　すると黒檀の馬は十疋いたことになる。

若者G　あれも化物だ。一疋の馬が同時に十疋分の働らきをするのかもしれないよ。

若者H　そんなことはどうでもいい。俺たちが盲らになったことだけは確かなんだ。

若者A　どうやってバグダッドへ帰ればいいんだ。前に片目のときは、何とかなった。通りかかる船を呼んで、のせてもらった。しかし、皆盲らでは、沖を通る船の姿だって目に入らない。ここへ来てもう一ケ月、帰るあてもないのだ。

若者I　俺たちはここで死ぬのか。

若者J　もう二度と青空も見られずに。バグダッドの美しい女たちも見られずに。

（若者たち歌う）

若者たち
　盲らの闇の底にうごめく
　われら十人
　恋の熱い闇に酔いしれ
　墓場の闇をあがなった

われら十人
闇の都から闇の海へ
色欲のさすらいの果て
今や若さも徒花《あだばな》となる
われら十人
青空も白い雲も
女たちのほほえみも
かがやく椰子も
雨のあと都にまたがる
美しい虹の橋も
二度と見ることなく
闇に埋《う》もれた
永い余世を
むなしく送る
われら十人
　（ト泣く）
（トめりめりとものの割れるごとき音す）

若者A　あれは何の音だ？

（カーテンひらく。木立の間に巨大な卵。それが少しずつ割れてくる）

若者B　地震じゃないのか。

若者C　ちがうらしい。何かがわれているんだ。

若者D　地割れじゃないのか。

（卵割れ、巨大な鳥生れて、ギャーと啼く）

若者A　鳥らしい。おそろしく大きな鳥らしい。

若者B　ルフ鳥《ちょう》だ。

若者C　噂にきいたルフ鳥だ。

若者D　どうしよう。

若者E　しっかり身をひそめていろ。

（鳥、卵から出ようとうごめく。このとき空から馬の嘶ききこゆ）

若者F　きいたか。空の馬の嘶きを。

若者G　黒檀の馬だ。

若者H　今度は俺たちを救いに来たのか。

若者I　ばかを云え。又新らしい男を盲らにするために連れて来たのさ。

（嘶き近づく）

若者A　あ！　きっとシンドバッドにちがいない。あいつの他にあの島へ行ける奴はない筈だ。うん、これはうまいぞ。あいつははじめてだから、馬の尻尾でつぶされたって片目はのこる。俺たちを助けてくれるのはあいつしかいない。

（鳥すごい啼き声を上げる）

若者B　しかし、ルフ鳥が……

若者A　隠れていろ。隠れていろ。

（鳥、卵を出て、羽搏く。黒檀の馬現われる。鳥、嘴でいきなり馬をつつく。馬はねあがり、逃げる。シンドバッドふり落され、逃げ出す。十人の盲人に気づく）

シンドバッド　おい、どうした？　何だ片目の連中じゃないか。

若者A　シンドバッドか、助けてくれ。

シンドバッド　おや、みんな盲らになってしまったんだな。

若者A　お前だって片目のくせに。

シンドバッド　何をいう。俺の目は両方とも水晶のように澄み渡っているさ。

若者A　馬にふりおとされたとき、尻尾で目を叩かれなかったか？

シンドバッド　いや、馬は巨きな鳥におどかされて逃げて行った。

若者A　ルフ鳥がか？　お前は何て運のいい奴だ。とにかくバグダッドへみんなを連れて帰ってくれ。

シンドバッド　よし！　しかしどうしたら？（ト考えて）あの鳥は何が好物なんだ。
若者B　ルフ鳥か？　羊が好きだそうだ。
シンドバッド　よし、羊をつかまえて来よう。君らは、そこらの枝をかきあつめて、いそいで大きな籠を作るんだ。いいか、勇気を持てよ。
（シンドバッド、一旦入り羊〈作り物〉をつれてくる。若者たち手さぐりで作った巨大な籠を持って出る。シンドバッド、長い枝の先に羊を吊る。シンドバッドの指揮で、一同、ルフ鳥へ近づき、足に縄をつけ籠をぶらさげ、皆その中に入る。シンドバッド、ルフ鳥にまたがり、鳥の鼻先に羊をぶら下げ）
シンドバッド　さあ、ルフ鳥！　バグダッドへ向って出発だ。
（鳥羽ばたく）
（模型の人形のシンドバッドをのせ、籠を下げたルフ鳥、客席の上を飛び、照明室へ入る）

――幕――

第二幕

第十一場　バグダッドのバザール

（ルフ鳥、照明室から舞台へ飛ぶ）

（幕あくと、第一場と同じバザールの殷賑）

（おそろしい羽搏きと啼き声がして、空暗くなる。人々逃げまどう。ルフ鳥到着。シンドバッドが下り、籠から十人の盲人がとび出すと、シンドバッド羊をルフ鳥にくれてやる。ルフ鳥、羊をくわえて去る。遠ざかる羽音と啼き声）

（皆々どよめき、一同を迎え、笑ったり泣いたりする）

シンドバッド　（宝石屋の親爺を呼び、腰の袋から一粒の宝石をとり出し）これを金に代えてくれ。

宝石屋　おう、おう、こりゃおどろいた。手持の金をみんな出しますよ。（ト渡す）

シンドバッド（高所へとび上って）皆の衆、俺はもう軽子のシンドバッドじゃない。大金持のシンドバッドだ。無事の帰りを祝って、これで呑んでくれ。

（ト金を撒く。人々争って拾う）

一同（歌う）

むかしは軽子のシンドバッド
今は長者のシンドバッド
むかしは哀れなシンドバッド
今は大したシンドバッド
むかしはたのんで歩き
かついだ荷物の駄賃
その日に呑んでスッカラカン
今はみんながたのみ
『家《うち》の息子をよろしく』
鷹揚にうなずく長者
今も昔もかわらぬは
女にもてるシンドバッド
無事のかえりを喜ぶ

バグダッドの女は千人
ようこそおかえりシンドバッド
御無事で何よりシンドバッド
むかしは軽子のシンドバッド
今は長者のシンドバッド
（みなみな喜び歌い踊る絶頂に）
泣女たち　あーあ、あーあ……
（ト泣く声きこえ、シンとなる）
シンドバッド　あれは何だ？
群衆の一人　お葬式だよ。今ここを通る。
シンドバッド　誰の葬式だい。
群衆の一人　若い身空で病気で死んだ。教王様が一番御寵愛のお妾さ。
シンドバッド　（不安にかられ）え？　その名は？
（泣き女の声だんだん近づく）
群衆の一人　その名はシャムサー。
シンドバッド　え？　よくきこえない。まさか……もう一度言ってみろ。
群衆の一人　シャムサー。

シンドバッド　え？　シャムサー！
　（泣き女を先立てて、葬式の行列が棺や櫃を中心に通る）
シンドバッド　シャムサー！
　（トとび出して棺にとびつこうとし、皆に引止められる。シンドバッド泣いて見送る。葬列上手へ去る。シンドバッドひとり泣いている。シャムサーの名をうわ言のように呼びつづける。人々気の毒そうに一人一人去る。シンドバッド舞台前面へ出て来る。最後に残った宝石屋のみこれに従って前へ出て来て、カーテンしまる。シンドバッド泣いて地面に崩折れる）
宝石屋　シンドバッド……
シンドバッド　ほっといてくれ。シャムサー、なぜ死んだ。俺はお前のためにかえって来たんだ。命を賭けた冒険をして、金を儲けて、もう一度教王様におねがいして、全財産と引き代えでもいいから、シャムサーを花嫁にもらおうと思ってかえって来たんだ。それだけが俺の生きる望みだった。それが何ということだ。俺がかえって来た日に、お前が死んでいるなんて。アラーのお恵みはこんなことだったのか。人に地上の幸福のむなしさを知らせることだけが、アラーの思し召しだったのか。真鍮の都の豸が言ったことは本当だった。ああ、もう俺は生きていても仕方がない。お前と一緒に墓に入りたい。そのほかに俺の望みはないんだ。

宝石屋　（あたりを見廻し）墓に入りたいと？　どうだ、一つ助けようじゃないか。
シンドバッド　え？　何だって。
宝石屋　一つ俺と組もうじゃないか。どうせお前がもって来た宝石も、筋の通ったところから出ている代物じゃあるまい。俺も、知ってのとおり、人にほめられない仕事もいろいろして来た男だ。今度のシャムサーの急死についちゃ、教王様はえらいお嘆きで、墓へ一緒に埋めるために、いろいろ珍らしい宝物《たからもの》を下し置かれたということだ。……な？お前は死んだ女と一緒に埋《う》められたい。俺はその宝物がほしい。うまく話が合うじゃないか。……いいか？　今夜俺が案内してやるから、墓の中へ忍び込むがいい。首尾よく目的を果したら、俺は宝物をとって外へ出て、お前は墓に残って埋《う》められる。そうなったら、お前の宝石ももう要るまい。形見にみんな俺にくれるんだな。……どうだ？　二人ののぞみが、鍵と鍵穴のようにぴったり合うじゃねえか。
シンドバッド　（夢みるごとく）シャムサー……お前と一緒に未来永劫墓の中に……
宝石屋　そうだ、そうだ、それがお前の望みだろ。
シンドバッド　あの子と一緒に墓の中に……
宝石屋　今夜八時にナザレ人の居酒屋で待っててくれ。おッと、忘れた。前金をくれるだろうね。
シンドバッド　これでいいのか。（ト袋からルビーを一粒出して渡す）

宝石屋　これ、これ。じゃ、約束だよ。俺は商売上の約束となったら、バグダッドで一番堅い男だからね。

（ト肩を叩いて去る。シンドバッドも茫然と去る）

第十二場　墓の中

（舞台は墓の内部。高いところに穴の入口の揚蓋があって、そこから梯子で下りられるようになっている。墓の中は中央の台にシャムサーの屍体が横たえられ、まわりに宝物の櫃がある）（この道具あとでセリ下る）（高いところにシンドバッドと宝石屋があらわれる。宝石屋、鍬で揚蓋をあける。二人そろそろと下りて来る。シンドバッド、シャムサーの屍体を見つけ、「シャムサー」と呼び、抱きついて泣く。宝石屋そこらを探し、櫃をあけ、宝石をとり、いろいろとポケットに入れる。古い絨毯をひろげて見て、捨てる。いろいろ宝物を袋に入れ、まとめる）

宝石屋　じゃ、あばよ、シンドバッド。これでいいな。おッと、忘れた。お前の形見ももらわなくちゃいけない。

（シンドバッド、腰の袋をさぐる）

おいおい、袋ごとみんな出しちまえよ。死ぬ人間がケチケチするなよ。
（シンドバッド、袋をさぐるうち、何かに指がさわった心地）
シンドバッド　あッ！　これがあった！
宝石屋　何だ、おどかすなよ。何があったんだ。金目の物がまだあったのか。
シンドバッド　すっかり忘れていた。海の老人が洞穴《ほらあな》に隠していて、いつも嘸んでいたあの薬だ。生きた人間には利かないと云っていた。
（宝石屋うろうろするうち、シンドバッド、袋から薬を出し、シャムサーの口にそそぐ。シャムサー徐々によみがえり身を起す）
シンドバッド　（狂喜して）シャムサー！
宝石屋　わッ。（ト腰を抜かす）
シンドバッド　シャムサー！
シャムサー　あ、あなたは、シンドバッド。どうしたの？　どうして私たちこんなところにいるの？　ここは結婚式場なの？　でもこんなに暗いわ。
シンドバッド　何を言うんだ。君は死んでいたんだよ。
シャムサー　死んでいた？　そういえば……でも、シンドバッド、あなたと私がここにいる。夢が叶えられたのね。
シンドバッド　どんな夢だい？　シャムサー。

シャムサー　あなたにはじめて会ったのは、バザールだったわね。あのときからあなたのことが忘れられなかったの。それから、犬を鞭打った女の人の家で会ったとき、教王様があなたの願いをお許しにならず、あなたは航海へ出てしまったわね。あのときの私の気持がわかって？　あれから私はずっと気が沈んで、病気のようになってしまったの。教王様はいろいろ慰めて下さったけれど、だめだった。いつも心の中ではあなたのことを思っていて、死んでからでなくては結ばれないと思いつめていたの。きのう、そう、きのうだったわ。御殿の庭を歩いていて、海を眺め、雲を眺めているうちに、もう決してあなたが帰って来ないような気がして、胸が苦しくなって、眩暈《めまい》がしたの。それからあとはわからなくなってしまった。……私、死んだのね。

シンドバッド　そうだ、君は死んでいたんだ。

シャムサー　ここはどこ？　死んだ人の行く国なの？　でも怖くないわ、あなたと一緒なら。

シンドバッド　ここはお墓の中だよ。

シャムサー　お墓ですって？　怖いわ。（トしがみつく）

シンドバッド　ばかだなア。怖いことないよ、自分のお墓じゃないか。……さあ、俺はもう決して君と離れない。しかし、教王様のお許しがなくて、こんなところから君を連れ出しては面倒なことになる。一先ずどこかへ二人で身を隠そうよ。

宝石屋　えー、お話はすみましたかね。シンドバッド、形見はまだ貰えないかね。
シンドバッド　だめだ。俺はもう、あと何百年でもシャムサーと一緒に生きたい気持なんだ。それには金が要るからな。その代り、ここの宝物をみんな持ってゆくのは勝手だよ。但し、お前が墓泥棒であることには変りはないよ。俺は分け前はもらわないから、共犯じゃない。
宝石屋　そんなきれいな分け前をもらった上に欲張りなさんな。……じゃあ、目ぼしいものはみんないただいて行くよ。
シャムサー　一寸待って。シンドバッド、その汚れた絨毯と、そこに落ちている白い石の首飾りは、とっておいたほうがいいわ。私が教王様からいただいた記念の品ですもの。
宝石屋　こんなボロボロな絨毯は要りませんよ。それにその首飾りも、つまらない只の石だね。教王様もケチだなあ。お前さんが生きてるうちは、そんなものしかくれなかったのか。
シンドバッド　さあ、早くここを脱け出そう。
宝石屋　よし来た。（ト袋をかつぐ）
シンドバッド　シャムサー……
シャムサー　シンドバッド！
（二人相擁し、宝石屋を先頭に梯子を昇り出すと同時に、舞台セリ下り、三人が揚蓋の上

へ出たところで、一杯にセリ下り、舞台の平面と揚蓋が同じ高さになる。舞台はホリゾントのみ）

シンドバッド　じゃ、あばよ。

宝石屋　あばよ、やれやれ形見をとりそこなった。

シンドバッド　お前はどっちへ行くんだ。

宝石屋　バグダッドの町に決ってらあな。

シンドバッド　（シャムサーに）俺たちはどこへ行こう。

シャムサー　その絨毯をひろげてごらんなさい。絨毯が教えてくれるわ。

シンドバッド　え？

（ト訝りながら絨毯をひろげ、二人で乗る。絨毯動きだす。やがて二人を乗せて、すっと上手へ滑り去る）

宝石屋　あッ！　畜生！　あれが「空飛ぶ絨毯」だったのか。しまった、あんな金目のものを。どんな宝石より高く売れたのに。あ、飛んでゆく、飛んでゆく。畜生。親爺が宝石の目利《めきき》ばかり教えたのが悪かったんだ。絨毯の目利もやっとくんだった。

（ト地団駄踏んで去る）

第十三場　空飛ぶ絨毯

（ホリゾント、バグダッドの都の空の景色となる。丸屋根つらなり、空は夜の雲と星が一杯。上手から絨毯に乗った二人が出て、下手へ飛び去る）

第十四場　魔神の女

（カーテン前。下手からシンドバッドとシャムサーが出てくる。シンドバッド、絨毯を体にしっかり巻いている）

シンドバッド　暗いね。海の音がきこえる。今夜はここで泊りか。絨毯がへんなところで下ろしてくれたもんだ。二人の新床《にいどこ》が草の上とはね。

シャムサー　でも、星の下で結ばれるのは、私の永い夢だったの。アラビアの夜空は恋人たちのための詩の本だわ。二人して寝ころんで、金文字で書かれた大きな紺いろの本をひろげるのよ。星の文字が頁《ページ》いっぱいに書かれていて、どこから読みだしても、恋の詩ばっかりが書き散らしてあるふしぎな本。そこに漂う雲は、あなたの水煙草の煙だわ。

そしてあなたは言うの。

「今日は五つ詩を読んだ。のこりはあしたにとっておこう。本を閉じて、愛し合おう」

私は大きな紺いろの本を閉じる。つまり日を閉じるのよ。今しがた読んだ五つの詩のことを考える。いつも読みのこして、永遠に読みのこして、それでも金の星の文字で書き散らされた詩は尽きないから、私たちは同じ夜を無限にくりかえすことができるんだわ。

シンドバッド　いとしいシャムサー。（ト接吻する）
（カーテンひらく。海辺の林。下手に大樹あり。あとでシンドバッド、この梢にのぼる）
シャムサー　ねえ、さっきお墓の中からもってきた白い石の首飾を出して頂戴。
シンドバッド　これかい？（ト取り出して渡す）
シャムサー　これはね、恋人の誓いの首飾なのよ。これをお互いに首にかけ合って誓うの。まず、私から。（ト首にかける）
シンドバッド　どうやって？
シャムサー　アラーの神にかけて誓います。私の良人は世界に唯一人このシンドバッドだけでございます。もし私が貞節を破りましたら、この首飾の石を血のような赤い色に変えて下さい。

シンドバッド　俺も誓おう。（ト首飾をとって、自分の首にかけ）アラーの神にかけて誓います。私が愛するものは、この世に唯一人シャムサーのみでございます。
シャムサー　そう、それでいいわ。疑いの起きたときは、首飾が証人に立ってくれるのよ。でも私たち、これからずっと離れないでいるのだから、その首飾も必要がないわけね。

（二人相擁する。そこへ、山賊の一隊があらわれ、うしろから忍び寄り、シャムサーを奪おうとし、シンドバッドの宝を強奪しようとする。シンドバッド剣を抜き、乱闘する。多勢に無勢、シャムサーは奪われ、「シンドバッド！　シンドバッド」と叫びながら連れ去られる。シンドバッド、必死で闘う。海岸へ追いつめられる。あわやというとき、山賊は、海のほうを見て、あわてて逃げ去る。シンドバッド追おうとして、ふと背後に気づく。海が割れて、黒い煙が立ちのぼり、それが巨きな柱になり、魔神《ジン》の姿になる。漆黒の魔神《ジン》は、頭に水晶の櫃を乗せ、浜へ上ってくる。シンドバッドあわてて、下手の木の梢へよじのぼって身を隠す。

魔神《ジン》は、木の下に腰を据え、櫃をおろし、中から七つの鋼の海老錠のついた小箱をとり出し、腿のあたりからつかみ出した七つの鋼の錠でこれをひらく。中から美しい女があらわれる。肌は雪のようで、すんなりして、十四夜の月の姿である。

魔神《ジン》は木蔭に女を坐らせて、じっとその顔を眺めながら）

魔神　（テープの声）俺の心の花、愛の小鳥よ。お前を生娘《きむすめ》のうちに奪い取ってから、俺よりほかに、誰一人お前の体をたのしんだものはいない。お前の美しさを見たら、どんな男でもあやしい気持を起すだろう。そのためにこうして七つの鍵の箱に入れておくのだ。お前は俺のものだ。生れてから死ぬまで、お前はこの魔神の肌しか知らないのだ。可愛い女よ。俺は一寸ひと眠りしたいよ。お前の膝を枕に。

（ト膝枕をして眠る。その鼾は雷のようである）

女　（梢をふり仰ぎ、そっと、魔神の頭を膝から外し、立上って、シンドバッドに合図する）下りていらっしゃい。……下りていらっしゃい。こんな魔神なんか怖がることはなくってよ。

早く下りていらっしゃいったら。

（シンドバッド、沈黙を守る）

シンドバッド　それだけは勘弁して下さい。

女　下りていらっしゃいったら！　下りて来ないなら、この魔神を起しますよ。ひどい死に目にあわせて上げるから。

シンドバッド　どうか、それだけは……

女　じゃ、魔神を起していいのね。さ、早く。（シンドバッド、しぶしぶ下りてくる）まあ、いい若い衆ね。そこの木のかげで、すぐ私を抱いて頂戴。

シンドバッド　そんな……
女　慄えているのね。男らしくもない。
シンドバッド　実は私には言い交わした許婚《いいなずけ》がいるのです。
女　それはそれ、これはこれだわ。私だってあとでしつこく追っかけたりはしないから、心配することはないわ。第一、こんな怖ろしい見張りがついていちゃね。さあ、早くしてよ。どうしたの。
シンドバッド　でも……
女　男らしくおしなさい。見かけによらない弱虫なのね。魔神を起してもいいんですか。
シンドバッド　それは……
女　（近づいて、男の手をとって自分の胸にさわらせる）私の乳房は、温かい満月のようだって魔神が言うわ。空には冷たい死んだ満月が、私の胸には二つの活きた温かい満月があるんだって。ふつう水に映る影は冷たいものだわ。ごらん、夜空のあの月のほうが、空に映った私の乳房の影なのかもしれないわ。
シンドバッド　暑い夏の夜空のような体をしている。
女　私の中には海があるわ。その潮騒がきこえはしなくて？　あなたは私の海へ航海に出る。航海には怖れと冒険がつきものだわ。あなたが七つの海を経《へ》めぐっても、それは結局、私という女の海の中をめぐっているにすぎないの。男のすることはそれだけなのよ。

シンドバッド　では、あの航海も……
女　あなたは海へ出たことがあるのね。あなたの節くれ立った指や、体の匂いでそれがわかるわ。
シンドバッド　そうだ、俺は航海へ出た。しかし俺の航海は終ったものだと思っていた。まだ終らないのだろうか。
女　何を言っているの。さあ、接吻してごらん。私の唇にはダマスカスの園の熟《う》れかけた桃の味わいがあると魔神が言ったわ。熟《う》れかけた桃の中で、何がはじまっているかあなたにはわかって？　それは果物の肉が夕焼雲の色を準備して、肉が自分の光りに照り映えてうっとりとしているのだわ。ダマスカスの桃のなかでは、桃の肉が幾重にも照り映えて、恍惚をひっそりと作り出しているんだわ。熟れかけた桃のなかではじまっているのは、恍惚なのよ。
シンドバッド　（接吻して）ああ……
女　さあ、あの木のかげへ行きましょう。（シンドバッド、躊躇する。女急に鋭く威丈高に）さあ、早く！
（シンドバッド、女に従って木のかげへ隠れる。魔神の鼾、低くなり高くなってつづく。やがて女とシンドバッド出てくる）
女　すばらしかったわ。（ト軽く魔神のまわりを踊りまわる）すばらしかったわ。（シンドバッド、ひやひやしてこれを眺める）ねえ、（トシンドバッドを呼び寄せる。シンドバッドおずおずと近づく。二人、舞台中央に腰を下ろす。女、かくしの中から財布を出し、結び目のある糸を引っぱり出す。印形を刻んだ指環が五百七十、その糸に差してある）これ、何だかわかって？

シンドバッド　いや。

女　これはね、この醜い、愚かな、けがらわしい魔神のすぐ枕もとで、私と交わりを結んだ男の記念なのよ。数えてごらんなさい。印形を刻んだ指環が五百七十あるわ。あなたは五百七十一人目というわけね。あなたの印形の指環を頂戴。（シンドバッド、躊躇している）さ、早く。（指環を出す。女これを糸にさす）ありがとう。（トシンドバッドの頰に軽く接吻する）

ふだん私がどこにいるかわかって？　七つの鍵をかけた小箱の中、それを入れた水晶の櫃のなかで、波のたちさわぐ荒海の底に沈められているのよ。そこから見えるのは暗い海の底の、いやらしい魚や海亀や、幽霊のように揺れている海藻の林しかないわ。魚の顔が近づいてきて水晶の櫃の中をのぞく。私は魚でさえ、私の体に心をそそられるらしいのがわかったの。

そうして魔神は用心に用心を重ね、私の操《みさお》が決して汚《けが》されぬように監視していて、会いたくなると、こうして陸《りく》へ連れてくるのだけれど、もちろん魔神は私の操に露ほども疑いを抱いたことはありません。

　でも、魔神は知らないのよ。女は一分《ぶん》でも目を離せば操を汚すものだということを。世界に並びない力を持ち、百万の軍隊を一にぎりでつぶしてしまうほどの男でも、女を知らなければ同じこと。女という者は一旦こうと思いつめたら、どんなことでもできるということを知らないのです。私という妻を持ったことが、この魔神の宿命なら、こうして五百七十人、あら、五百七十一人だったわね、五百七十一人の間男をされるということも、この人の宿命なんだわね。魔神でも宿命を避けることだけはできないんだわ。

シンドバッド　あらゆる女が不貞なのですか。

女　あらゆる女が、……そうですとも。あなたは女に例外なんかがあると思っているんですか。（魔神の鼾低くなる）あら、鼾が低くなったわ。もう目をさます頃だわ。さあ、お帰りなさい。この人の魔力の届かないところへ行っておしまいなさい。さようなら。

シンドバッド　さようなら。

（女、唇をさし出す。シンドバッド軽く接吻して、逃げ去る。女微笑する）

（割緞帳閉まる）

（カーテン前。下手から、シンドバッド、うつむいて考えながら歩いてくる）

シンドバッド　あらゆる女が……ああ、……女に例外はない……何ということだ……　ああ、シャムサー！　どこへ行ってしまったんだ。今ごろはあの女も……ああ、そんなことは考えまい。

（上手から教王の兵士数人に取り囲まれ、シャムサー登場）

シャムサー　あ！　シャムサー！

シンドバッド！

（二人抱き合う）

兵士A　われわれは教王陛下の兵士だが、巡回中、山賊にさらわれてゆくシャムサー殿を見つけ、奪い返して参った。お前はシンドバッドだな。

シンドバッド　はい。

兵士A　シャムサー殿の墓が荒され、シンドバッドの姿が見えぬというので、バグダッドでは大さわぎだ。お前には逮捕命令が出ている。われわれとても、お前がシャムサー殿の遺骸を盗んだとばかり考えて、まさかシャムサー殿がよみがえっておられるとは知らなかったが……

シンドバッド　教王様は何と仰せられておいでです。怒っておられるでしょう。

兵士A　われわれはそこまでは知らない。

シンドバッド　私たちは死刑にされるのでしょうか。

兵士A　さあ、そういうこともあるかもしれない。

シャムサー　ああ、シンドバッド、死刑にされてもいいわ、あなたと一緒なら。一度私が死に、こうして又生きて会えたのですもの。もう死も怖ろしくないわ、シンドバッド。
シンドバッド　俺もそうだよ。
兵士A　さあ、行こう。
シンドバッド　一寸待って下さい。(ト首飾を出し)シャムサー……
(シャムサー微笑して、堂々とその首飾をかける。白いままである)
シンドバッド　ああ、白いままだ。よかった。
シャムサー　よかったとは何？　シンドバッド。もし山賊に操を汚《けが》されそうになったら、私はすぐに死ぬつもりでいました。この首飾を白くしておくためには、命など惜しくはなかったの。
シンドバッド　よく言ってくれた、シャムサー。君は女のなかの例外だ。
シャムサー　変なことを仰言るのね。あなた、かけてみないの？　シンドバッド。
(首からとって、シンドバッドにかけようとする。シンドバッド躊躇する。トド、思い切ってかける)
シャムサー　あら、あら、あら、桃いろになったわ。赤くはないけれど。
シンドバッド　ごめんよ。むりやりに魔神の女に誘惑されてしまったんだ。
シャムサー　ゆるしてあげるわ。男の浮気をゆるしてあげるのがやさしい妻のつとめですものね。

シンドバッド　シャムサー！
（二人抱き合う）
兵士A　さあ！　さあ！
（兵士ら二人をせき立てて去る）

第十五場　大団円

（宮殿の大広間。中央に教王、玉座にかけ、家来たちが並んでいる）
教王　皆の者、アラーのお恵みによって、今日は奇《く》しき物語の結末を告げ、この世の幸《さち》の極みを諸卿《しょけい》の前に示そうとする記念すべき日となった。波濤を乗りこえ、冒険につぐ冒険ののちに、巨鳥の背にまたがって都へかえったシンドバッドは、かつての軽子の身分に引きかえて、今はバグダッド一の分限者になった。この男の享けた恵みは、ただ幸運のみではない。何ものをも怖れぬ若者の勇気と、純心一途の恋の熱情が、この男を助け、危険から救い、今日の倖せをもたらしたのだ。この男のまごころは死んだ乙女をもよみがえらせ、乙女も男を恋い慕うている以上、余もすべてを許して、ここに二人の婚姻の式を挙げさせることになった。さあ、花婿と花嫁、ここへ参れ。

（上手奥と下手奥から、盛装をこらしたシンドバッドとシャムサーが現われ、中央で合して教王の前にひざまずく）

手をとり合え。お互いの瞳をみつめ、変らぬまごころを誓い合え。生涯を通じて愛し合い、日常座臥、栄《さか》えある神、偉大な神、アラーを称《たた》えよ。まことにアラーのほかに主権《ちから》なく、権力もないのだ。

シャムサーよ。何とお前は、余の前では、そんなにうれしそうな顔をしたことは一度もなかったではないか。なるほどこれもアラーの定めたもうた宿命で、教王といえどもアラーのお力にはかなう筈もなかったという一つの教訓だ。

シンドバッド　教王様！

教王　何をシンドバッド。そんなにすまなそうな顔をすることはない。掌中の珠を奪われた代りに、（いや、その珠は、すでにアラーの思し召しにより、かりそめの死によって奪われていたのであったが、）今や余も、新らしい真珠を得たのだ。諸卿の前に、余の新たな美しい獲物を披露しよう。（下手を叩く）

（盛装をこらしたヌザートが現われる）

シンドバッド　あ、ヌザート。

教王　そうだ、ヌザートだ。妹思いの心のやさしい、しかも気高いヌザートが、今日から余の伴侶になる。ヌザートはありあまる富にも心の清らかさを失わず、しかも歓楽のあらゆる綾を喜びを知りつくした女だ。そうだな、ヌザート。

ヌザート　はい、そうして歓楽の空しさも。

教王　それこそはアラーの思し召しだ。歓楽の空しさを知り合った者同士こそ、純真な恋人同士にもまして、死にいたるまでこの世の美果を、悔いなく味わいつくすことができるのだ。

さあ、皆の者、この新らしい二組の、愛し愛された者を祝福し、歌い、踊り、アラーの偉なるおん名を心からたたえてもらいたい。

一同（合唱）

憐み深きアラーの御名《みな》により
われらの倖《さち》は礎《いしずえ》を得る。
アラーをたたえよ。
恵み深き王よ
花婿花嫁の新床《にいどこ》にも似たる
平らかな大地をのべたもうた方《かた》。
いやはての審きの日まで
かわることなき永遠《とわ》の祝福を。
アラーをたたえよ。

まことにすべてはアラーより出、
アラーへ還る者なれば。
アラーをたたえよ。

——幕——

解　説

猪瀬直樹（作家）

（一）

僕が『ペルソナ　三島由紀夫伝』を書きはじめたのはもう二十年以上前（一九九五年刊、文春文庫所収）のことである。三島由紀夫が自決したのは四十五歳だが、年齢は明確に記憶に刻まれており、その歳を過ぎるころ一度立止まるよう促されている気がしていた。

もうひとつ執筆には明確な動機があった。三島由紀夫は文壇や論壇から、死後、ほとんど無視されていたのである。遺族で版権をもつ三島瑤子《ようこ》夫人が存命で評伝の出版を認めていなかったことも一因だが、三島の同世代の作家たちに〝三島の不在〟に安堵《あんど》する気配も感じられた。三島由紀夫に触れることがあたかもタブーであるかのような空気があった。

三島由紀夫が一九七〇年に市ヶ谷の自衛隊で華々しく自決したのは僕がまだ大学を出たばかりのころで、作家として生きる覚悟も見通しもないそんな時期であった。いわゆる七〇年安保騒動も消え、六〇〇〇万人もの観客が押し寄せた大阪万博が終え、高度経済成長は狂騒の真っ只中にあった。三島の自決は唐突に見えた。テレビは〝異常者〟が起こした事件と無遠慮な視線で映していた。バルコニーの上で楯の会の制服を身につけた三島由紀夫が鉢巻《はちま》き姿で拳を振り上げ「諸君のなかに一人でも俺といっしょに起つやつはいないのかッ」と演説する悲壮感ただようものだったにもかかわらず、何よりも期待した聴衆であるはずのバルコニー下に集まった自衛隊員は「ばかやろう」「引っ込め」「下へ降りてきてしゃべれ」などと罵声を浴びせている。

自決は突発的で単純な暴力事件、あるいは右翼的で直情的な示威活動として報じられ、三島由紀夫がなぜ自決するにいたったのかという内的な動機も、いっしょに葬り去られていたのである。

一九七〇年十一月二十五日をできるかぎり正確に再現するために、テレビ局に保存されている三島事件を報じたニュース番組の素材映像を繰り返しチェックした。僕はふっと、ある画面で手を止めた。それは勇ましい三島由紀夫の映像ではなく、ただ自衛隊市ヶ谷駐屯地の正門が映っているだけのありふれた光景だった。看板の墨文字が「市ヶ谷駐とん地」となっている。ああ、これだ、ここにすべて象徴されている、と思った。「屯」はたむろする、結集している状態を表わしているが、平仮名の「とん」の間の抜けた印象がたまらない。三島由紀夫に、僕は思わず、あんたのせいじゃないんだよ、とつぶやいた。こういう醜いぐずぐずこそが日常性であって、平和という名の日常性にどんなに嫌悪感を抱こうが、あの戦争で三百万人余の自国民が犠牲になった結果を引き受けてひとまず戦後民主主義社会ができあがっているのだから。この地はいわば歴史を蒸発させた忘却の里「ディズニーランド」なのだから。

（二）

『ペルソナ　三島由紀夫伝』を書いてから、同じく太宰治《だざいおさむ》もなぜ若くして死ななければならなかったのか、つまり謎があるのだから解き明かしておきたい、と『ピカレスク　太宰治伝』を出版するに至ったのはその五年後（二〇〇〇年、文春文庫所収）である。両者の生きた時代の接点、擦《す》れ違《ちが》いがより明瞭に見えてきた。

三島由紀夫も太宰治も、作家を天職として生きようとした。生きて活躍しているときにだけ売れて、亡くなってから作品が忘れられてしまう作家が少なくない。だが三島も太宰も、二人とも死してなお微動だにしない支持を集めている類いまれな作家である。だから彼らは、初めから作品が評価されていたと思われがちだが、作家として自立し認知されるまでに挫折があり紆余曲折があった。作家として認められなければ、ただの悩める青年にすぎないのだ。

詳細は『ピカレスク　太宰治伝』を読んでいただきたいが、太宰治は四回も自殺未遂事件を起こしている。そのひとつに心中未遂事件があるが、それを素材に、つまり命と引き換えに作品を書き作家のへ足掛かりをつくった。太宰治は昭和十一（一九三六）年に処女作『晩年』の出版にこぎつけ、芥川賞選考委員の川端康成《かわばたやすなり》に送り、「私に希望を与えて下さい」と手紙で懇願するほど必死であった。その後、昭和十年代に数多くの佳作を発表するが、ほとんど初版止まりだった。売れたのは戦後の『斜陽』からである。有名な『人間失格』刊行は昭和二十三年六月の玉川上水心中事件の直後であり、現在ならテレビのワイドショーに連日連夜取り上げられるような状況で大ベストセラーとなったのである。

三島由紀夫は昭和十九年に『花ざかりの森』を出版している。『肉体の悪魔』『ドルジェル伯の舞踏会』などの作品を残して夭折《ようせつ》したフランスの天才作家レーモン・ラディゲを崇拝していた三島由紀夫は、自分が戦争で死ぬ前に作品を残したいとの強い願望があり、どうしても出版にこぎつけたかった。戦時中は統制経済で用紙の供給を確保しなければ出版ができなかった。祖父で元樺太《からふと》庁長官だった平岡定太郎《ひらおかさだたろう》とつながりのあった王子製紙につてをたどり用紙を確保するなど孤軍奮闘で七丈書院からの刊行を実現する。

三島の父親平岡梓《あずさ》は農林水産省の官僚であり、官僚時代に予算を握る大蔵省にいじめられたという恨みがあって、息子を大蔵官僚にするつもりでいた。だから三島は東京帝国大学法学部在学中に高等文官試験を受けざるを得ない。その前に作家デビューできたら、大蔵官僚への道を避けることができると考え、作家としての実績づくりを急《せ》いていた。だが三島には新たな障壁が立ちはだかっていた。戦時中の『花ざかりの森』はマイナスの実績でしかないのである。戦前と戦後では、価値観が百八十度変わる。かつて持ち上げられたものは、逆に貶められた。三島の師事していた日本浪曼派の作家や詩人は、軍国主義のレッテルとともに葬り去られる。三島を天才少年と認めてくれた人たちはいっせいに舞台から退場させられていた。

作家としての出発のための足掛かりがつかめないまま焦燥感にかられた。このままいけば平岡家の長男として宿命づけられたコース、官僚への道を進むしかない。切羽詰まっていた。昭和二十二年末に帝大を卒業して大蔵省へ入るほかはなかった。

作家としてのデビューが八方塞《ふさ》がりだったはずの三島が大蔵省を辞める決心をしたのは、河出書房から書き下ろし長篇小説の執筆依頼が舞い込んだからである。このチャンスにすべてをかけた。昭和二十三（一九四八）年九月、在職わずか九カ月だった。背水の陣だった。大蔵省を辞めたのだからもう後戻りはできない。失敗は許されない。構想に三カ月かけた。『仮面の告白』の起稿は十一月二十五日だった（自決は二十二年後の同じ日である）。

起稿の数週間前、河出書房の編集者に「今度の小説、生まれてはじめての私小説」で「自分の生体解剖をしようという試み」と意気込みを伝えた。

太宰治の心中事件から半年後、三島には太宰の、命と引き換えたうえでの成功が眩しかった。ベストセラーの『人間失格』はいわば懺悔録《ざんげろく》である。ならば自分もまた、懺悔に値する世界を抱えているではないか……。

「この本は私が今までそこに住んでいた死の領域へ遺そうとする遺書だ。この本を書くとは私にとって裏返しの自殺だ。飛込自殺を映画にとってフィルムを逆にまわすと、猛烈な速度で谷底から崖の上へと自殺者が飛び上がって生き返る。この本を書くことによって私が試みたのは、そういう生の回復術である」

自分の置かれた環境、祖母夏子《なつこ》に四六時中、薬の臭いが立ち込める暗い部屋に幽閉されて幼少時を過ごした腺病質《せんびょうしつ》の自分、さらには二十歳までに死ぬ宿命を抱えた戦時下の青年が、生きる目的を見いだそうとする意味が込められている。

『仮面の告白』以降の三島は、時代の寵児として生きた。昭和三十一年の『金閣寺』はその頂点といえよう。『金閣寺』の最後に、主人公に「生きよう」と決意させている。

（三）

本書に収録されている「荒野より」「時計」「仲間」の三つの短篇小説には、三島由紀夫の運命の転回が暗示されている。これまでほとんど触れられておらず忘れられていた謎に満ちた寓話《ぐうわ》的な作品群に込めた意図を解き明かしておきたい。

いわゆる〝黄金の一九六〇年代〟は日本の高度経済成長が緒《ちょ》についたとたん、パンドラの箱を開けたかのような勢いでモノがあふれ消費の欲望がふくれあがった狂乱の時代である。六〇年の日米安保騒動が鎮まり、三島由紀夫が自決するまでのこの十年間に、テレビ、洗濯機、冷蔵庫がたちまち普及し、スーパーマーケットが登場して、「三丁目の夕日」の風景が消え去ろうとしていた。東京オリンピックが開催され、新幹線が開通し、首都高速道路も完成してモータリゼーションの時代が始まりかけていた。

本書には一九六四年の東京オリンピックを間近で見た三島由紀夫のスポーツと肉体に対するエッセイが収録されている。

痩《や》せていて胃弱体質で「神から与えられた私の肉体とスポーツとの間には、よじ登ることさえできぬ高い鉄壁があって、それを打ちこわすことは不可能のように見え、宿命的なものが私とスポーツとを隔てているとしか思えなかった」のである。三島由紀夫がボディビルを始めたのは昭和三十年夏だった。何もかも不可能はないと信じていた絶頂期であった。

早大のコーチが、胸の筋肉をピクピク動かしてみせ、「あなたもいつかはこうなる」と勇気づけられ、九年後のオリンピックの年、「マッスル・コントロールという技法によって、私は左右の胸の筋肉を、（略）交互に動かしてみせるという芸当ができる」までになっていると得意気だった。ただこの年、本格的にやるため後楽園ジムへ入門する際に「絶対自殺しないこと」を約束させられている。老年になると鍛錬しても筋肉が衰え、悲観して自殺するボディビルダーがいるからだ。

ボディビルのほかボクシングも挑戦したが一年ほどで止めている。フットワークにリズム感がない、運動音痴を自覚する。剣道は持続した。腕前もそれなりに上達して四段の昇級試合に合格すると、「名誉四段じゃない、と報じてくれ」と周囲に本気で言った。

三島由紀夫のスポーツ選手の描写は、ベテランのスポーツ記者よりも断然優れていた。たとえば体操競技について「体操ほどスポーツと芸術のまさに波打ちぎわにあるものがあろうか？　そこではスポーツの海と芸術の陸とが、微妙に交わり合い、犯し合っている」とレトリックを駆使したうえで、つぎのように内面の描写が含まれる。

「優勝者遠藤でさえ、退場の際、心なしか暗い目をしていたのを考えると、体操選手を悩ます『完全性』の悪夢が、どれほどすさまじいものであるかがうかがわれる」

初めて見た競歩について「ユーモラスでおもしろい競技」であり「商店連合会の運動会」の味わいを見つけ、巧みに表現している。

「駈けるに駈けられぬその厄介な制約は、ちょうど夢の中で悪者に追いかけられるときの動きのようで、上半身は必死に急いでいるのに、下半身はキチンと一定の歩度を守るのだ」

「荒野より」を含めた三つの作品群は、〝黄金の一九六〇年代〟の折り返し点、東京オリンピック終了後の一九六五（昭和四十）年を挟《はさ》んで執筆されている。

三島由紀夫は『金閣寺』を書き上げると、新しい作品の構想を練った。質量ともに『金閣寺』を越えるものを、と考えた。それまでは〝鬼才〟などと評されたが今度は真の意味で〝大家〟と呼ばれるにふさわしいスケールの作品、原稿用紙一千枚の長篇を用意するつもりだった。『鏡子《きょうこ》の家』の宣伝文に自らこう書いた。

「『金閣寺』で私は『個人』を描いたので、この『鏡子の家』では『時代』を描こうと思った」

戦争の時代、昭和二十年代はその余韻、混乱と破壊が入り交じっていた。社会変動が収まったあと、戦後が終わったあとのつぎの時代の日常性とは何か、どんな価値観がつくられなければいけないのか。

「みんな欠伸《あくび》をしていた」

『鏡子の家』の書き出しは、三島の日常性への呪詛《じゅそ》で始まる。自作をこう説明した。

「四人の青年、一人はサラリーマン、一人はボクサー、一人は俳優、一人は画家の四人の青年が、鏡子という巫女《みこ》的な女性の媒ちによって、現代の地獄巡りをする。現代の地獄は、都会的でなければならない。おのずからあらゆる挿話が、東京と紐育《ニューヨーク》に集中する」

『鏡子の家』は〝黄金の一九六〇年代〟のまさに直前、一九五九（昭和三十四）年に発売された。だが批評家の評判は芳しくなかった。渾身《こんしん》の書き下ろしが失敗作などと酷評されるとは予想もできないことだった。その後『宴《うたげ》のあと』では名誉棄損で訴えられ裁判沙汰となり、巻き返しをはかったつぎの意欲作『絹と明察』はあまり売れず初版一万五千部、三カ月後に三千部増刷してそれっきりだった。

三島の年齢は昭和の年号と重なる。一九六五年は昭和四十年、四十歳である。その年の『三熊野詣《みくまのもうで》』の「あとがき」に「私の今までの全作品のうちで、もっとも頽廃的なものであろう。私は自分の徒労と、無力感と、酸《す》え腐れた心情のデカダンスと（略）過去は輝き、現在は死灰に化している。〈希望は過去にしかない〉のである」と記した。

三島由紀夫のなかの死がしだいに露《あらわ》になってくるのは「憂国」あたりだが、その映画版を自ら監督・主演で完成させたのもこの『三熊野詣』の「あとがき」の直前であった。上映されたのは翌年だった。全編ほとんど切腹シーン、台詞のない沈黙劇で、印象は強烈であった。なぜならそれまでふつうの日本人にとって、新宿のアートシアター劇場で観た十九歳の僕にとっても、切腹は伝統でありながら伝説でしかなかったからだ。眼の前のリアルな映像は、腹を横にゆっくり切り割いていくありさまを映し出している。内臓が溢れる血とともに外にだらりと垂れていく。豚の腸を使っているのだろうと思ったが、トリックとは信じられないほどリアルでうまくできていた。まるで自決の予行演習のようであった。

（四）

「荒野より」が発表されたのは『群像』一九六六年十月号である。「英霊の聲《こえ》」は『文藝』六月号でそれより少し早い。「英霊の聲」は一晩で書き上げた。二・二六事件の蹶起将校や特攻隊の死者たちの霊に、高度経済成長時代を、こう語らせた。

「御仁徳の下《もと》、平和にみちみち／人ら泰平のゆるき微笑みに顔見交わし／利害は錯綜し、敵味方も相結び、／外国《とつくに》の金銭は人らを走らせ（略）／いつわりの人間主義をたつきの糧となし／偽善の団欒《だんらん》は世をおおい／力は貶せられ、肉は蔑《なみ》され／若人らは咽喉元をしめつけられつつ／怠惰と麻薬と闘争に／かつまた望みなき小志の道へ／羊のごとく歩みを揃え（略）／ただ金《かね》よ金よと思いめぐらせば／人の値打ちは金よりもいやしくなりゆき（略）／車は繁殖し、愚かしき速度は魂を寸断し、／大ビルは建てども大義は崩壊し／その窓々は欲求不満の蛍光燈に輝き渡り（略）／天翔けるものは翼を折られ／不朽の栄光をば白蟻どもは嘲笑う。／かかる日に、／などてすめろぎは人間《ひと》となりたまいし」

「すめろぎ」は昭和天皇を指している。高度経済成長下の日常性はかくのごとく醜く「虚しい幸福」にすぎない。それも天皇が、ただふつうの人間になってしまったからだ。三島由紀夫が英霊の声に仮託して述べようとした趣旨である。

　三島由紀夫は「手が自然に動き出してペンが勝手に紙の上をすべるのだ。止めようにも止まらない。真夜中に部屋の隅々から低いがぶつぶつ言う声が聞こえる」と母親倭文重《しずえ》に言った。ただ「英霊の聲」のこうした台詞はある意味で陳腐といえなくもない。文章が流暢《りゅうちょう》にすぎる。もう少しごつごつしていないと真実味が沸《わ》かない。死者の霊がつぶやいた、というのは母親に対しての甘えもあったと思う。こんなところに来てしまったんですよ、とのメッセージをそう伝えるしかなかったのかもしれない。

　三島由紀夫にとって一九六〇年代は荒涼とした世界にしか映らなかった。そのころ三島邸へ闖入《ちんにゅう》者が現れた。明け方まで原稿を書いてから昼過ぎまで寝る習慣だった。ところが父親梓の「おい、君、よしたまえ」という大声で寝入り端《ばな》を起こされた。塀を乗り越え玄関脇から二階へよじ登った男が二階のガラス戸を叩いている。ガラスを割って入って来た男は、三島の書斎に向かった。三島は木刀を携えて書斎の前に立った。

「青年の蒼白な顔は極度の緊張のために、今にも一面の亀裂を生じて崩れそうだった」と「荒野より」に情景が記されている。事件そのものはたいしたものではない。頭に血がのぼった三島ファンの青年が侵入しただけのことだ。警官が呼ばれ、痩せぎすの青年は手錠をかけられ連行されて行った。

喘《あえ》ぎながら「本当のことを話して下さい」と機械的に繰り返す青年の、つきつめた声音が三島由紀夫の耳底に残った。「一体、あいつはどこから来たのだろう」と、自分の妄想をつづった。「あいつは私の心から来たのである。私の観念の世界から来たのである」と。「それは私の心の都会を取り囲んでいる広大な荒野である。私の心の一部にはちがいないが、地図には誌されぬ未開拓の荒れ果てた地方である。そこは見渡すかぎり荒涼としており、繁る樹木もなければ生い立つ草花もない。ところどころに露出した岩の上を風が吹きすぎ、砂でかすかに岩のおもてをまぶして、又運び去る。私はその荒野の所在を知りながら、ついぞ足を向けずにいるが、いつかそこを訪れたことがあり、又いつか再び、訪れなければならぬことを知っている。

明らかにあいつはその荒野から来たのである」

これほど自分の心情をストレートに吐き出すことは、これまでになかった。『仮面の告白』で「生の回復術」と言い切ったあと、『金閣寺』の主人公は「生きよう」と決意した。だが、「いつか再び、（心の一部であるその荒野を）訪れなければならぬ」と、いま死へ至る道を求めているのだ。

（五）

荒野ではない場所はあるのか。

その時期、三島由紀夫が向かったのは、熊本だった。『三熊野詣』の絶望的な「あとがき」を書いたあと、一千枚の長篇『鏡子の家』とは較べものにならない四部作の大作『豊饒《ほうじょう》の海』の連載を開始した。その第一巻「春の雪」の連載があとわずかとなり、第二巻「奔馬《ほんま》」の準備のために熊本へ赴くのである。

明治時代初期、不平士族の叛乱が各地で起きた。こうした揺り戻し的叛乱は西郷隆盛《さいごうたかもり》の西南《せいなん》の役《えき》で幕を閉じる。西南の役の一年前、明治九年の廃刀令や断髪令に反撥した一党百七十余名は、太刀、槍、薙刀《なぎなた》などで武装し熊本鎮台《ちんだい》と呼ばれいまや新政府の軍事基地となった熊本城へ夜襲をかけた。神風連《しんぷうれん》の乱である。

神風連の武士たちの欧化政策への抗議はなまやさしいものではなかった。紙幣は洋風だとして箸《はし》でつまんで手で触れない。電信線も西洋のものだからと下をくぐらず遠回りした。どうしてもくぐらなければならないときは頭上に白扇をかざして避けた。幕末の尊皇攘夷は神政復古であり、その理念の極北に神風連の行動があった。

三島由紀夫は、インドのガンジーの糸車に象徴される抵抗の精神が日本にあるかと考えるうちに神風連に思い至った。彼らの太刀による決起は、政府軍の鉄砲の前に破れ去り八割が討ち死にするほど凄惨な結果を迎える。死地に赴くことは容易に想像されたのである。ではなぜそうした行為を選んだのか。

熊本鎮台を攻める時期を彼らは神慮に従った。神のまにまにである。宇気比《うけい》と呼ばれる占い、秘儀があった。神前で用いる御幣《みてぐら》、つまり串にひらひらした和紙を挟んだものを神主が左右に振る。すると神霊が降臨する。よく神社で見かける光景である。三方に「可」「不可」と記された紙つぶが丸めて置かれ、御幣を振ったあと紙玉が引っかかる。静電気のようなものなどと解説したら罰が当たる。紙玉に「可」とあれば決起、「不可」とあれば時期尚早、それが神慮である。神風連は、この宇気比で決起の判断をした。佐賀の乱のために熊本鎮台の兵が手薄であった時期に攻め込めばよいと思うが、そのときには「不可」と出た。合理主義の現代人は、決断を偶然に委ねるわけにはいかないと考える。とはいえ結果を見れば誰もがつねに合理的な行動をしているわけではないのである。

『豊饒の海』第二巻の「奔馬」の舞台は昭和七年とされた。十九歳の主人公の理想は「昭和の神風連を興《おこ》すこと」であった。テロリストとして死を覚悟で財界の黒幕をつけ狙う。そして黒幕の刺殺に成功し、自決する。『豊饒の海』は、三巻目が「暁の寺」、四巻目が「天人五衰」となるが、第二巻で主人公の自決を成就させたところで読者はなんとなく終わってしまったような気分に陥らされる。

「奔馬」は根本のところで矛盾を抱えていたと僕は考える。主人公はまるで合理主義者のように時間と場所を選ぶからだ。「政財界大物の年末年始」のタイトルの記事を読み、黒幕が熱海の別荘で静養している情報を得て、警備が手薄であると知り、テロルを実行した。宇気比で神慮を得たわけではない。

それは三島由紀夫自身の自決にも言える。きわめて緻密にスケジュールを練って実行されている。自分の死をタイムテーブルの上に置いて生きる、という仕方を三島由紀夫がどのあたりから意識しはじめたか、正確なところはわからない。

「荒野より」の数カ月後、本書に収載した「時計」は『文藝春秋』一九六七年一月号に載っているから、熊本の取材から戻ってきたころに書いたと思われる。

「時計」には、さしたる書き出しがあるわけではない。風俗小説のような書き方である。小雨がふりだして、人影がまばらな江の島周辺の砂浜のさびれた光景が映し出されている。砂浜に黒い傘をさして坐っているベージュ色のスーツを着て、胸もとに大粒の人造真珠のネックレスをかけている化粧の濃い若い女がいる。黒い傘は自らを庇《かば》うよりは、砂の上にひろげられた新聞の上に並ぶトランプが濡《ぬ》れないためであった。髑髏《どくろ》のように落ち窪《くぼ》んだ目をしてめったに笑わない若い男は牡丹色の半袖のシャツを着て、片膝を立てて片胡座《あぐら》をかき、うつむいて一心にトランプを操っている。砂浜では十三枚のトランプカードが、不思議なかたちに並べられている。十二枚は円形をえがいて、時計の一時から十二時までの文字盤の形をなし、残る一枚は中心に置かれている。

男はいつもトランプと剃刀《かみそり》をポケットに入れている。それ以外の持ち物は要らないのだ。いまでいうヤンキー風の男は定職につかず、女のヒモである。女は娼婦だが、このだらしない男と結婚するつもりになっている。男はそれに気づいているのか気づいていないのか無頓着《むとんちゃく》なのか。行く末も何も考えていない。明日のことさえ考えていない。場末のアパートにいても何をするわけでなく、テーマのないゆるゆるとした日常があるばかりだ。変化の兆《きざ》しはトランプを並べるなかに見出すしかない。

それがこの日の砂浜では、女がふと目をやると十二枚の札が、エースからクイーンまで、花時計のように花やかな文字盤を円《まる》く展《ひら》いている。最後の札が真ん中に置かれる、王の冠がくっきりと十二枚の輪の中央に納まった。ゲームは、ついに上がりを迎えるのだ。

三島由紀夫がこの小品で暗示しているのは、「みんな欠伸をしていた」日常性への嫌悪である。結婚願望の女は、ヤンキー青年を日常性の縛りのなかに取り込みたい。トランプ占いは成就してしまう。男には昂然、女への殺意が芽生える。日常性との決別が暗示されている。物語はそこで終わる。

日常性の終幕がじりじりと迫っている、時計は無慈悲に時を刻む、それが三島由紀夫の心境であっただろう。

「時計」を書いた直後に、三島由紀夫邸にある青年が訪れた。「荒野より」の青年とは対極の彼方から、未来からやってきた青年に「奔馬」の主人公を重ねた。過大に重ねていた。

「忘れもしない、それは昭和四十一年十二月十九日の、冬の雨の暗い午後のことである。林房雄《はやしふさお》氏の紹介で、『論争ジャーナル』編集部の萬代（潔）氏が訪ねて来た。私はこの初対面の青年が訥々《とつとつ》と語る言葉をきいた。一群の青年たちが、いかなる党派にも属さず、純粋な意気で、日本の歪みを正そうと思い立って、固く団結を誓い、苦労を重ねて来た物語をきくうちに、私の中に、はじめて妙な蟲が動いてきた。青年の内面に感動することなどありえようのない私が、いつのまにか感動していたのである。私は萬代氏の話におどろく以上に、そんな自分におどろいた」

一人の青年の訪問を発端にさまざまなつながりが繋って、のちの楯の会が生まれることになる。たぶんここから三島由紀夫の自決へのスケジュールが時を刻みはじめたのではないだろうか。読売新聞の元旦用（一九六七年一月一日付）エッセイに、抱負を述べる原稿を書いた。

「私も四十になったら、せめて地球に爪跡をのこすだけの仕事に着手したいと思って、一昨年から四巻物の大長編にとりかかったが、（略）しかし一方、年のはじめごとに、私をふしぎな哀切な迷いが襲う。迷いというべきか、未練というべきか、というのは、この大長編の完成は早くとも五年後のはずであるが、そのとき私は四十七歳になっており、これを完成したあとでは、もはや花々しい英雄的末路は永久に断念しなければならぬということだ。英雄たることをあきらめるか、その非常にむずかしい判断が、今年こそは来るのではないかという不安な予感である」

大長篇の完成の時期を縮めるつもりになっている。自決は四十五歳、一九七〇年、と目標設定をするのはこの辺りからだろう。

(六)

「荒野より」「時計」と並ぶ三つめの短篇「仲間」はわずか六ページ、四百字詰め原稿用紙にして九枚の寓話的な作品である。筋書きがあるのかないのか、幻想的なシーンが脈絡なく増殖して、謎をかけられたような不思議な読後感だけが残る。

「英霊の聲」を書き、「荒野より」を書き、熊本で神風連の史跡を見て回心する一年前、「仲間」は一足先に書かれた作品である。三島由紀夫はまだ行く手に光明を見出していない。

「お父さんはいつも僕の手を引いてロンドンの街を歩き、気に入った家を探していました。それはなかなか見つからず……」

登場人物は「お父さん」と、少年なのに強い煙草を吸っている「僕」と、「幽霊のように蒼白い顔」の「あの人」の三人しかいない。「あの人」は「霧の中から突然現われて、ずっと僕たちのあとをついて歩いてきた」という。そして「私は永いこと、こんな風に煙草を吸う子供を探していた」と伝え、屋敷に案内される。やがて「お父さん」と「僕」は「あの人」がどこかへ長期に出かけてしまうのでがっかりする。「とうとうお父さんはある決心をし」て「あの人」の屋敷のドアを開け勝手に侵入してしまう。

この年の春に三島由紀夫は英国文化振興会の招待でロンドンに滞在し、大英博物館近くのホテルに宿泊した。ロンドンの伝統的な街並みは、戦前も戦後も変わりなくそこにある。だが日本は戦前と戦後は切断されている。戦前的なものは諸悪の根源のように否定されたばかりでなく伝統的な習俗は忘却の彼方にあり、高度経済成長で風景も一新されている。

寓話に意味づけは要らないが、最悪の心境のなかにあった三島由紀夫の戯《たわむ》れ、ユーモラスで野放図な遊び心に多少の説明があったほうがよいかもしれない。

「あの人」の屋敷へ入ると、「お父さんは灯りはつけず、暗い部屋の上下を自由に歩き、高い洋服簞笥《だんす》の上に腰かけて、外套の裾を垂らして、ずっと部屋の中を見廻して」おり、「僕は暗い壁掛のほうに近寄り」「ほとんどボロボロになっている壁掛の端を引きちぎって巻き、それにマッチで火をつけて、口にくわえ」「片っ端から煙」にした。「お父さんはあの人の寝室へ入って行って、あの人の寝台掛を外し、そこへ花瓶の水をこぼして一面に濡らし、もうあの人も眠ることはない、と言いました」。そして「あの人」が帰って来ると「今夜から私たちは三人になるんだよ、坊や」と言う。

伝統的な価値観の復活を示唆しているのだと思う。戦後の人びとの一員である「僕」も伝統の破壊を止め、存在感のない家長である「お父さん」は、「あの人」を見つけることで喪った何かを探そうとしている……。

三島由紀夫が意気込んで書いた『鏡子の家』は、鏡子のサロンに集まった青年たちがつぎつぎと姿を消し、別居していた夫が帰ってくるつぎの場面で終わる。

「七疋《ひき》のシエパアドとグレートデンが、一度きに鎖を解かれ、ドアから一せいに駆け入って来た。あたりは犬の咆哮《ほうこう》にとどろき、ひろい客間はたちまち犬の匂いに充たされた」

長篇『鏡子の家』の荒々しい結末と、掌篇「仲間」の軟らかな終り方が対照的である。だが「仲間」は、三島由紀夫の失望のため息であることに変わりなく、やがて「荒野より」へ、そして『豊饒の海』第四巻の「天人五衰」へと行き着く。

「天人五衰」は、三島由紀夫の創作ノートによれば「本多死なんとして解脱に入る時、光明の空へ船出せんとする少年の姿、窓ごしに見ゆ」であったが、実際に書かれたものは異なる。希望はなく、虚無のみが語られる。そこには荒野だけがあった……。

「何ひとつ音とてなく、寂寞《じゃくまく》を極めている。この庭には何もない。記憶もなければ何もないところへ、自分は来てしまったと本多は思った」

（了）

作品発表誌

荒野より／昭和41年10月号「群像」
時計／昭和42年1月号「文芸春秋」
仲間／昭和41年1月号「文芸」
谷崎潤一郎について／豪華版「日本文学全集」第12巻　河出書房
ナルシシズム論／昭和41年7月号「婦人公論」
現代文学の三方向／昭和40年1月号「展望」
石原慎太郎『星と舵』について／石原慎太郎文庫「星と舵」河出書房
団蔵・芸道・再軍備／昭和41年9月号「20世紀」
夢と人生／「日本古典文学大系」第77巻月報　岩波書店
天狗道／昭和39年7月号「文学界」
危険な芸術家／昭和41年2月号「文学界」
私の遺書／昭和41年7月号「文学界」
いやな、いやな、いい感じ／「高見順全集」第4巻月報講談社
日本人の誇り／昭和41年1月1日　朝日新聞
法学士と小説／昭和40年1月号「学士会会報」
法律と餅焼き／昭和41年4月号「法学セミナー」
映画的肉体論／昭和41年5月号「映画芸術」
私のきらいな人／昭和41年7月号「話の特集」
テネシー・ウィリアムズのこと／昭和41年9月号「悲劇喜劇」
空飛ぶ円盤と人間通／昭和39年4月30日　朝日新聞
開会式／昭和39年10月11日　毎日新聞
ボクシング／昭和39年10月12日　朝日新聞
重量あげ／昭和39年10月13日　報知新聞
レスリングの練習風景／昭和39年9月8日　報知新聞
女子百メートル背泳／昭和39年10月15日　報知新聞
陸上競技／昭和39年10月16日　毎日新聞
男子千五百メートル自由形決勝／昭和39年10月18日　毎日新聞
体操の練習風景／昭和39年9月14日　報知新聞
体操／昭和39年10月21日　毎日新聞
女子バレー／昭和39年10月24日　報知新聞
閉会式／昭和39年10月25日　報知新聞
実感的スポーツ論／昭和39年10月5、11、12日　読売新聞
関ラモス戦／昭和39年3月2日「報知新聞」
原田ジョフレ戦／昭和40年5月19日「報知新聞」
原田ラドキン戦／昭和40年12月1日「報知新聞」
原田ジョフレ戦／昭和41年6月1日「報知新聞」
ロンドン通信／昭和40年3月25日「毎日新聞」
英国紀行／昭和40年4月9、10日「毎日新聞」
手で触れるニューヨーク／昭和41年1月1日　毎日新聞
アラビアン・ナイト／昭和41年11、12月、日生劇場公演

『荒野より』　一九六七年三月　中央公論社刊

新字新仮名遣いに改めました。

本書には今日の人権意識に照らして不適切と思われる表現が使用されていますが、刊行当時の時代背景および著者が故人であることを考慮し、発表当時のままとしました。

中公文庫

荒野《こうや》より
──新装版《しんそうばん》

1975年1月10日　初版発行
2016年6月25日　改版発行

著　者　三島由紀夫《みしまゆきお》

発行者　大橋 善光

発行所　中央公論新社
〒100-8152　東京都千代田区大手町1-7-1
電話　販売 03-5299-1730　編集 03-5299-1890
URL http://www.chuko.co.jp/

DTP　平面惑星
印　刷　三晃印刷
製　本　小泉製本

Published by CHUOKORON-SHINSHA, INC.
Printed in Japan　ISBN978-4-12-206265-8 C1195

中公文庫既刊より

各書目の下段の数字はISBNコードです。978 - 4 - 12が省略してあります。

み-9-2
作家論
三島由紀夫
森鷗外、谷崎潤一郎、川端康成を始め、敬愛する十五作家の精神と美意識を論じつつ文学の本質に迫る、著者の最後を飾った文学論。〈解説〉佐伯彰一
200108-4

み-9-6
太陽と鉄
三島由紀夫
三島ミスチシズムの精髄を明かす表題作。作家として自立するまでを語る「私の遍歴時代」。三島文学の本質を明かす自伝的作品二篇。〈解説〉佐伯彰一
201468-8

み-9-7
文章読本
三島由紀夫
あらゆる様式の文章・技巧の面白さ美しさを、該博な知識と豊富な実例と実作の経験から詳細に解明した万人必読の文章読本。〈解説〉野口武彦
202488-5

み-9-9
作家論 新装版
三島由紀夫
森鷗外、谷崎潤一郎、川端康成ら作家15人の詩精神と美意識を解明。『太陽と鉄』と共に「批評の仕事の二本の柱」と自認する書。〈解説〉関川夏央
206259-7

し-9-7
三島由紀夫おぼえがき
澁澤龍彦
絶対と相対、生と死、精神と肉体——様々な観念を表裏一体とする激しい二元論に生きた天才三島由紀夫。親しくそして本質的な理解者による論考。
201377-3

い-108-1
昭和16年夏の敗戦
猪瀬直樹
開戦直前の夏、若手エリートで構成された模擬内閣が出した結論は〈日本必敗〉だった。だが……。知られざる秘話から日本の意思決定のあり様を探る。
205330-4

い-108-4
天皇の影法師
猪瀬直樹
天皇崩御そして代替わり。その時何が起こるのか。天皇という日本独自のシステムを〈元号〉を突破口に徹底取材。著者の処女作、待望の復刊。〈解説〉網野善彦
205631-2

い-108-5
唱歌誕生 ふるさとを創った男
猪瀬直樹
「故郷」「春の小川」「朧月夜」等多くの文部省唱歌を生み出した高野辰之と岡野貞一を軸に、明治時代の「夢」を浮き彫りにした傑作ノンフィクション。
205796-8

た-30-6
鍵 棟方志功全板画収載
谷崎潤一郎
妻の肉体に死をすら打ち込む男と、死に至るまで誘惑することを貞節と考える妻。性の悦楽と恐怖を限界点まで追求した問題の長篇。〈解説〉綱淵謙錠
200053-7

た-30-13
細雪（全）
谷崎潤一郎
大阪船場の旧家蒔岡家の美しい四姉妹を優雅な風俗・行事とともに描く。女性への永遠の願いを〝雪子〟に託す谷崎文学の代表作。〈解説〉田辺聖子
200991-2

た-30-18
春琴抄・吉野葛
谷崎潤一郎
美貌と才気に恵まれた盲目の地唄の師匠春琴。その弟子佐助は献身と愛ゆえに自らも盲目となる——代表作『春琴抄』と『吉野葛』を収録。〈解説〉河野多恵子
201290-5

た-30-24
盲目物語
谷崎潤一郎
長政・勝家二人の武将に嫁し、戦国の残酷な世を生きた小谷方と淀君ら三人の姫君の境涯を、盲いの法師が絶妙な語り口で物語る名作。〈解説〉佐伯彰一
202003-0

た-30-27
陰翳礼讃
谷崎潤一郎
日本の伝統美の本質を、かげや隈の内に見出す「陰翳礼讃」「厠のいろいろ」を始め、「恋愛及び色情」「客ぎらい」など随想六篇を収む。〈解説〉吉行淳之介
202413-7

は-68-1
大東亜戦争肯定論
林房雄
戦争を賛美する暴論か？ 敗戦恐怖症を克服する叡智の書か？「中央公論」誌上発表から半世紀、当時の論壇を震撼させた禁断の論考の真価を問う。〈解説〉保阪正康
206040-1

キ-3-18
日本文学史 近代・現代篇一
ドナルド・キーン
徳岡孝夫訳
坪内逍遥、二葉亭四迷、尾崎紅葉、幸田露伴、樋口一葉、そして泉鏡花。文明開化の時代、翻訳小説、政治小説の流行から幻想奇譚まで、近代文学の幕開け。
205516-2

各書目の下段の数字はISBNコードです。978－4－12が省略してあります。

キ-3-19
日本文学史 近代・現代篇二
ドナルド・キーン
徳岡孝夫訳
日露戦争の後におこった自然主義運動、そしていまなお読者をひきつけてやまない夏目漱石、森鷗外、白樺派の同人たち。近代小説の形成と発展を描く。
205542-1

キ-3-20
日本文学史 近代・現代篇三
ドナルド・キーン
徳岡孝夫訳
プロレタリア文学運動の行方、都会の裏町に情趣を探った永井荷風。そして華々しい成果を残した文豪たち、芥川龍之介、谷崎潤一郎ら、その生涯と作品。
205571-1

キ-3-21
日本文学史 近代・現代篇四
ドナルド・キーン
徳岡孝夫訳
西洋文学の影響下、モダニズムが開花した。佐藤春夫、横光利一、伊藤整、堀辰雄。そして、虚無のなかに美をみつめた川端康成。そして時代は転向文学を生む。
205596-4

キ-3-22
日本文学史 近代・現代篇五
ドナルド・キーン
角地幸男訳
日本文学の一大特色、私小説と戦時下における戦争文学。つづく戦後は、太宰治、織田作之助、坂口安吾、石川淳ら、無頼派と呼ばれた作家たちの活躍を見る。
205622-0

キ-3-23
日本文学史 近代・現代篇六
ドナルド・キーン
徳岡孝夫
角地幸男訳
終戦後開放的な気分が漂うなか、左翼文学が台頭し、岡本かの子、林芙美子、佐多稲子ら女流文学者が活躍。そして鬼才三島由紀夫が華々しく登場する。
205647-3

キ-3-24
日本文学史 近代・現代篇七
ドナルド・キーン
新井潤美訳
正岡子規、与謝野晶子、北原白秋、石川啄木、斎藤茂吉らが牽引し、明治期以降、日本の伝統的な短詩型文学である短歌と俳句は新たな発展を遂げる。
205671-8

キ-3-25
日本文学史 近代・現代篇八
ドナルド・キーン
新井潤美訳
明治・大正・昭和と、伝統的な詩型をあらため、海外の作品の影響を色濃くうけながら、北原白秋、萩原朔太郎、宮沢賢治など、近代詩は豊かに発展した。
205701-2

キ-3-26
日本文学史 近代・現代篇九
ドナルド・キーン
角地幸男訳
河竹黙阿弥、岡本綺堂らの活躍で歌舞伎は伝統を保ちつつ新時代へ。新派、新劇、三島由紀夫の戯曲の数々。そして明治・大正・昭和の批評と小林秀雄を論考する。
205728-9